A Revelação do Súcubo

A Revelação do Súcubo
RICHELLE MEAD

Tradução
Flávia Yacubian

 Planeta

Copyright © Richelle Mead, 2010
Edição publicada de acordo com Kensington Publishing Corp. NY, NY EUA
Título original: *Succubus revealed*

Preparação: Gabriela Ghetti
Revisão: Vivian Miwa Matsushita
Diagramação: Balão Editorial
Capa: adaptada do projeto original de Kristine Mills-Noble
Ilustração de capa: © Chad Michael Ward

CIP-BRASIL. CATALOGAÇÃO-NA-FONTE
SINDICATO NACIONAL DOS EDITORES DE LIVROS, RJ

M431r

Mead, Richelle, 1976-
A revelação do súcubo / Richelle Mead ; tradução Flávia Yacubian. - São Paulo : Planeta, 2012.
240p. : 23 cm

Tradução de: Succubus revealed
ISBN 978-85-7665-878-8

1. Ficção americana. I. Yacubian, Flávia II.Título.

12-2741.   CDD: 813
                                            CDU: 821.111(73)-3

2012
Todos os direitos desta edição reservados à
EDITORA PLANETA DO BRASIL LTDA.
Avenida Francisco Matarazzo, 1500 – 3º andar – conj. 32B
Edifício New York
05001-100 – São Paulo-SP
www.essencialivros.com.br
www.editoraplaneta.com.br
vendas@editoraplaneta.com.br

Para o homem no meu sonho

Agradecimentos

Há muito tempo que a história de Georgina vem sendo contada, e isso não teria sido possível sem a ajuda de inúmeras pessoas. Muito obrigada a todos os familiares e amigos que me apoiaram desde o começo de minha carreira, especialmente os primeiros leitores de Georgina — David, Christina e Marcee — que, ao ler aqueles primeiros capítulos, provavelmente nunca pensaram que chegaríamos tão longe. Obrigada também a Jay por ter suportado todos os "sentimentos" ao longo da feitura desses livros! Sua força me ajuda a enfrentar os dias longos. E, claro, agradeço ao time dos sonhos nos bastidores: meu agente, Jim McCarthy, da Dystel & Goderich Literary Management; e meu editor, John Scognamiglio, da Kensington Publishing. As infindáveis horas em que trabalharam para me ajudar tornaram a escritura desta série uma alegria e me levaram a lugares com os quais nunca sonhara.

Por fim, sempre serei grata aos vários leitores ao redor do mundo que amaram Georgina e torceram por ela ao longo de sua tumultuada jornada. O entusiasmo e apoio de vocês ainda me inspiram todos os dias. Obrigada.

Capítulo 1

Não era a primeira vez que usava um vestido laminado. Porém, era a primeira vez que o fazia em ambiente tão familiar.

— Raposa!

A voz do Papai Noel sobrepujou a multidão do *shopping*. Corri para longe de onde eu estava, encurralando um grupo de crianças vestidas de xadrez. Não era o Papai Noel de verdade que me chamava, claro. O homem sentado no gazebo enfeitado com luzes pisca-pisca chama-se Walter qualquer coisa, mas pediu para nós, os "elfos" trabalhando para ele, que nos referíssemos a ele como Papai Noel o tempo todo. Igualmente, nos batizou com os nomes das renas e dos Sete Anões. Ele leva seu trabalho muito a sério; explicou que os nomes ajudam-no a se manter no personagem. Se a gente questionasse a ordem, ele começava a nos regalar com causos de sua extensa carreira como ator shakespeariano, a qual terminara, de acordo com ele, devido a sua idade. Nós, os elfos, tínhamos outra ideia sobre o que poderia ter interrompido sua carreira.

— O Papai precisa de outro drinque — ele me disse em um sussurro de palco assim que me posicionei a seu lado. — O Zangado não quer pegar pra mim — ele inclinou a cabeça na direção de outra mulher com um vestido laminado verde. Ela segurava um menino contorcendo-se enquanto o Papai Noel e eu conduzíamos essa conversa. Eu encarei a expressão sofrida dela e depois olhei meu relógio.

— Bom, Papai — eu respondi —, isso porque passou apenas uma hora desde seu último. Você conhece o trato: uma dose no café a cada três horas.

— Fizemos o trato há uma semana! — ele sibilou. — Antes que o público aumentasse. Você não tem ideia do que o Papai Noel tem que aguentar. — Eu não sei dizer se isso era parte do método de atuação ou só uma esquisitice, mas ele também se referia muitas vezes a si mesmo na terceira pessoa. — Uma menina acabou de pedir para passar no vestibular. Acho que ela tinha nove anos.

Senti um pouco de piedade por ele. O *shopping* onde fazemos o bico no feriado fica num dos bairros mais prósperos de Seattle, e os pedidos das crianças às vezes vão além de bolas de futebol e pôneis. Elas também tendem a ser mais bem-vestidas do que eu (sem traje de elfo), o que não é pouca coisa.

— Desculpe — disse. Tradição ou não, penso que colocar crianças sentadas no colo de um velho já é bem estranho. Não precisamos acrescentar álcool na história. — O combinado não sai caro.

— O Papai não aguenta mais!

— O Papai ainda tem quatro horas de turno — eu ressaltei.

— Queria que a Cometa ainda estivesse aqui — ele disse, petulante. — Ela é muito mais tranquila com a bebida.

— Sim. E tenho certeza de que ela tá bebendo sozinha agora, já que está desempregada. — Cometa, uma ex-elfo, tinha sido generosa com as doses do Papai Noel, entrando na dele também. Mas como ela tinha metade do peso dele, não aguentava beber tanto, e perdeu o emprego quando os seguranças do *shopping* a flagraram tirando as roupas numa loja de eletrônicos. Assenti rapidamente para o Zangado. — Vá em frente.

O menino correu e pulou no colo do Papai Noel. Para seu crédito, o homem transformou-se no personagem e não me perturbou (ou ao menino) com a história dos drinques.

— Ho, ho, ho! O que você gostaria de pedir neste feriado invernal ecumênico? — ele até forçava um leve sotaque britânico, o que não era necessário para o papel, mas certamente lhe conferia um ar de autoridade.

O garoto olhou solenemente para o Papai Noel.

— Quero que meu papai volte pra casa.

— Aquele seria o seu pai? — perguntou o Papai Noel, olhando para um casal próximo ao Zangado. A mulher, bonita e loira, com cara de alguém nos trinta que tem usado Botox de forma preventiva. Se o rapaz a quem ela se agarrava fosse velho o suficiente para já ter saído da faculdade, eu ficaria surpresa.

— Não — respondeu o menino —, é a minha mãe e o amigo dela, o Roger.

O Papai Noel ficou em silêncio por uns instantes.

— Há algo mais que você queira?

Deixei os dois e voltei para o meu posto no começo da fila. A noite seguia em frente, e o número de famílias no *shopping* aumentava. Diferentemente do Papai Noel, meu turno terminaria em menos de uma hora. Eu poderia fazer umas comprinhas e escapar da hora do *rush*. Como funcionária contratada do *shopping*, tenho um desconto considerável, o que torna Papai Noel bêbado e vestidos laminados bem mais toleráveis. Uma das melhores coisas da época mais feliz do ano é que as lojas de departamento oferecem kits de cosméticos e perfumes — kits que precisam desesperadamente de um lar em meu banheiro.

— Georgina?

Meus sonhos de guloseimas de shopping e de Christian Dior foram interrompidos pelo som de uma voz familiar. Virei-me e senti meu coração pesar quando dei de cara com os olhos de uma bonita mulher de meia-idade com cabelo curto.

— Janice, ei. Como vai?

Minha antiga colega de trabalho devolveu meu sorriso duro com um perplexo.

— Bem. Eu... Eu não esperava te encontrar aqui.

Eu também não esperava ser vista. Foi uma das razões pelas quais escolhera trabalhar num bairro afastado: especificamente evitar qualquer pessoa do meu antigo emprego.

— Igualmente. Você não mora em Northgate? — tentei não soar como se fizesse uma acusação.

Ela assentiu e pousou a mão sobre o ombro de uma pequena menina de cabelos escuros.

— Sim, mas minha irmã mora aqui, e pensamos em fazer uma visita depois que a Alicia conversar com Papai Noel.

— Entendo — disse, mortificada. Maravilha. A Janice voltaria à Emerald City Books & Café e contaria a todos que tinha me visto fantasiada de elfo. Suponho que isso não pioraria as coisas. Todas as pessoas lá já acham que eu sou a Meretriz da Babilônia. Por isso eu pedira demissão semanas atrás. O que seria uma roupa de elfo para quem já estava ferrado?

— Esse Papai Noel é bom? — perguntou Alicia impacientemente. — O do ano passado não me trouxe o que eu queria.

Sobre o barulho da multidão, eu ouvia o Papai Noel dizendo:

— Bem, Jessica, o Papai Noel não pode fazer muita coisa a respeito de taxas de juros.

Voltei-me para Alicia:

— Meio que depende do que você pedir.

— Como você veio parar aqui? — perguntou Janice, franzindo levemente a testa.

Ela exprimia, de fato, preocupação, o que era, supus, melhor do que arrogância. Eu tenho o pressentimento de que um bom número de pessoas na livraria adoraria me ver sofrer — não que esse emprego fosse tão ruim assim.

— Bem, é só temporário, obviamente — expliquei. — Me ocupa enquanto sou entrevistada para outras vagas, e eu ganho desconto. E, sério, é apenas outra forma de atendimento ao consumidor — eu me esforçava para não parecer muito na defensiva ou desesperada, mas a cada palavra a intensidade com a qual eu sentia falta do meu antigo trabalho me atingia mais e mais.

— Ah, bom — ela disse, parecendo levemente aliviada —, tenho certeza de que vai achar algo logo. Parece que a fila tá andando.

— Espera. Janice? — peguei o braço dela antes que ela pudesse sair andando. — Como o Doug tá?

Eu deixara muitas coisas para trás na Emerald City: uma posição de poder, uma atmosfera acolhedora, cafés e livros à vontade... Mas apesar de sentir falta de todas essas coisas, eu não tinha tanta saudade delas quanto de uma única pessoa: meu amigo Doug Sato. Ele, mais do que qualquer outra coisa, fora o que me estimulara a sair. Eu não suportava mais trabalhar com ele. Fora horrível ver alguém de quem eu tanto gostava me olhar com tanto desprezo e decepção. Eu tinha que fugir daquilo e sinto que tomei a decisão certa, mas mesmo assim é difícil perder alguém que fez parte da minha vida nos últimos cinco anos.

O sorriso de Janice voltou. Doug tem esse efeito nas pessoas.

— Ah, cê sabe. É o Doug. O mesmo Doug: doidinho. A banda vai bem. E acho que ele tem chance de pegar seu emprego. Ãhn, digo, sua vaga. Eles estão procurando alguém — o sorriso dela se apagou, como se de repente percebesse que aquilo podia me deixar incomodada. Não deixa. Não muito.

— Que ótimo — disse. — Fico feliz por ele.

Ela acenou com a cabeça e disse adeus antes de acompanhar o movimento das pessoas na fila. Atrás dela, uma família de quatro pessoas pausou sua intensa digitação nos celulares idênticos para me olhar feio pelo empecilho. Um momento depois, eles se curvaram novamente, com certeza contando a todos os seus amigos do Twitter cada detalhe fútil de sua experiência de feriado no *shopping*.

Sorri de modo alegre — algo que não refletia como eu me sentia por dentro — e continuei a ajudar a organizar a fila até que Atchim, meu substituto, chegou. Atualizei-o sobre a programação de bebidas do Papai Noel e depois deixei o centro festivo para ir até os escritórios do *shopping*. No banheiro, troquei, por meio da transformação corporal, o vestido laminado por um combo mais elegante de *jeans* com suéter. Até escolhera um suéter azul para que não houvesse confusão. Meu expediente natalino tinha acabado.

Claro que, conforme eu voltava para o *shopping*, não pude deixar de notar que eu nunca tirava folga do meu trabalho principal: ser um súcubo ao glorioso serviço do Inferno. Séculos de corrupção e sedução de almas tinham me dado um sexto sentido para encontrar aqueles mais vulneráveis aos meus encantos. O fim de ano, apesar de ser ostensivamente um período de alegria, também tende a trazer à superfície o pior das pessoas. Eu sinto o desespero em toda parte — aqueles desesperados para encontrar os presentes perfeitos para as pessoas amadas, aqueles arrastados a passeios no *shopping* para criar uma experiência de Natal "perfeita"... Sim, está em toda parte, se você souber procurar: dor e frustração camufladas em meio à alegria. Essas são exatamente as almas maduras para a colheita. Eu poderia escolher quantos caras quisesse, se eu tivesse interesse em preencher a cota semanal em uma noite.

No entanto, meu rápido encontro com Janice tinha me deixado com uma sensação estranha, e eu não conseguia reunir energia para iniciar uma conversa com um dos descontentes homens de negócio suburbanos. Em vez disso, me consolei com compras impulsivas para mim e até encontrei presentes necessários para outros: prova de que não sou total e completamente egoísta. Quando fui embora, estava certa de que o trânsito melhorara e eu faria uma viagem tranquila para o centro. Ao atravessar o *shopping*, ouvi o alto "ho, ho, ho" do Papai Noel enquanto ele abanava a mão energicamente à sua volta, para o terror da criancinha no seu colo. Meu palpite é de que alguém cedera à pressão e quebrara a regra das bebidas.

No caminho para casa, percebi que tinha três mensagens de voz, todas do meu amigo Peter. Antes que pudesse tentar ouvi-las, o telefone tocou.

— Alô?

— Onde você tá? — a voz histérica de Peter preencheu o pequeno espaço do meu Passat.

— No meu carro. E onde *você* está?

— No meu apartamento. Onde mais? Tá todo mundo aqui!

— Todo mundo? Do que você tá falando?

— Você esqueceu? Caramba, Georgina. Você costumava ser muito mais pontual quando era infeliz e solteira.

Ignorei o *jab* e fiz uma pesquisa em minha agenda mental. Peter é um dos meus melhores amigos. Ele também é um vampiro neurótico, obsessivo-compulsivo, que ama promover jantares e festas. Ele costuma dar conta de organizar um evento uma vez por semana, nunca pelo mesmo motivo, por isso é fácil se perder nas datas.

— É noite do *fondue* — eu disse, por fim, orgulhosa por ter me lembrado.

— Sim! E o queijo está ficando frio. E eu não sou feito de fogo, sabia?

— Por que vocês não começaram a comer?

— Porque somos civilizados.

— Questionável — pensei sobre se eu queria ir ou não. Parte de mim gostaria de ir para casa e ficar agarradinha com Seth, mas tive a impressão de que ele estaria trabalhando. Eu não teria chance de ficar agarradinha por um tempo e, enquanto isso, eu poderia aplacar o Peter. — Tudo bem. Comecem sem mim, eu chego logo. Estou saindo da ponte agora — pensativa, passei em frente à saída para a casa de Seth e, em vez dessa, me direcionei para aquela que me levaria à casa de Peter.

— Você se lembrou de comprar vinho? — ele perguntou.

— Peter, até um minuto atrás, eu nem lembrava que devia ir pra sua casa. Você precisa mesmo de vinho? — eu conhecia a adega de Peter. Em um dia comum, ele tem armazenadas dúzias de tintos e brancos, tanto nacionais como importados.

— Não quero gastar meu vinho bom — ele disse.

— Duvido que isso vai... Espera: o Carter tá aí?

— Sim.

— Ok. Eu compro vinho.

Dez minutos depois, eu cheguei ao apartamento dele. Seu colega de apartamento e aprendiz, Cody, abriu a porta e sorriu amplamente para mim, com a boca cheia de presas. A iluminação, a música *pot-pourri* e o cheiro de *fondue* me envolveram. A casa deles deixava o gazebo do Papai Noel no chinelo. A decoração preenchia cada centímetro. E não apenas a de Natal.

— Desde quando vocês têm uma menorá? — perguntei ao Cody. — Nenhum de vocês é judeu.

— Bem, não somos cristãos também — ele ressaltou, me levando para a sala de jantar. — O Peter queria um tema multicultural esse ano. A sala de visita tá toda decorada para o Kwanza, se você conhecer alguém que esteja a fim de uma experiência realmente brega.

— Não é brega! — Peter levantou-se da mesa em volta da qual outros amigos imortais estavam sentados frente a vasilhas de queijo derretido. — Não acredito que você seja tão insensível para outras visões religiosas. Jesus Cristo! Isso é vinho em caixa?

— Você disse que queria vinho — lembrei-o.

— Eu queria vinho bom. Por favor, não me diga que é *rosé*...

— Claro que é *rosé*. E você não me falou pra trazer vinho bom. Você disse que estava preocupado que o Carter beberia todo o seu vinho bom. Então, eu trouxe isto pra ele. Seu vinho está a salvo.

À menção de seu nome, a única criatura celestial da sala se manifestou.

— Legal — ele disse, aceitando a caixa de vinho —, a pequena ajudante do Papai Noel faz entrega. — Carter abriu a caixa e olhou para Peter com ansiedade: — Você tem canudinho?

Sentei-me numa cadeira vazia ao lado do meu chefe, Jerome, que molhava, satisfeito, um pedaço de pão no queijo derretido. Ele é o arquidemônio de toda a Seattle e escolheu vagar pela Terra com a aparência de John Cusack *circa* 1990, o que ajudava a esquecer sua verdadeira natureza. Felizmente, sua personalidade sulfúrica sempre vinha à tona assim que ele abria a boca.

— Faz menos de um minuto que você chegou, Georgie, e já fez essa reunião ficar cinquenta por cento menos elegante.

— Vocês estão comendo fondue numa quinta à noite — retruquei. — Estão conseguindo se virar na deselegância muito bem sem mim.

Peter tinha se recostado na cadeira e tentava soar calmo.

— Fondue é muito elegante. Tudo depende da apresentação. Ei! Onde você arrumou isso?

Carter tinha colocado a caixinha de vinho sobre o colo e bebia com um canudinho gigante que eu suspeitava ter surgido literalmente do nada.

— Pelo menos, ele não está fazendo isso com uma garrafa de Pinot Noir — eu disse para Peter, bem-humorada. Peguei um garfo de fondue e espetei um pedaço de maçã. Do outro lado de Jerome, Hugh estava ocupado digitando em seu celular, o que me lembrou daquela família no *shopping*. — Contando ao mundo sobre esta singela festa? — zombei. Hugh, um demônio, tipo um assistente administrativo infernal, poderia até mesmo estar comprando e vendendo almas pelo telefone.

— Claro — ele respondeu, sem olhar. — Estou atualizando o Facebook. Você sabe por que o Roman não responde meu pedido de amizade?

— Não tenho ideia — eu disse. — Faz dias que mal falo com ele.

— Quando falei com ele mais cedo, disse que tinha que trabalhar hoje à noite — explicou Peter —, mas pra gente tirar um nome por ele.

— Tirar um nome? — perguntei, desconfortável. — Ai, Senhor. Não me diga que hoje é noite de "Imagem e Ação" também.

Peter suspirou, cansado.

— Tirar o nome para o amigo secreto. Você por acaso lê os *e-mails* que eu te mando?

— Amigo secreto? Mas a gente não acabou de fazer um? — eu disse.

— Sim, um ano atrás — comentou Peter. — Como fazemos todos os Natais.

Olhei para Carter, que bebia, silenciosamente, seu vinho.

— Você perdeu o chapéu que eu te dei? Você tá precisando de um — o cabelo loiro do anjo, na altura do queixo, estava ainda mais bagunçado do que o normal.

— Fala a verdade, Georgina — ele retrucou. Sua mão alisou seu cabelo, mas, de algum modo, isso apenas piorou as coisas. — Estou guardando pra uma ocasião especial.

— Se eu te tirar de novo, te compro dois chapéus, assim você não precisa ficar regulando.

— Não precisa se dar o trabalho.

— Trabalho nenhum. Tenho desconto no *shopping*.

Jerome suspirou e abaixou o garfo.

— Você ainda tá nessa, Georgie? Eu não sofro o suficiente sem ter que aguentar a humilhação de um súcubo que faz bico de elfo de Natal?

— Você sempre disse que eu devia largar a livraria e encontrar outra coisa pra fazer — eu o lembrei.

— Sim, mas isso foi porque eu pensei que você faria algo respeitável. Tipo, virar stripper ou a amante do prefeito.

— Isso é temporário — entreguei para Carter uma elegante taça de cristal que estava ao lado do meu prato. Ele encheu-a com vinho da caixa e me devolveu. Peter gemeu e murmurou algo sobre estragar um cristal da Tiffany.

— A Georgina não precisa mais de bens materiais — brincou Cody. — Ela vive de amor.

Jerome encarou o jovem vampiro com um olhar gelado.

— *Nunca mais* fale algo tão meloso.

— Olha quem tá falando — eu disse para Cody, incapaz de suprimir meu sorriso. — Fico surpresa de ver que você conseguiu ficar longe da Gabrielle esta noite. — A face dele imediatamente tomou um ar sonhador com a menção de sua amada.

— Eu também — observou Peter. Ele balançou a cabeça amargamente. — Vocês e suas vidas amorosas perfeitas.

— Não é perfeita — eu disse ao mesmo tempo que Cody falou:

— *É* perfeita.

Todos olharam para mim. Hugh até tirou os olhos do telefone.

— Problemas no paraíso?

— Por que você sempre acha isso? E, não, claro que não — eu caçoei, me odiando pela bola fora. — As coisas com o Seth estão fantásticas.

E estavam mesmo. Só de falar o nome dele, uma torrente de alegria perpassava por mim. Seth. O Seth é quem faz tudo valer a pena. Meu relacionamento com ele foi o que causou o afastamento entre mim e meus antigos colegas de trabalho na livraria. Eles me viam como a razão do rompimento entre Seth e a irmã do Doug. O que, suponho, seja verdade. Mas não importa quanto eu amasse aquele emprego, largá-lo foi um preço pequeno para ficar com Seth. Eu suporto ser elfo. Eu suporto as cotas que eu e ele temos que nos impor em nosso relacionamento sexual, para garantir que meus poderes súcubo não o prejudiquem. Com ele, aguento tudo. Até um futuro de condenação infernal.

Havia uma ou outra coisinha em nosso relacionamento que me incomodavam. Uma vinha me perturbando havia um tempo, e eu tentava ignorá-la. Mas agora, de repente, com meus amigos imortais me observando, eu finalmente reuni coragem para tratar do assunto.

— É que... Acho que nenhum de vocês contou a Seth meu nome, né? — ao ver Peter abrir a boca, confuso, eu corrigi de imediato: — Meu nome real.

— Por que alguém faria isso? — perguntou Hugh superficialmente, depois voltando à sua digitação.

— Eu nem sei o seu nome real — disse Cody. — Quer dizer que não é Georgina?

Já estava arrependida de ter aberto a boca. Era uma besteira me preocupar com aquilo, e as reações deles eram a prova disso.

— Você *não* quer que ele saiba seu nome? — perguntou Hugh.

— Não, tudo bem. Eu só... Bem... É estranho. Mais ou menos um mês atrás, um dia que ele estava meio dormindo, Seth me chamou pelo nome: Letha — acrescentei, pelo Cody.

Cuidei de dizer meu nome sem tropeçar nas letras. Não era um nome bem-vindo por mim. Eu o escorraçara anos atrás, quando me tornara súcubo, e assumi diferentes nomes desde então. Ao banir o nome, bania a antiga vida. Eu queria tanto apagar a lembrança de que vendera minha alma em troca de que todos que me conheciam me esquecessem. Por isso a conversa com Seth tinha me pegado totalmente de surpresa. Não havia como ele saber meu nome.

"Você é meu mundo, Letha...", ele dissera, sonolento.

Ele nem se lembrara do que tinha falado, quanto mais onde ouvira o nome. "Não sei", ele me dissera, quando o questionei. "Mitos gregos, acho. O rio Lethe, onde os mortos vão lavar as memórias de suas almas... Para esquecer o passado."

— Que nome bonito — disse Cody.

Dei de ombros, sem concordar.

— A questão é: nunca contei o nome para Seth. Mas, de algum modo, ele sabia. No entanto, não se lembrava de nada a respeito, onde tinha ouvido.

— Você deve ter falado pra ele — disse Hugh, prático.

— Eu nunca contei pra ele. Eu me lembraria.

— Bom, com todos os imortais vagando por aqui, tenho certeza de que algum acabou dando com a língua nos dentes. Ele deve ter ouvido — Peter fez uma careta. — Você não tem algum prêmio com seu nome gravado? Talvez ele tenha visto.

— Eu não deixo meu prêmio "Melhor Súcubo" à mostra — eu ressaltei.

— Bom, você devia — disse Hugh.

Olhei Carter com cuidado.

— Você tá estranho, tá quieto.

Ele parou de beber da caixa de vinho.

— Tô ocupado.

— *Você* contou meu nome para o Seth? Você já me chamou por ele.

Carter, apesar de ser um anjo, parece ter um afeto genuíno por nós, almas condenadas. E como um garoto do ginásio, ele costuma achar que o melhor jeito de demonstrar esse afeto é nos perturbar. Me chamar de Letha — que ele sabe que eu odeio — e outros apelidos é uma de suas táticas.

Carter balançou a cabeça.

— Desculpe desapontá-la, Filha de Lilith, mas eu nunca contei pra ele. Você me conhece: um exemplo de discrição.

Ouvimos um barulho desagradável conforme ele sugava o resto do líquido pelo canudo.

— Então como o Seth descobriu? — interroguei. — Como ele sabia meu nome? Alguém contou pra ele.

Jerome bufou.

— Georgie, esta conversa é mais ridícula do que aquela sobre seu emprego. Você já tem a resposta: você ou alguém abriu o bico e não se lembra. Por que tudo precisa ser um drama pra você? Está procurando por algo que a deixe infeliz?

Ele tinha razão. E, honestamente, eu não sabia por que aquilo me incomodava havia tanto tempo. Todo mundo tinha razão. Não havia mistério algum, nada bombástico. Seth ouvira meu nome em algum lugar: fim de papo. Não havia razão para reagir com tanto exagero ou pensar no pior — mas uma irritante vozinha em minha mente se recusava a esquecer aquela noite.

— É só que é estranho — eu disse com a voz fraca.

Jerome revirou os olhos.

— Se quer algo com que se preocupar, eu te dou.

Todos os pensamentos sobre Seth e nomes fugiram de minha mente. Todos na mesa (exceto Carter, que ainda chupava ruidosamente o canudo) congelaram e encararam Jerome. Quando meu chefe dizia que tinha uma coisa com que me preocupar, havia a forte possibilidade de que significava algo brutal e aterrorizador. Hugh também parecia chocado com a declaração, o que era mau sinal. Ele geralmente sabia antes de Jerome sobre as diretivas infernais.

— O que está acontecendo? — perguntei.

— Tomei um drinque com a Nanette outra noite — ele rosnou. Nanette era a arquidemônia de Portland. — Ela ainda não esqueceu o feitiço e, pra piorar, não parava de falar umas bobagens sobre como o pessoal dela é mais competente do que o meu.

Olhei de relance para os meus amigos. Não somos de fato modelos de trabalhadores do Inferno, então há uma boa chance de que Nanette tenha razão. Não que algum de nós diria isso a Jerome.

— Então — ele continuou —, quando neguei o fato, ela exigiu que provássemos que nós somos trabalhadores infernais superiores.

— Como? — perguntou Hugh, um pouco interessado. — Com um evento beneficente para arrecadação de almas?

— Não seja ridículo — respondeu Jerome.

— Então com o quê? — eu perguntei.

Jerome nos deu um sorriso fechado.

— Com boliche.

Capítulo 2

Precisei de um momento para realmente compreender que, em trinta segundos, a conversa tinha ido de um mistério em minha vida amorosa para boliche em troca do direito de ser um demônio esnobe. E mesmo assim, não era algo incomum em meu mundo.

— E por "nós" — acrescentou Jerome — quero dizer vocês quatro.

Ele acenou com a cabeça para Peter, Cody, Hugh e eu.

— Licença — eu disse —, me deixa ver se entendi direito. Você nos inscreveu em algum tipo de liga de boliche. Da qual você não vai participar. E isto, de algum modo, vai provar a "maldade" de seus empregados para o mundo.

— Não seja boba. Eu não posso participar. Equipes de boliche só comportam quatro pessoas — ele não comentou sobre a parte de provar a maldade.

— Bem, olha, eu cedo meu lugar pra você — ofereci. — Eu não jogo bem.

A voz de Jerome tornou-se fria:

— É melhor começar a jogar. É melhor que todos joguem bem. A Nanette vai ficar insuportável se na próxima reunião da empresa a turma de vocês for a perdedora.

— Putz, Jerome. Eu amo jogar boliche — disse Carter. — Por que não me falou disso antes?

Jerome e Carter se encararam por alguns pesados segundos.

— Porque, a não ser que você queira sofrer uma *queda* pelo time, você não pode competir do nosso lado.

Um sorriso engraçado invadiu o rosto de Carter. Seus olhos cinza cintilaram.

— Entendi.

— Eu não gosto que você fale "nós" quando já se "incluiu fora dessa" — ressaltei, imitando seu tom sarcástico de antes.

Peter suspirou, soando bem angustiado.

— Onde é que vou achar sapatos de boliche elegantes?

— Qual vai ser o nome do nosso time? — perguntou Cody. O comentário imediatamente provocou uma conversa repleta de sugestões realmente terríveis, tipo: Desalmados de Seattle e Decisão por *Split*.

Quase uma hora depois, eu não aguentava mais.

— Acho que vou pra casa — eu disse, levantando-me. Eu bem que queria sobremesa, mas tinha medo de ser arrastada para vôlei de areia ou críquete se ficasse mais tempo. — Eu já trouxe o vinho. Vocês não precisam mais de mim.

— Quando chegar em casa, diga ao meu descendente desgarrado que ele precisa treinar vocês — mandou Jerome.

— Por "casa", eu quis dizer a casa do Seth — expliquei. — Mas se eu vir o Roman, aviso que você arranjou um bom uso para os formidáveis poderes cósmicos dele.

Roman — o filho semi-humano de Jerome e também meu colega de casa — *é* de fato um ótimo jogador de boliche, mas eu não queria encorajar Jerome.

— Espere! — Peter pulou atrás de mim. — Você precisa tirar seu amigo secreto antes.

— Ah, qual é...

— Sem reclamação — ele argumentou. Correu para a cozinha e voltou com um pote de cerâmica para biscoitos em formato de boneco de neve. Ele o empurrou para mim. — Tire. Qualquer nome que sair é o seu amigo, então não tente se livrar de ninguém.

Eu tirei um papel e o abri. *Georgina*.

— Eu não posso...

Peter levantou a mão para me calar.

— O nome que tirou é o nome que tirou. Sem argumentos.

Seu olhar duro impediu que eu protestasse.

— Bem — disse pragmática —, pelo menos para esse eu já tenho algumas ideias.

Para seu crédito, Peter me mandou para casa com um pouco de *fondue* de chocolate e uma vasilha cheia de frutas e *marshmallows*. Hugh e Cody seguiam em frente com planos sobre o time de boliche, tentando bolar um calendário de treinos. Jerome e Carter pouco diziam, em vez disso, ficavam se olhando de forma especulativa e astuta, típica deles. Era difícil interpretar suas expressões, mas, pelo menos dessa vez, Jerome parecia mandar no pedaço.

Eu deixei Capitol Hill em direção ao Distrito Universitário, onde fica o apartamento de Seth. Todas as janelas estavam escuras, e eu não pude deixar de sorrir. Eram quase onze. Seth deve ter ido dormir cedo, algo que eu queria que ele fizesse havia tempos. Pensando nisso, meu sorriso sumiu tão rapidamente quanto veio. Poucos meses atrás, a cunhada de Seth, Andrea, tinha sido diagnosticada com câncer de ovário. A doença já estava num estágio avançado quando foi descoberta, e apesar de ela ter começado o tratamento quase que imediatamente, o prognóstico não era promissor. Para piorar, os tratamentos tinham lhe provocado um imenso desgaste físico, algo que testava o ânimo de toda a família. Seth os ajudava com frequência, especialmente quando seu irmão Terry estava trabalhando, já que tinha ficado mais difícil para Andrea cuidar das cinco filhas. Seth vinha sacrificando seu sono e sua carreira como escritor para cuidar delas.

Eu sei que é necessário. Eu amo a família de Seth e também tenho ajudado. Mas ainda assim odeio ver Seth se desgastando e sabia que ele se magoava por ter que parar de trabalhar. Ele alega que a carreira era o menor dos problemas no momento e tinha tempo até que o prazo se tornasse uma questão, principalmente pelo fato de que seus dois próximos livros estavam na fila para impressão do ano seguinte. Eu não podia argumentar contra isso, mas e o sono? Sim, eu o perturbava muito quanto a isso e fiquei feliz por ver que minhas palavras tinham surtido efeito nesta noite.

Usei minha chave para abrir o apartamento e entrei de mansinho, o mais quieta possível. Nos últimos tempos, eu praticamente morava ali e não tive problema em encontrar meu caminho entre os móveis no escuro. Quando alcancei seu quarto, eu mal enxergava o contorno de seu corpo envolto pelas cobertas, suavemente traçejado pela luz do rádio-relógio. Em silêncio, tirei meu casaco e fiz a mudança corporal para um baby-doll de algodão. Era *sexy*, mas não descarado. Sério: meu plano era apenas dormir com ele, literalmente.

Eu deslizei para a cama e me pressionei contra suas costas, pousando um braço sobre ele com leveza. Ele se mexeu um pouco; não resisti a dar um beijo em seu ombro. O cheiro de canela e almíscar me envolveram quando ele se aproximou. Apesar de me punir com seriedade pelo fato de ele ter que dormir, corri os dedos com leveza ao longo de seu braço e salpiquei outro beijo.

— Huumm — ele murmurou, rolando para o meu lado. — Que gostoso.

Então me dei conta de várias coisas. Primeiro, Seth não usava colônia pós-barba com cheiro de canela. Segundo: a voz de Seth não era assim. Terceiro, e talvez o mais importante, Seth não estava na cama comigo.

Eu não tinha intenção de gritar tão alto quanto o fiz. Simplesmente aconteceu.

Pulei para fora da cama num *flash*, apalpando à procura do interruptor na parede enquanto o intruso tentava se levantar. Ele acabou ficando enroscado nas cobertas e caindo da cama fazendo um "tum!" alto, assim que eu acendi a luz. Imediatamente procurei uma arma, mas, apesar de esse ser o quarto de Seth, minhas opções eram limitadas. A coisa mais pesada e perigosa que eu pude encontrar na hora foi o dicionário de Seth: um monstro encadernado em couro que ele mantinha à mão, pois "a internet não é confiável".

Fiquei em posição e pronta para tacar o livro no intruso enquanto ele tentava ficar de pé. Quando ele conseguiu e eu dei uma boa olhada nele, notei algo louco: ele parecia... Familiar. Não só isso, mas ele *meio* que parecia com Seth.

— Quem é você? — questionei.

— Quem é *você*?! — exclamou. Ele parecia mais confuso do que qualquer outra coisa. Ele não deve ter achado tão ameaçadora assim uma mulher de um metro e sessenta com um dicionário.

Antes que eu pudesse responder, uma mão tocou meu braço. Eu gritei e taquei o dicionário por instinto. O cara desviou, deixando o livro bater inofensivamente na parede. Virei-me rapidamente para olhar quem tinha me tocado e dei de cara com uma mulher de cabelos brancos com óculos de gatinho dourados. Ela usava calça de pijama florido e camiseta com uma palavra cruzada estampada. Ela também manejava um taco de beisebol, o que era bem surpreendente, não porque era mais perigoso do que o dicionário, mas porque eu não sabia que o Seth possuía um.

— O que você tá fazendo aqui? — ela perguntou nervosa. Ela olhou para o cara sem camisa, confuso. — Você tá bem?

Por meio segundo, eu brinquei com a ideia de que eu, de algum modo, tinha entrado no apartamento errado. Tipo, que eu tinha entrado na porta ao lado. A cena era tão ridícula que uma confusão parecia mais provável. Era apenas a evidência óbvia — minha chave ter funcionado na fechadura e o ursinho da Universidade de Chicago de Seth observando o espetáculo — que demonstrava que eu estava no lugar certo.

De repente, o som da porta da frente abrindo e fechando ressoou pelo apartamento.

— Oi? — veio a abençoada voz conhecida.

— Seth! — exclamamos os três em uníssono.

Momentos depois, Seth apareceu na porta. Como sempre, ele estava adorável. O cabelo castanho-avermelhado tipicamente revolto; uma camiseta do

Dirty Dancing que eu nunca tinha visto antes. Apesar do meu pânico e da confusão sobre a presente situação, meu lado preocupado notou os pequenos sinais de fadiga no rosto de Seth, as olheiras e as rugas de cansaço. Ele tem trinta e seis anos e geralmente aparenta ser mais novo do que sua idade. Hoje não.

— Seth — disse a senhora portando o taco —, essa mulher entrou na sua casa.

Ele olhou para cada um de nós antes de pousar seu olhar na senhora.

— Mãe — ele disse baixinho —, esta é minha namorada. Por favor, não a ataque.

— Desde quando você tem uma namorada? — perguntou o cara.

— Desde quando você tem um taco de beisebol? — perguntei, recuperando a compostura.

Seth me olhou ironicamente antes de tentar tirar com gentileza o taco das mãos de sua mãe. Ela não o largou.

— Georgina, está é minha mãe: Margaret Mortensen. E este é meu irmão: Ian. Gente, esta é a Georgina.

— Oi — eu cumprimentei, ainda surpresa, mas agora por outros motivos. Já tinha ouvido muito sobre a mãe e o irmão mais novo de Seth, mas não esperava conhecê-los tão cedo. A mãe de Seth não gosta de viajar de avião e Ian é... Bem, pelas histórias que Seth e Terry contavam, é difícil saber o paradeiro de Ian. Ele é a ovelha negra da família.

Margareth abaixou o taco e sorriu educada, porém receosamente.

— Prazer em conhecê-la.

— Idem — disse Ian. Percebi por que ele parecia familiar. Exceto pelo fato de que eu provavelmente já tinha visto alguma foto de Ian por aí, ele possui traços de Seth e Terry. Alto como Seth, mas com o rosto fino de Terry. O cabelo castanho, sem fios acobreados, mas com o mesmo estilo bagunçado de Seth. Porém, olhando de perto, o cabelo de Ian parecia propositalmente penteado daquele jeito, com a ajuda de muito esforço e produtos.

Seth olhou para Ian e mim. Ele nem precisava falar nada para que eu adivinhasse a pergunta em sua mente. Ou perguntas, talvez. Minha roupa de dormir e a falta de uma camiseta em Ian com certeza geraram muitas dúvidas. A defesa de Ian veio rápida e certeira:

— Ela se deitou na cama comigo.

— Achei que ele fosse você — eu disse.

A mãe de Seth fez um barulho estranho com a garganta.

— Você devia estar dormindo no sofá — disse Seth em tom de acusação.

Ian deu de ombros.

— É desconfortável. E você ainda não tinha chegado, então achei que não tinha problema. Como é que eu ia saber que uma mulher ia chegar pegando no meu pau?

— Eu não peguei no seu pau! — gritei.

Seth esfregou os olhos, relembrando-me de como ele estava exausto.

— Olha, o que passou, passou. Por que a gente não vai dormir, no lugar certo, e todo mundo se conhece melhor pela manhã, ok?

Margaret me observou.

— Ela vai dormir aqui? Com você?

— Sim, mãe — ele respondeu pacientemente —, comigo. Porque eu sou um homem adulto. E porque eu tenho trinta e seis anos, esta não é a primeira mulher que dorme aqui.

A mãe dele pareceu horrorizada, e eu mudei a conversa para um assunto mais confortável.

— Sua camiseta é ótima — quando ela parou de ameaçar me atacar, eu pude ver que a palavra cruzada da camiseta formava o nome de suas cinco netas. — Eu amo as meninas.

— Obrigada — ela agradeceu. — Todas são bênçãos geradas dentro dos laços sagrados do matrimônio.

Antes que eu pudesse pensar numa resposta, Ian gemeu.

— Jesus, mãe. A senhora comprou no *site* que eu proibi? Você sabe que eles fabricam essas coisas na China. Eu conheço uma mulher que poderia ter feito uma camiseta igual com tecido orgânico sustentável.

— Cânhamo é uma droga, não um tecido — ela disse a Ian.

— Boa-noite, pessoal — disse Seth, apontando a porta para o irmão. — A gente conversa pela manhã.

Margaret e Ian murmuraram seus boas-noites, e ela parou para beijar Seth na bochecha — o que eu achei bem fofo. Quando eles saíram e a porta foi fechada, Seth sentou-se na cama e enfiou o rosto nas mãos.

— Então — eu disse, sentando-me ao lado dele —, exatamente quantas mulheres dormiram aqui nos últimos trinta e seis anos?

Ele olhou para mim.

— Nenhuma que tenha sido pega pela minha mãe com tão pouca roupa.

Eu puxei a barra da camiseta do *baby-doll*.

— Isso? É tão comportado.

— Desculpa por tudo — ele acrescentou, abanando a mão em direção à porta. — Eu devia ter te ligado e avisado. Eles apareceram hoje, sem avisar, claro. Não se pode esperar que Ian faça o que as pessoas esperam. Iria arruinar sua reputação. Eles apareceram no Terry, mas não tem lugar pra eles lá, então mandei que viessem pra cá, já que estavam muito cansados. Não imaginava que resultaria em você tentando dormir com meu irmão.

— Seth!

— Brincadeira, tô brincando — ele pegou minha mão e a beijou. — Como você tá? Como foi seu dia?

— Bom, fiz o meu melhor pra evitar que o Papai Noel ficasse bêbado e descobri que o Jerome nos inscreveu em um campeonato de boliche do Inferno.

— Entendo — disse Seth. — Então, o de sempre.

— Basicamente. E com você?

O sorrisinho que puxava seus lábios para cima sumiu.

— Além da família surpresa? O de sempre também. Terry ficou trabalhando até tarde, então fiquei lá com as meninas enquanto a Andrea descansava. Kendra tinha que criar um sistema solar de papel machê, então todo mundo se divertiu — ele levantou as mãos e sacudiu os dedos manchados de pó branco.

— E deixa eu adivinhar: não escreveu nada?

Ele deu de ombros.

— Não tem problema.

— Você devia ter me ligado. Eu podia ter tomado conta delas enquanto você escrevia.

— Você estava trabalhando e depois... Ia ter o que mesmo? Noite do *fondue*?

Ele se levantou e tirou a camiseta e o *jeans*, ficando de samba-canção de flanela verde.

— Como você sabia? — eu perguntei. — Nem eu sabia.

— O Peter mandou *e-mail* pra mim também.

— Bom, enfim, não importa. E aquele trabalho no *shopping* não importa. Eu podia ter vindo no mesmo instante.

Ele foi até o banheiro e voltou segundos depois com uma escova de dentes na boca.

— Aquele emprego *não* importa mesmo. Tem outra *entrefista* em *fista*?

— Não — respondi, sem acrescentar que eu não tinha ido a nenhuma outra entrevista. Tudo parecia ruim em comparação a Emerald City.

A conversa foi interrompida quando ele foi terminar a escovação.

— Você devia estar em algo melhor — ele disse, por fim.

— Eu estou bem assim. Eu não ligo. Mas você... Você não pode continuar assim. Não está dormindo direito, nem *trabalhando*.

— Não se preocupe — ele disse. Apagou a luz e se enfiou na cama. No lusco-fusco, observei-o dando tapinhas no lugar ao lado dele. — Vem aqui. Sou eu, juro.

Sorri e me aconcheguei ao seu lado.

— O cheiro do Ian era estranho. Digo, era bom, mas não era o seu.

— Tenho certeza de que ele gasta montanhas de dinheiro para cheirar bem — murmurou Seth através de um bocejo.

— O que ele faz da vida?

— Difícil saber. Ele sempre tem um emprego novo. Ou está sem emprego. Qualquer dinheiro que ele ganhe vai direto para a manutenção de seu estilo de vida cuidadosamente forjado para parecer despojado. Você viu o casaco dele?

— Não. A única peça de roupa dele que vi foi a cueca.

— Ah. Bom, deve estar na sala. Parece que saiu de um brechó, mas provavelmente custou quatro dígitos — Seth suspirou. — Enfim, eu não devia pegar pesado com ele. Tipo, é provável que ele vá pedir dinheiro enquanto estiver aqui, mas eu não posso detonar ele e minha mãe por terem vindo ajudar. No mínimo, eles podem ajudar a cuidar das crianças.

Abracei Seth e inspirei seu cheiro. Era o certo: inebriante.

— Assim você pode escrever um pouco.

— Talvez — ele disse. — Vamos ver. Só espero que eu não tenha que ficar de babá do Ian e da minha mãe.

— Você acha que eu causei uma má impressão? — perguntei.

— Não tão má assim. Digo, não mais do que qualquer outra mulher, pouco vestida ou não, que estivesse passando a noite comigo — ele beijou minha testa. — Ela não é tão ruim. Não se engane pela atuação de vovó caipira dela. Acho que vocês vão se dar bem.

Queria perguntar se a Maddie tinha sido apresentada para Margaret, e, caso sim, se elas tinham se dado bem. Mordi a língua. Não importa. É passado. Seth e eu somos o presente. Às vezes, principalmente por ficar tanto tempo por ali, sentia-me meio estranha ao lembrar que Maddie também tinha morado naquele apartamento. Ainda havia toques aqui e ali que traziam a marca de sua influência. Por exemplo, Margaret provavelmente estaria dormindo no escritório de Seth, pois lá havia um *futon*, cortesia da criatividade de Maddie. Ela tinha sugerido que isso faria o escritório também funcionar como quarto de hóspede. Maddie vazara; o *futon* ficara.

Porém, eu tento não pensar muito sobre essas coisas. No geral, elas não importam. Seth e eu tínhamos enfrentado muitos acontecimentos juntos para que eu me apegasse a esse tipo de coisa. Superamos problemas em nosso relacionamento. Eu tinha aceitado sua mortalidade e sua decisão de arriscar a vida ao ter contato íntimo comigo. Na verdade, eu ainda limito nossa vida sexual, mas simplesmente permitir que ela exista já é uma concessão enorme para mim. Por seu lado, ele aceita a terrível verdade de que eu sempre durmo com outros homens para garantir minha sobrevivência. São coisas difíceis para ambos, mas valem a pena para que possamos ficar juntos. Tudo pelo que passamos vale e valeu a pena.

— Te amo — eu disse.

Ele beijou meus lábios com suavidade e me puxou para mais perto.

— Eu também te amo — depois em um eco dos meus pensamentos, ele acrescentou: — Você faz tudo valer a pena. Tudo isso com que estou lidando... Eu consigo fazer porque você é minha vida, Thetis.

Thetis. É o apelido que ele me dera havia muito tempo — vem do nome de uma deusa da mitologia grega que tinha o poder de transformar sua aparência. Ela foi conquistada por um mortal resiliente. Ele me chamava por esse nome o tempo todo; por Letha, apenas uma vez. Pensei novamente sobre aquela noite. Os sentimentos confusos que ela revolvia pareciam nunca ir embora, mas, mais uma vez, tentei bani-los. Era mais uma dessas coisinhas que eu tentava deixar de lado. Não era nada se comparado à grandeza de nosso amor, e como meus amigos disseram, Seth provavelmente ouvira de alguém.

Caí em um sono gratificante e acordei abruptamente ao amanhecer. Meus olhos se escancararam e me sentei ereta. Seth se moveu e rolou para o lado, mas não acordou com meu movimento súbito. Olhei ao redor do quarto; coração a mil. Fui sacudida do sono por uma presença imortal, desconhecida. Demoníaca.

Não havia mais nada, visível ou invisível, mas eu tinha certeza de que algum servo do Inferno tinha estado no cômodo. Não seria a primeira vez que recebera visitantes indesejados no sono, em geral com intenções nefastas. Claro, eu acabara de sentir esse demônio, e demônios — sendo imortais superiores, e não humanos inferiores transformados em imortais, como eu — eram capazes de mascarar sua assinatura imortal. Se ele, ou ela, queria xeretar ou me machucar sem aviso prévio, teria feito isso. Quem quer que fosse, não tinha se preocupado em ser descoberto.

Deslizei para fora da cama e continuei estudando o quarto, procurando algum sinal ou o motivo da passagem de um demônio. Estava certa de que encontraria algo. Pronto. Pelo canto dos olhos, vi algo vermelho em minha bolsa. Um envelope comercial sobre ela. Corri e recolhi o envelope. Estava quente ao toque, mas ao abrir lentamente, comecei a sentir frio. A sensação aumentou quando puxei uma carta impressa no papel timbrado do Inferno. Nada de bom poderia vir de algo assim.

Os raios de sol davam luz suficiente dentro do cômodo para que eu pudesse ler. A carta era endereçada a Letha (pseudônimo: Georgina Kincaid), e vinha do RH do Inferno:

Este é o aviso prévio de trinta dias de sua transferência. Sua nova incumbência começará em quinze de janeiro. Por favor, tome as providências da saída de Seattle e dirija-se a sua nova localidade dentro do tempo previsto.

Capítulo 3

A impressão a *laser* sobre o papel translúcido é bem diferente de garranchos em pergaminho, mas eu reconheço uma carta oficial quando vejo um exemplar. Recebera dúzias no último milênio, nas mais variadas formas, indicando novas incumbências e localidades. A última tinha vindo quando eu morava em Londres, quinze anos atrás. De lá, eu me mudara para Seattle.

E, agora, esta me falava que era hora de me mudar novamente.

De deixar Seattle.

— Não — disse, baixo demais para que Seth conseguisse ouvir —, não.

Sabia que era uma carta legítima. Não uma falsificação. Não uma piada enviada em papel timbrado do Inferno. O que eu rezava era para essa ordem oficial de transferência ser um erro. A carta não continha informações sobre minha próxima incumbência, porque, de acordo com o protocolo, empregados geralmente eram comunicados pelos arquidemônios antes da transferência. A carta vinha depois, para o término do antigo emprego e o começo oficial do novo.

Eu encontrara meu arquidemônio havia menos de doze horas. Certamente, *certamente*, se isso fosse real, Jerome teria ao menos mencionado. A transferência de um súcubo seria um assunto importante para ele: teria que lidar com o efeito colateral de me perder e de receber alguém novo. Mas não. Jerome não tinha se comportado como se ele estivesse prestes a ter uma mudança drástica na equipe. Não dera nem insinuação disso. É de se imaginar que algo assim sobreporia pelo menos um pouco a história de boliche.

Eu me dei conta de que segurava a respiração e me forcei a voltar a respirar. Um erro. Quem quer que tivesse mandado isso obviamente tinha cometido um erro. Tirando meus olhos da folha, eu me concentrei no jeito que Seth dormia: estirado como sempre, com braços e pernas espalhados por toda a cama. Luz e sombra brincavam sobre seu rosto. Senti lágrimas brotarem em meus olhos conforme eu observava aquela linda feição.

Deixar Seattle. Deixar Seth.

Não, não e não. Eu não iria chorar. Eu não choraria, pois não havia por quê. Um erro. Tinha de ser, porque não era possível que o universo fosse tão cruel comigo. Eu já tinha passado por tantas coisas. Eu era feliz enfim. Seth e eu tínhamos lutado nossas batalhas juntos. Finalmente atingimos nosso sonho. E ele não podia ser tirado de mim, não agora.

Não? Uma voz nojenta em minha mente apontou o óbvio. Você vendeu sua alma. É condenada. Por que o universo te deveria alguma coisa? Você não merece felicidade. Você merece que tudo isso seja tirado de você.

Jerome. Eu precisava falar com Jerome. Ele resolveria tudo.

Dobrei a carta quatro vezes, depois a enfiei na bolsa. Com o celular na mão, segui para a porta e transformei meu baby-doll em um roupão. Cuidei de sair do quarto sem fazer um ruído, mas minha vitória morreu jovem. Minha intenção era ir lá fora, longe de Ian que estava na sala, e ligar para Jerome com privacidade. Infelizmente, não cheguei tão longe. Ambos, Ian e Margaret, já estavam acordados e de pé, obrigando-me a interromper a ligação no meio.

Margaret, de pé na cozinha, preparava algo no fogão enquanto Ian estava sentado à mesa.

— Mãe — ele dizia —, não importa a proporção de água e café. Não dá pra fazer um americano de café coado. Ainda mais com essa porcaria da Starbucks que o Seth compra.

— Na verdade — eu disse, guardando o telefone no bolso do roupão —, eu comprei esse café. Não é ruim. Eles são típicos de Seattle, sabia?

Parecia que Ian ainda não tinha tomado banho, mas pelo menos estava vestido. Olhou-me criticamente.

— A Starbucks? Eles eram mais ou menos antes de virar *mainstream*, mas agora são apenas mais uma monstruosidade corporativa que atrai as ovelhinhas — ele girou sua caneca. — Lá em Chicago, eu vou num ótimo boteco comandado por um cara que foi baixista de uma banda de *indie rock* que você não deve conhecer. O *espresso* servido lá é *tão* autêntico, é de pirar. Claro, a maioria das pessoas nem sabe, porque não é o lugar *mainstream* onde todo mundo vai.

— Então — eu disse, suspeitando que daria para bolar um jogo de aposta com o número de vezes que Ian usa a palavra "*mainstream*" numa conversa —, acho que vai sobrar Starbucks pra mim.

Margaret apontou rapidamente com a cabeça para a cafeteira de Seth.

— Toma uma xícara com a gente.

Ela se virou e continuou cozinhando. O celular ardia em meu bolso. Queria sair correndo, mas tinha que me obrigar a me comportar normalmente na frente da família de Seth. Eu me servi de uma xícara do delicioso café corporativo e tentei agir como se eles não estivessem me impedindo de fazer uma ligação que poderia mudar o resto da minha vida. *Em breve*, disse a mim mesma. *Terei as respostas em breve*. O Jerome nem devia estar acordado. Eu podia me atrasar um pouco aqui por educação e ter minhas respostas depois.

— Vocês acordam cedo — eu disse, levando meu café para um canto que oferecia uma boa visão dos Mortensen. E da porta.

— Não muito — disse Margaret. — São quase oito. Dez, lá de onde a gente vem.

— Verdade — murmurei, bebericando minha caneca. Desde que me juntara à Equipe Polo Norte, eu quase não via mais essa parte do dia. As crianças geralmente não vão visitar o Papai Noel tão cedo com seus pedidos, nem mesmo as crianças que frequentam aquele *shopping*.

— Você é escritora também? — perguntou Margaret, virando uma frigideira com um floreio. — Por isso trabalha nesses horários estranhos?

— Huuuum, não. Mas geralmente eu trabalho até tarde. Eu trabalho, ãhn, no comércio, então eu sigo os horários do *shopping*.

— O *shopping* — zombou Ian.

Margaret virou-se do fogão e fulminou o filho.

— Não finja que você não vai. Metade do seu guarda-roupa é de loja de marca.

Ian ficou vermelho.

— Mentira!

— Você não comprou aquele casaco na Abernathy & Finch? — ela cutucou.

— É Abercrombie & Fitch! E não, claro que não.

A expressão de Margaret denunciava a verdade. Ela pegou dois pratos no armário e os encheu de panquecas. Entregou um para Ian e outro para mim.

Eu fiz menção de devolver.

— Espera. *Esse* é o café da manhã? Eu não posso comer isso.

Ela me encarou com um olhar de ferro, de cima a baixo. Pude analisar o ursinho de retalhos estampado em sua camiseta.

— Ah? Você é uma dessas moças que não comem comida de verdade? Seu café da manhã é uma xícara de café com uma fatia de melão? — ela fez uma pausa calculada. — Ou você não confia nos meus dotes culinários?

— Quê? Não! — coloquei rapidamente meu prato sobre a mesa e puxei uma cadeira para o lado oposto de Ian. — Parece ótimo.

— Geralmente eu sou *vegan* — disse Ian, espalhando calda sobre as panquecas. — Mas faço exceções para a mamãe.

Eu devia mesmo ter deixado quieto, mas não consegui evitar:

— Eu não sabia que dava pra ser *vegan* só às vezes. Ou você é *vegan*, ou não é. Se você abre exceções, acho que não merece o rótulo. Tipo, às vezes eu coloco chantili no café, às vezes não. Eu não me autodenomino *vegan* nos dias de café preto.

Ele suspirou enojado.

— Eu sou *vegan ironicamente*.

Virei-me para minhas panquecas. Margaret tinha voltado para o fogão, suponho que preparava seu próprio café, mas ainda continuou a conversar:

— Faz quanto tempo que você e o Seth estão namorando?

— Bem... — mastiguei, como desculpa para formular meus pensamentos. — É difícil responder. A gente, bem, meio que foi e voltou no último ano.

Ian franziu a testa.

— O Seth não estava noivo ano passado?

Eu estava prestes a responder: "Ele estava ironicamente noivo", mas Seth surgiu na cozinha. Fiquei agradecida pela distração da minha resposta explicativa sobre nosso relacionamento, mas não fiquei feliz por Seth já ter acordado.

— Ei! — exclamei. — Volte pra cama. Você precisa dormir mais.

— Bom-dia pra você também — ele disse. Ele beijou a bochecha da mãe e depois se juntou a nós na mesa.

— É sério — eu continuei. — É sua chance de dormir até tarde.

— Eu dormi o suficiente — ele retrucou, sufocando um bocejo. — Além disso, eu prometi fazer *cupcakes* para as gêmeas. A classe delas vai fazer uma festa de feriado hoje.

— "Feriado" — murmurou Margaret. — O que aconteceu com o Natal?

— Eu te ajudo — eu disse a Seth. — Bom... Quer dizer, depois de resolver uns assuntos.

— Eu faço — Margaret já procurava os ingredientes no armário. — Eu faço *cupcakes* desde bem antes de vocês terem nascido.

Seth e eu trocamos olhares.

— Na verdade — ele disse —, *eu* posso fazer. O que ia realmente ajudar, mãe, seria você ir à escola da Kayla hoje. Ela só fica meio período, e a Andrea vai precisar de babá — ele olhou para mim. — Você trabalha hoje à noite, né? Vem me ajudar com as gêmeas. Eles precisam de voluntários. Fantasia de elfo é opcional. E você... — ele se virou para Ian e parou de falar, sem saber como Ian podia ser útil.

Ian endireitou as costas com soberba.

— Eu vou procurar uma padaria orgânica e comprar umas coisas para as crianças que querem comer alimentos feitos com ingredientes naturais, não derivados de animais.

— Tipo? Farinha caipira? — perguntei, incrédula.

— Ian, eles têm sete anos — acrescentou Seth.

— O que você quer dizer com isso? — perguntou Ian. — É minha maneira de ajudar.

Seth suspirou.

— Beleza. Vai nessa.

— Legal — disse Ian. Depois pausou com eloquência. — Pode me emprestar uma grana?

Margaret logo insistiu para que Seth tomasse café da manhã antes de qualquer coisa, e eu aproveitei a chance. Vesti-me com roupas casuais e saí educadamente, agradecendo pelo café e avisando Seth que o encontraria na escola das gêmeas para a distribuição de *cupcakes*. Assim que vazei do apartamento, comecei a digitar novamente.

Como sempre, quem atendeu foi a secretária eletrônica. Deixei uma mensagem, sem disfarçar a minha ansiedade ou irritação. Esse tipo de atitude não ia conquistar o chefe, mas eu estava muito nervosa para me preocupar. A transferência era importante. Se fosse real, ele devia ter me dado um toque.

Em casa, as gatas Aubrey e Godiva ficaram felizes ao me ver. Na verdade, acho que estavam simplesmente felizes por ver alguém que pudesse alimentá-las. Elas estavam deitadas em frente à porta fechada do quarto de Roman e imediatamente pularam quando apareci. Pavonearam-se para o meu lado, enroscando-se em meus tornozelos e bombardeando miados sentidos até que eu enchesse os potinhos de comida. Depois, me esqueceram.

Pensei em acordar Roman. Eu queria muito, muito conversar com alguém sobre essa história de transferência, e Seth não fora uma opção naquela manhã. Roman, infelizmente, havia herdado de seu pai o "apreço" pelas manhãs, e eu não tinha muita certeza de que teria uma conversa produtiva se o acordasse a contragosto. Então, em vez disso, demorei-me no banho e me aprontando para o dia, na esperança de que Roman acordasse por conta própria. Nada disso. Quando as dez horas chegaram, deixei outra mensagem de voz para Jerome e desisti de Roman. Uma nova ideia surgiu. Fui checar e fiz uma nota mental de que, se Roman não estivesse acordado quando eu voltasse, eu o acordaria.

The Cellar é um dos bares preferidos dos imortais, principalmente Jerome e Carter. É uma espelunca velha na histórica praça Pioneer. O bar geralmente não tem muita procura a essa hora do dia, mas anjos e demônios não são do tipo que se importam com decoro. Jerome podia não estar atendendo o telefone, mas havia uma boa chance de que ele estivesse por aí, atrás do seu drinque matinal.

Enquanto descia os degraus que levam ao estabelecimento, fui tomada por uma assinatura imortal superior. Só que não era a de Jerome. Nem demoníaca. Carter sentado sozinho no balcão, com um copo de uísque na mão, enquanto o *bartender* escolhia canções dos anos setenta no *jukebox*. Carter já teria me sentido também, então não adiantava tentar fugir. Sentei-me na banqueta ao seu lado.

— Filha de Lilith — ele cumprimentou, chamando o *bartender* com um gesto. — Não esperava te encontrar na balada tão cedo.

— Estou tendo uma manhã meio estranha — expliquei. — Café, por favor.

O *bartender* assentiu e me serviu uma caneca com um café que devia ser do dia anterior. Fiz uma careta ao me lembrar das lojas de *espresso* pelas quais passara no caminho. Ian provavelmente amaria esse, por sua "autenticidade".

— Você sabe onde o Jerome está? — perguntei assim que Carter e eu conseguimos o mínimo de privacidade.

— Provavelmente dormindo — o olhar cinza de Carter fixou-se no copo enquanto ele falava, estudando com atenção o jogo de luz no líquido âmbar.

— Acho que você não quer me levar lá, né? — perguntei. Carter já tinha me teletransportado antes, numa crise, mas, de outro modo, eu não tinha ideia de onde ficava a goma do meu chefe.

Carter deu um sorrisinho.

— Eu posso ser imortal, mas mesmo assim temo algumas coisas. Aparecer na casa do Jerome tão cedo, com você a tiracolo, é uma delas. Qual o grilo? Arranjou um nome pro time de boliche?

Apresentei o memorando que tinha recebido. Antes mesmo de prestar atenção, o sorriso de Carter já tinha sumido. Não duvidava de que o papel tivesse algum resíduo infernal que meus sentidos não conseguiam captar. Como ele não pegou a carta na mão, coloquei-a diante dele para que a lesse.

— Uma transferência, hein? — seu tom de voz ficou estranho, como se ele não estivesse surpreso.

— Supostamente. Mas tenho certeza de que houve um erro. O Jerome tinha que me avisar antes, sabe? E você viu ele ontem. Não havia sinal de que algo estranho estava ocorrendo. Bem, mais estranho do que o normal — eu bati sobre o papel com raiva. — Alguém do RH fez cagada e mandou isso por engano.

— Você acha? — perguntou Carter, triste.

— Bom, eu tenho certeza de que o Inferno não é infalível. E não vejo razão para ser transferida — Carter não respondeu; olhei-o com cuidado. — Por quê? *Você* sabe de alguma coisa?

Carter não respondeu de imediato, em vez disso virou o drinque goela abaixo.

— Eu conheço o Inferno o suficiente pra saber que eles não precisam de motivo.

Uma sensação estranha me arrebatou.

— Mas você sabe o motivo, não? Nem se surpreendeu com isso.

— O Inferno não me surpreende mais.

— Caramba, Carter! — exclamei. — Você não tá me respondendo. Você tá dando essas respostas enigmáticas de anjo.

— A gente não mente, Georgina. Mas também não pode contar tudo. Há regras no universo que nem a gente pode quebrar. Outro! — ele chamou o *bartender*. — Duplo.

O *bartender* se aproximou, arqueando a sobrancelha ao pedido de Carter.

— Meio cedo pra isso, não acha?

— É um daqueles dias — respondeu Carter.

O *bartender* assentiu com sapiência e encheu generosamente o copo antes de nos deixar a sós novamente.

— Carter — chiei —, o que você sabe? Essa transferência é real? Você sabe o porquê?

Carter fingiu novamente estar intrigado pela luz penetrando seu uísque. Mas quando ele voltou seu olhar para mim com força total, eu engasguei. Era uma coisa que ele fazia às vezes, como se estivesse olhando minha alma. Mas, dessa vez, havia algo mais. Foi como se, por um momento ínfimo, seus olhos carregassem toda a tristeza do mundo.

— Não sei se foi erro — ele respondeu. — Talvez seja. Seu pessoal se confunde com frequência. Se for real... Se for, então, não, não estou surpreso. Consigo pensar em um milhão de razões, algumas melhores do que outras, para que transfiram você. Não posso te contar nenhuma — ele acrescentou com dureza ao ver que eu começaria o interrogatório de novo: — Como eu disse, há regras neste jogo, e eu preciso obedecer.

— Não é um jogo! — exclamei. — É a minha vida.

Um sorriso triste surgiu nos lábios do anjo.

— Para o Inferno, dá na mesma.

Dentro de mim, senti o eco daquela terrível tristeza que vira por um instante nos olhos dele.

— O que eu faço? — perguntei baixinho.

Isso pareceu pegar Carter de surpresa. Eu exigia respostas dele o tempo todo, dicas para resolver os muitos enigmas que pareciam me seguir. Eu tinha certeza, no entanto, de que fora a primeira vez que eu pedira um conselho tão abrangente.

— Deixa eu adivinhar — eu disse, ao vê-lo embasbacado —: você não pode me contar.

A expressão dele suavizou-se.

— Os detalhes, não. Primeiro, você precisa descobrir se foi um erro. Caso tenha sido, vai facilitar a vida de todo mundo.

— Eu preciso do Jerome pra isso — eu disse. — Talvez o Hugh ou a Mei saibam.

— Talvez — disse Carter, não soando muito convincente. — Uma hora o Jerome atende o telefone. Então, saberá.

— E se for verdade? — perguntei. — E aí?

— Aí, você vai ter que começar a fazer as malas.

— É isso? Não posso fazer mais nada? — enquanto as palavras saíam da minha boca, sabia que era verdade. Não dava para recusar algo do tipo. Eu já passara por dezenas de transferências para saber.

— Não — respondeu Carter. — Nós dois sabemos que você não tem escolha nessa. A pergunta é: como isso vai afetar seu futuro?

Franzi a testa, perdida na lógica angelical.

— Como assim?

Ele hesitou, como se reconsiderasse o que estava prestes a dizer. Por fim, ele foi em frente, se aproximando.

— Escuta o que eu posso te contar: se for real, então há uma razão, com certeza. Não é apenas uma reorganização aleatória. E se há uma razão, é porque você tem feito algo que o Inferno não quer que faça. Então, a pergunta se torna: Georgina, você vai continuar fazendo o que quer que seja que eles não querem que faça?

Capítulo 4

— Mas eu não sei o que eu tô fazendo! — gritei. — Você sabe?

— Eu já te disse tudo o que podia por enquanto — falou Carter, aquela tristeza retornando. — A única coisa que posso fazer agora é te pagar uma bebida.

Neguei com a cabeça.

— Acho que não tem uísque no mundo que adiante.

— Não mesmo — ele concordou friamente. — Não mesmo.

Apesar do pessimismo de Carter, tentei ligar para o Hugh e conferir se ele sabia de algo. Não sabia, mas sua incredulidade era tão próxima da minha que me reconfortei.

— Quê? Isso é ridículo — ele me disse. — Foi um erro. Tem que ser.

— Você tenta falar com o Jerome por mim? — pedi. — Digo, eu vou continuar tentando, mas talvez com nós dois ligando, uma hora ou outra ele vai prestar atenção no telefone.

Apesar de ainda ser cedo para o demônio, eu tinha a estranha sensação de que, se algo estivesse acontecendo, ele podia muito bem estar ignorando minhas ligações. Hugh poderia descobrir algo.

A hora do encontro com Seth na escola das gêmeas se aproximava rapidamente. Eu havia planejado passar em casa e tentar conversar com Roman sobre minha transferência em potencial, mas não parecia mais necessário, não sem antes ter a história confirmada ou negada por Jerome. Então, depois de resolver uns assuntos que pareceram impossivelmente mundanos se comparados aos planos universais do sobrenatural superior, dirigi até Lake Forest Park e cheguei à escola ao mesmo tempo que Seth.

Ian desceu do carro também, e o olhar de Seth me disse que ele não estava contente com a companhia fraternal. Ian usava a jaqueta que Seth tinha mencionado: uma japona de lã marrom, que servia como uma luva e possuía remendos estratégicos que davam um ar *vintage*. Ian completou o *look* com um lenço listrado, cuidadosamente amarrado, e um chapéu tipo fedora. Também estava de óculos, que não tinham dado o ar da graça na casa de Seth.

— Não sabia que usava óculos — eu lhe disse.

Ele suspirou.

— Combinam com o lenço.

Seth carregava duas caixas enormes de *cupcakes* com cobertura branca, generosa e descuidadamente salpicados com *glitter* verde e vermelho. Peguei uma caixa e fui para dentro com os irmãos, onde assinamos presença e fomos direcionados para a sala de aula.

— Parece que vocês tiveram uma manhã produtiva — eu disse sorrindo.

— Apesar da mamãe — disse Seth, carinhoso. — Ela demorou um século pra sair. Ficou oferecendo ajuda, revisando meu serviço, verificando se o forno estava certo e tudo mais. Era mistura pronta, não havia *como* eu errar.

Ian murmurou algo sobre conservantes e calda com alta concentração de frutose.

A sala de aula era agradável; um caos organizado. Outros pais e amigos das famílias estavam lá para ajudar com a festa, distribuindo comida e organizando jogos. As gêmeas correram até nós com abraços fortes e rápidos antes de voltarem depressa para a brincadeira com os amigos. Eu não via Morgan e McKenna fora do círculo familiar com frequência, então foi legal observá-las tão ativas e desinibidas com os amigos. Encantavam os amigos como a mim também; estava claro que as duas eram líderes, de certo modo. Minúsculas e adoráveis líderes. O nó que eu carregava dentro de mim desde que recebera o memorando do RH foi se desfazendo conforme eu me permiti a pequena alegria de observá-las.

Seth me abraçou, seguindo meu olhar enquanto tomávamos nosso posto perto da mesa de quitutes. Ele indicou com a cabeça onde Ian tentava propagandear seus próprios *cupcakes* — criações orgânicas, *vegan* e sem glúten da padaria local — para alguns dos colegas de classe das gêmeas. Para ser justa: eram *cupcakes* lindos. De baunilha, com cobertura elaborada de chocolate, adornados com perfeitas flores de pasta americana. Faziam os *cupcakes* de Seth parecer algo que as meninas tinham feito, mas eu sou muito esperta para ser enganada. *Cupcakes* feitos sem a maior parte dos ingredientes tradicionais revelam a verdade no gosto. Bonitos ou não, Ian não ia conseguir passá-los para frente.

— Fazem muito melhor pra você do que todas essas outras porcarias — Ian dizia para um garoto de olhos arregalados chamado Kayden. Apesar de estarmos há quase uma hora dentro da sala aquecida, Ian ainda estava completamente vestido com lenço e casaco. — São feitos com farinha de arroz integral e de grão-de-bico e adoçado com xarope de bordo; nada daquela porcaria de açúcar refinado.

Os olhos de Kayden ficaram ainda mais arregalados, se é possível.

— Isso aí tem arroz e grão-de-bico?

Ian gaguejou.

— Bem, sim... Mas, não, tipo: é farinha derivada desses ingredientes, de modo que é nutritivo, e vem de um trabalho honesto. Além disso, eu escolhi marrom e branco, não apenas para poupar vocês dos corantes artificiais, mas também pra mostrar respeito por todas as comemorações e tradições, em vez de se subjugar à dominação *mainstream* da máquina judaico-cristã.

Sem outra palavra, Kayden agarrou da mesa de comidinhas um biscoito em forma de boneco de neve, coberto de glacê vermelho, e foi embora.

Ian olhou-nos demorada e sofridamente.

— Temo pela juventude de hoje. Pelo menos, podemos levar as sobras para a casa do Terry.

— É bom mesmo — disse Seth. — Isso aí me custou uma pequena fortuna.

— Você quer dizer que *me* custou uma pequena fortuna — disse Ian. — É minha contribuição.

— Eu paguei por eles!

— Foi um empréstimo — disse Ian imperiosamente. — Eu vou pagar de volta.

A festa não durou muito — crianças de sete anos não precisam virar drinques por horas como meus amigos —, mas sempre que Seth não estava olhando, eu checava meu celular. Eu tinha deixado no vibrador, no bolso, mas estava com medo de perder a ligação de Jerome. Mas não importou quantas vezes eu olhei, o visor do telefone continuou o mesmo: nenhuma chamada ou mensagem.

Com a festa chegando ao fim, McKenna veio na minha direção e se agarrou à minha perna.

— Georgina, você vai na minha casa hoje? Minha vovó vai fazer a janta. É lasanha.

— E *cupcakes* — intrometeu-se Ian, empacotando cuidadosamente os bolinhos. Pelas minhas contas, ele tinha conseguido distribuir um, para um menino desafiado pelos coleguinhas.

Peguei McKenna nos braços, surpresa de como ela estava ficando grande. Os anos não alteram meus amigos imortais, nem eu, mas os mortais mudam tanto e em tão pouco tempo... Ela me abraçou, e eu beijei seus cachos loiros.

— Bem que eu queria, nenezinha. Mas tenho que trabalhar hoje à noite.

— Você ainda tá ajudando o Papai Noel? — ela perguntou.

— Sim — respondi, solene. — É um trabalho muito importante. Não posso faltar.

Sem mim, não seria possível dizer quão sóbrio o Papai Noel ficaria.

McKenna suspirou e encostou a cabeça no meu ombro.

— Você vai quando terminar.

— Você já vai estar dormindo — eu disse. — Amanhã eu vejo se dá.

Com isso, ganhei um abraço mais apertado e uma dor no coração. As meninas sempre provocam isso em mim, detonando um *mix* de emoções: amor por elas e tristezas pelos filhos que eu nunca teria.

Quando eu era mortal, queria filhos, algo impossível para mim mesmo naquela época. A dor desse fato tinha sido duplicada ano passado, quando Nyx, uma entidade primordial do caos tinha me visitado durante o sono e usado sonhos tentadores para me distrair enquanto roubava minha energia. O que mais se repetia me mostrava uma menininha — minha filha — numa noite de neve, recebendo o pai em casa. Ele era apenas uma sombra no começo, depois se revelou como Seth. Nyx, em seguida, num desesperado ato por ajuda, jurara que o sonho era real, uma profecia. Uma mentira, no entanto. Algo impossível, que eu nunca teria.

— Passa em casa depois do trabalho se der — disse Seth com voz baixa, depois que McKenna tinha se afastado.

— Isso depende — respondi. — Quem vai estar na sua cama?

— Bati um papo com ele, já sabe que tem que ficar fora do meu quarto.

Sorri e peguei a mão de Seth.

— Eu iria, mas tenho que resolver umas coisas hoje. Ir atrás do Jerome pra... Resolver uns assuntos.

— Tem certeza de que é isso? — ele perguntou. — Tem certeza de que minha família não tá te afugentando?

Admito que a ideia de receber o olhar desaprovador de Margaret Mortensen não me alegrava, mas também não achava que eu seria boa companhia para Seth se não entendesse essa história de transferência até a noite. A transferência. Olhando em seus olhos meigos e acolhedores, senti um buraco se abrir no meu estômago. Talvez eu devesse agarrar qualquer oportunidade de estar com ele. Quem sabia quantas mais teríamos? *Não*, me dei bronca. *Não pense assim. Hoje à noite você vai achar o Jerome e resolver essa bagunça. Depois você e o Seth poderão ser felizes.*

— Sua família não tem nada a ver com isso — assegurei. — Além disso, agora que você tem ajuda, pode usar seu tempo livre pra trabalhar.

Ele revirou os olhos.

— E eu que achei que ser autônomo significava não ter chefe.

Sorri e beijei-o na bochecha.

— Passo lá amanhã à noite.

Kayden, passando para pegar um último biscoito, reparou no meu beijo e fez uma careta em reprovação.

— Eca.

Separei-me dos Mortensen e segui para o *shopping*. Costuma ser uma surpresa para mortais que imortais como eu queira ter trabalhos diurnos, por assim dizer. Se você existe há alguns séculos e for minimamente esperto com seu dinheiro, não é difícil economizar o suficiente para viver confortavelmente, tornando um emprego humano desnecessário. No entanto, a maioria dos imortais trabalha. Correção: os imortais inferiores que eu conheço. Os superiores, como Jerome e Carter, raramente o fazem, mas talvez eles já tenham muito trabalho com seus empregadores. Ou, talvez, nós imortais inferiores trazemos essa necessidade de quando éramos humanos.

Apesar de tudo, dias como esses eram lembretes claros de por que eu escolhera o trabalho remunerado. Se eu tivesse apenas tempo livre nas mãos, passaria o resto do dia ruminando sobre o meu destino e a potencial transferência. Ser auxiliar de Walter/Papai Noel — por mais absurdo — pelo menos é distração para a espera de notícias do Jerome. Uma profissão também oferece senso de propósito, o que eu descobrira ser necessário para os longos dias de imortalidade. Eu conhecera imortais inferiores que tinham ficado loucos, e a maioria deles não tinha feito nada a não ser passear por suas compridas vidas.

Uma nova elfo — que Walter batizara de Feliz — tinha se juntado ao nosso batalhão. E ela certamente estava ajudando a passar o tempo, de tanto que mexia com meus nervos.

— Eu acho que ele não devia beber *nada* — ela disse, pelo que parecia ser a centésima vez. — Não vejo por que eu deva decorar essa programação.

Empinador, um elfo veterano, trocou olhares comigo.

— Ninguém tá afirmando que é certo — ele disse a Feliz. — Só estamos dizendo que é assim. Ele vai dar um jeito de beber. Se a gente negar, ele bebe escondido no banheiro. E não vai ser a primeira vez.

— Se a gente fornecer — continuei —, teremos controle sobre a quantidade. Isto? — gesticulei para o cronograma. — Não é nada. Principalmente pra um cara do tamanho dele. Ele não vai ficar nem zonzo.

— Mas são crianças! — gritou Feliz. Seus olhos seguiram para a longa fila de famílias atravessando o *shopping*. — Doces, inocentes, felizes.

Outra mensagem silenciosa entre Empinador e eu.

— Quer saber — disse, por fim. — Por que você não cuida deles? Esquece o cronograma da bebida. A gente cuida disso. Troca de lugar com a Dengosa na ponta da fila. Ela não gosta de trabalhar com o público mesmo.

Quando Feliz saiu de perto, eu comentei:

— Qualquer dia desses, alguém vai denunciar a gente para o RH do *shopping*.

— Ah, já fizeram muitas vezes — disse Empinador, alisando os vincos da sua calça verde de elastano. — Faz três anos que trabalho com o Walter, e a Feliz não é a primeira elfo a ter problemas morais com o fato de o Papai Noel ficar alegrinho. Ele já foi denunciado muitas vezes.

Isso era novidade para mim.

— E não mandaram ele embora?

— Nem. É mais difícil do que se pensa arranjar gente pra essas vagas. Contanto que o Walter não rele em ninguém, nem diga algo inapropriado, o *shopping* não se importa.

— Ah — disse —, bom saber.

— Georgina!

Atrás do portão que leva ao pavilhão do Papai Noel, vi alguém acenando na multidão. Hugh. Meu coração acelerou. O *shopping* fica bem na esquina do seu consultório, então ele vem almoçar aqui. Sob a luz dos eventos recentes — e pela cara de Hugh — algo me dizia que dessa vez ele não viera para uma refeição casual.

— Ei — chamei o Empinador —, posso fazer minha pausa agora?

— Claro, vai lá.

Atravessei a multidão e me encontrei com Hugh, tentando não me preocupar com o fato de estar com um vestido laminado. Hugh viera do consultório e estava impecável, à altura do seu papel de cirurgião plástico bem-sucedido. Eu me senti péssima, ainda mais quando saímos da loucura natalina para o lado das lojas chiques.

— Estava indo pra casa quando pensei em dar uma passada — ele explicou. — Supus que você não atendesse o celular durante o serviço.

— Não dá — concordei, mostrando o vestido justo sem bolsos. Peguei em seu braço. — Por favor, me diga que sabe de algo. A transferência foi um erro, não é?

— Bem, *eu* acho que sim, mas não, não soube de nada ainda. Nada do RH ou do Jerome. — ele franziu a testa de leve, obviamente incomodado com a falta de comunicação. Embaixo de tudo, também senti outra emoção nele: nervosismo. — Tenho algo mais pra te falar. Podemos conversar num lugar... Mais privado? Tem alguma casa de sucos ou pizzaria tranquila por aqui?

Eu ri com desdém.

— Nesse *shopping*? Não. Tem uma hamburgueria que dá pra ir.

"Hamburgueria" não é bem acurado. Eles também servem sopa *gourmet* e salada, tudo fresco e cheio de ingredientes apropriados para deixar até o Ian feliz. Hugh e eu conseguimos uma mesa; minha aparência chamou a atenção de crianças que estavam lá com os pais. Eu os ignorei e me aproximei de Hugh.

— O que é? Além da transferência misteriosa.

Ele olhou para a plateia com cuidado e demorou um tempinho antes de começar a falar.

— Eu fiz uns telefonemas hoje, tentando mexer uns pauzinhos e descobrir alguma coisa sobre você. Como eu disse, não consegui. Mas fui inteirado dos mais variados tipos de fofoca.

Fiquei meio surpresa por ele querer conversar sobre fofoca do Inferno, mais surpresa ainda por ter vindo conversar ao vivo. Se ele tivesse ficado sabendo do rumor de algum amigo em comum, me parecia que um telefonema seria o suficiente para passar a notícia adiante. Até mesmo um *e-mail* ou uma mensagem.

— Você se lembra do Milton? — ele perguntou.

— Milton? — olhei-o sem expressão. O nome não significava nada para mim.

— Nosferatu — ele disse rapidamente.

Ainda nada, então:

— Ah, sim, ele. O vampiro. — Um mês antes, mais ou menos, Milton viera de férias, para desânimo de Peter e Cody. Os vampiros são territorialistas e não gostam de forasteiros, embora Cody tivesse usado a presença de Milton para impressionar sua namorada amante do macabro, Gabrielle. Ou pelo menos é o que dizem. — Nunca o vi pessoalmente. Só soube que esteve na cidade.

— É, e ele esteve em Boulder semana passada.

— E daí?

— E daí que, primeiro, é estranho o cara tirar duas "férias" em tão pouco tempo. Tipo, cê sabe como é para os vampiros. Sabe como é pra todos nós.

Verdade. O Inferno não gosta de dar férias. Quando seus empregadores são donos de sua alma, eles não sentem necessidade de te agradar. Não é que não tiramos férias, mas isso não é assunto prioritário no Inferno. O negócio das almas nunca para. Para vampiros, é duplamente verdade, pois eles não gostam de deixar seus territórios. Eles também têm outras complicações para viajar, tipo, a luz do sol.

— Ok, então, é estranho. Mas como isso nos afeta?

Hugh abaixou a voz.

— Quando ele esteve em Boulder, um xamã local de magia negra morreu em circunstâncias misteriosas.

Senti minhas sobrancelhas levantarem.

— E você acha que o Milton tá envolvido?

— Bom, como eu disse, tive que fazer uns telefonemas e umas pesquisas hoje. E parece que apesar de ele estar baseado em Raleigh, Milton viaja muito pra um vampiro. E em todo lugar aonde ele vai, um mortal da comunidade sobrenatural aparece morto.

— Você quer dizer que ele é um assassino — eu disse, intrigada, mas ainda não enxergando o ponto. Como regra do "grande jogo" de que todos participamos, anjos e demônios não podem influenciar diretamente a vida de mortais. É aí que entram mortais inferiores, com nossas ofertas de pecado e tentação. Porém, dentro do jogo também não devemos matar, muito menos sob as ordens de imortais superiores. No entanto, todos sabemos que acontece, e Milton não era o primeiro assassino a apagar a vida de mortais inconvenientes de que eu ouvira falar.

— Exato — disse Hugh. Ele franziu a testa. — Ele vai aos lugares; pessoas desaparecem.

— O que isso tem a ver com a gente?

Hugh suspirou.

— Georgina, ele esteve *aqui*.

— É, mas ninguém... — engasguei, congelada pelo choque. — Erik...

O mundo girou em minha volta. Eu não estava mais na praça de alimentação de um *shopping* de elite, e sim olhava o corpo quebrado e ensanguentado de um dos homens mais bondosos que já conheci. Erik tinha sido um amigo de longa data em Seattle, que usava seu vasto conhecimento sobre o oculto e o sobrenatural para me aconselhar sobre meus problemas. Ele estava investigando meu contrato com o Inferno quando um assalto bizarro à sua loja resultara em um tiro que o matou.

— Você quer dizer... — minha voz era um sussurro. — Quer dizer que Milton matou Erik?

Hugh balançou a cabeça tristemente.

— Não. Tô apenas apresentando a evidência pra você, que é convincente, mas não o suficiente pra ligar o caso ao Milton.

— Então por que me contou? — perguntei. — Você não gosta de se envolver em nada que questione o *status quo*. — Verdade, e um motivo para muitas brigas entre nós dois.

— Não mesmo — ele concordou. Entendi, então, por que ele estava tão incomodado. — Nem um pouco. Mas eu me preocupo com você, querida. E eu sei que você gostava do Erik e queria respostas.

— Palavra-chave: *queria*. Achei que já tivesse encontrado.

Meu coração ainda estava de luto por Erik, mas eu começara a sarar da perda, seguindo em frente como todos que perdem um ente querido devem fazer. Saber — ou, bem, pensar — que ele tinha sido morto em um assalto não me dera paz, mas era uma explicação. Se havia algum traço de verdade na perigosa teoria de Hugh que Milton — um assassino em potencial — fosse o responsável, então meu mundo tinha sido tirado dos eixos. E, nesse caso, a questão não era se Milton havia feito. O que se tornava importante era o *porquê*. Pois se ele fosse mesmo um desses assassinos do Inferno, vivendo nas sombras, então alguém superior na cadeia de comando tinha dado ordens, ou seja, o Inferno tinha algum motivo para querer Erik morto.

— Você tá bem? — a mão de Hugh sobre a minha me fez pular. — Jesus. Georgina, você tá gelada.

— Eu meio que estou em choque — expliquei. — Isso é importante, Hugh. Muito.

— Eu sei — ele disse, não soando nada feliz. — Promete que não vai fazer nenhuma idiotice. Eu ainda não estou certo de que fiz bem em te contar.

— Fez sim — assegurei, apertando sua mão, sem prometer nada sobre "fazer idiotices". — Obrigada.

Precisei ir embora logo em seguida para ajudar Feliz. Um pouco de seu entusiasmo pela natureza mágica e pura das crianças já tinha sumido. Acho que a gota d'água foi a menina de seis anos que pediu uma plástica no nariz. Quanto a mim, estava zonza, baqueada pelo que Hugh tinha me contado. Erik assassinado. Suas últimas palavras tinham implicado que algo maior estava acontecendo, mas não houve nada que provasse. Ou será que houve? Vagamente lembrava-me da forma como o vidro de sua vitrine tinha quebrado, a suspeita da polícia de que tivesse sido quebrado por dentro. Mas o que eu tirei dessa teoria? Como consegui as respostas de que precisava?

Igualmente incrível tinha sido a concessão que Hugh fizera ao me contar. Ele valoriza seu trabalho e sua posição confortável. Não é do tipo que tentaria incomodar o Inferno ou fazer perguntas sobre algo que não lhe diz respeito. No entanto, ele seguira seu palpite sobre Milton e informara a mim, sua amiga, sobre as novidades. O Inferno deixa seus funcionários desesperados, desalmados — e gosta disso —, mas duvido que os caras lá do alto consigam imaginar que ainda somos capazes de manter amizades desse nível.

Naturalmente, só outra coisa conseguiu me distrair desse novo desdobramento: a aparição de Jerome em meu apartamento mais tarde. Eu voltava para casa depois do trabalho e senti sua aura vindo de dentro assim que coloquei a chave na fechadura. Meus medos e minhas teorias sobre Erik e Milton se realocaram em meu cérebro, substituídos pela velha especulação sobre a transferência misteriosa.

Quando entrei, dei de cara com Jerome sentado na sala com Roman, ambos relaxados, mal se dando conta da minha presença.

— E então — Jerome dizia —, é por isso que precisa fazer isso. Quanto antes. O pessoal da Nanette já faz isso há muito tempo, então temos que correr pra alcançar. Monte um cronograma, o mais rigoroso possível, e faça esses preguiçosos passarem um bom tempo na pista.

Encarei Jerome, incrédula.

— Você tá aqui por causa da competição de boliche?

Ambos olharam para mim. Jerome parecia irritado com a interrupção.

— Claro. Quanto antes começarem a treinar, melhor.

— Sabe o que vai ser melhor acontecer quanto antes? — com um floreio, mostrei o memorando já amassado. — Você me contar se eu vou ser transferida ou não. Aposto que é um erro, pois com certeza, *com certeza*, você não ia demorar pra me contar. Certo?

Um silêncio dominou a sala por muitos instantes. Jerome me encarou com seu olhar extremamente sombrio; eu me recusei a desviar o olhar. Por fim, ele disse:

— Não. É real. Você vai ser transferida.

Meu queixo quis cair até o chão.

— Então por que... Por que eu só tô sabendo disso agora?

Ele suspirou e fez um gesto impaciente.

— Porque *eu* acabei de ficar sabendo. Alguém colocou o carro na frente dos bois e te mandou a carta antes de me avisar — os olhos dele faiscaram. — Não se preocupe. Não curti muito também. Fiz questão de deixar claro como me sinto sobre a questão.

— Mas eu... — engoli em seco. — Eu tinha certeza de que tinha sido um erro...

— E foi — ele concordou. — Só não do tipo que você esperava.

Queria afundar no chão, ter um ataque, mas me forcei a permanecer firme. Tinha que perguntar a segunda questão mais importante, a que definiria a próxima fase da minha vida.

— Pra onde... Pra onde eu vou?

Jerome me estudou novamente, dessa vez suponho que apenas para aumentar o suspense e a agonia. Desgraçado. Enfim, ele falou:

— Você vai pra Las Vegas, Georgie.

Capítulo 5

Estava no suspense, esperando algo como "Cleveland" ou "Guam". Sou pessimista demais para pensar que poderiam me oferecer algo moderadamente agradável. Pois se eu já teria que enfrentar o trauma de deixar Seattle, devia ser, com certeza, para algum lugar terrível.

— Você disse Las Vegas? — perguntei, afundando no sofá. Imediatamente saquei a pegadinha. — Aaaaah, não é a Las Vegas em Nevada, certo? É uma outra Las Vegas. No Novo México? Em outro continente?

— Desculpe desapontar você e suas fantasias de mártir, Georgie — Jerome acendeu um cigarro e tragou profundamente. — É Las Vegas, em Nevada. Acho que você até conhece o arquidemônio lá: Luis. Ele não é seu amigo?

Pisquei.

— O Luis? Sim. Digo, tão amigo quanto um arquidemônio pode ser — isso provocou um pequeno sorriso em Jerome, quase imperceptível. Eu trabalhara para o Luis havia muito tempo, e, para ser honesta, ele provavelmente foi meu chefe preferido de todos os tempos. Não que Jerome fosse péssimo, mas o Luis, embora rígido, tem um jeito tranquilo que às vezes te faz esquecer que é uma alma condenada para todo o sempre. — Então... Minha missão é ir pra Las Vegas e trabalhar para o Luis?

— Sim — respondeu Jerome.

Tirei os olhos do vazio que olhava pela janela e o encarei.

— Tem como mudar isso? Impedir que aconteça? Tem algo que eu possa fazer pra ficar aqui? E você tem *certeza* de que não é um erro? Que alguém entregou pra pessoa errada?

As sobrancelhas escuras de Jerome levantaram-se. Um momento raro em que ele foi pego de guarda baixa o suficiente para demonstrar surpresa.

— Você não quer ir? Fico feliz que não queira sair do meu comando, mas achei que ficaria satisfeita com a situação. Las Vegas é perfeita pra um súcubo preguiçoso como você.

Ignorei a cutucada — apesar de ele ter razão. Las Vegas é um terreno tão fértil para o pecado e a salvação que já está quase na capacidade máxima de servos tanto do Céu quanto do Inferno. Provavelmente tem a maior concentração do mundo de súcubos, o que significa que é fácil cumprir a cota mínima. Em Seattle, eu sou o único súcubo, então meu número de almas corrompidas é severamente supervisionado. Em Las Vegas, há súcubos proativos o suficiente para me encobrir.

— Não é por sua causa — eu expliquei devagar. — É por causa do Seth.

Jerome bufou e amassou a bituca do cigarro em cima da minha mesa de centro. Teoricamente, eu deveria ficar feliz por não ter sido no sofá ou carpete.

— Claro. Pois no grande esquema do universo, seu namorado é importante o suficiente para que o RH do Inferno mude a reorganização do organograma. Qual é, Georgie? Você é tão inocente assim? Por quantas transferências você passou ao longo dos tempos? Ou talvez eu deva perguntar: de quantas transferências você já ouviu falar que foram canceladas porque alguém "não tava a fim".

— Nenhuma — admiti. No máximo, o Inferno leva em consideração empregados infelizes e os tiram de onde não estão sendo produtivos. Eu já pedira transferências antes e tinha conseguido algumas. Mas depois que o RH já tinha tomado a decisão? Já era. A verdade nua e crua de que não era um erro e eu não podia impedi-lo estava começando a me envolver. Tentei entender de outro modo: — Mas por quê? Por que decidiram isso? Eu tenho sido uma boa empregada... — porém, enquanto falava, me sentia cada vez mais insegura. Jerome me olhou conscientemente.

— Tem mesmo?

— Eu não tenho sido uma empregada ruim — corrigi. — Não exatamente.

— Isso não é um jogo. Não queremos empregados medíocres, que não mantém o *status quo*. Queremos almas. Queremos *ganhar*. E você passa a maior parte do tempo aqui sendo medíocre. Não me olhe assim. Você sabe que eu tenho razão. Você já teve bons momentos de produtividade, os mais notáveis quando esteve sob pressão. Mas isso é um trabalho inconsistente.

Eu tinha feito uma barganha com Jerome havia um ano, na qual eu me comportaria como um súcubo exemplar por um tempo. Depois que eu o ajudara a ser resgatado do feitiço, houve uma aceitação silenciosa da minha vadiagem, sem encheção de saco dele.

— Se você rendesse e entregasse uma boa quantidade de almas, duvido que estivesse indo embora agora. Então, se procura alguém para culpar, é só olhar no espelho.

— Você tá cheio de si — disse com petulância. — Parece até que tá feliz com isso.

— Feliz? Feliz por ter que me arriscar com uma nova empregada, ou herdar Tawny para sempre? Até parece. Mas, ao contrário de você, eu aceito que minha felicidade não significa nada para os meus superiores. A única coisa que importa é que eu obedeça às ordens. — seu tom e sua expressão deixavam claro que o mesmo era verdade para mim.

Eu quase nunca me seguro em uma briga com Jerome, mas naquele dia o fiz. Por quê? Porque não havia nada que eu pudesse dizer, nenhum acordo a fazer. Eu tinha negociado muitos favores e permissões nos meus anos com ele, coisas especificamente ligadas à minha existência em Seattle. Esse era o domínio dele. Mas o resto do mundo? Além de seu alcance. Não havia nada que ele pudesse fazer para mudar minha nova tarefa, mesmo se ele quisesse. Não havia nada que eu pudesse fazer. Contra algumas coisas, não se pode lutar. O Inferno é uma delas. Quando entreguei minha alma, ofereci juntamente o controle sobre minha eternidade.

— Não é justo — prevendo o contra-ataque sarcástico de Jerome, rapidamente acrescentei: — Eu sei, não precisa falar. A vida não é justa. Eu entendo. Mas é só que... É cruel. Seth e eu finalmente conseguimos uma relação estável. E agora preciso abandoná-lo.

Jerome balançou a cabeça, e eu pude notar por seu comportamento inquieto que ele queria ir embora. Sua paciência com essa conversa estava por um fio.

— Sabe, vou sentir um pouco de falta de suas tiradas quando não estiver mais aqui, mas sabe do que não vou sentir falta? Do drama e do desespero. É demais até para mim.

A dor e a autopiedade em mim se transformaram em raiva.

— Me desculpa, mas isso é sério pra mim! Como não vou ficar chateada? Eu amo o Seth. Não quero abandonar ele.

— Então não abandone. Leve-o com você. Ou namore a distância. Eu sinceramente tô pouco me fodendo, contanto que você pare de reclamar. Como você não arranja nenhuma solução? Vocês aparentemente decidiram que ser imortal não é um impedimento para o relacionamento, mas um voo de duas horas é?

Senti-me encurralada. Normalmente, eu me ressentia com as brincadeiras de Jerome quando estava chateada, pois culpava sua falta de empatia. Mas dessa vez tinha que admitir que ele talvez tivesse razão sobre o drama excessivo. Por que eu não poderia levar Seth comigo? Se Seth realmente me amasse, mudar de cidade não seria problema. E de todas as profissões do mundo, ele tem uma das mais propícias a mudanças de localidade. Infelizmente, é mais complicado do que isso. Suspirei.

— Não sei se ele mudaria. A família dele mora aqui, e a cunhada dele tá doente. Ele não pode deixar todos pra trás agora...

Jerome deu de ombros.

— De novo: tô pouco me fodendo pra isso. Eu me importo, porém, que você vá pra lá quanto antes. O Luis me pediu pra eu te mandar logo, pra você checar o pedaço por alguns dias. Já que o treino de boliche não começa antes de segunda, não posso deixar de considerar o próximo fim de semana como um momento excelente para você ir resolver isso. Fico feliz de ajudar o Luis, mas não posso prejudicar meu time.

— Sério? — ri com desdém. — Você acha que eu vou ligar pra esse boliche nessas circunstâncias?

Ele sorriu com os lábios apertados.

— Haja vista que você ainda será minha empregada pelas próximas quatro semanas: sim, espero que você se preocupe muito com isso — ele voltou o olhar para Roman, que observava tudo em silêncio. — E eu espero que você bole um cronograma de treino excelente. Vejo vocês dois por aí.

Jerome sumiu numa nuvem de fumaça, para mostrar quão contente ele estava consigo mesmo por tudo isso. Poderia ser um inconveniente me perder, mas sua natureza demoníaca também sente prazer com tormentos alheios.

Cobri meus olhos e rolei para deitar no sofá.

— Ai, Deus. O que eu vou fazer? Não é possível.

Terminar com o Seth no ano anterior tinha partido meu coração. Na época, eu quis morrer. Reunir-me com ele foi como renascer. Eu amava a vida, mesmo sendo condenada. Porém, nesse momento voltava a sentir aquela dor desesperadora e terrível novamente. Não é possível que alguém possa passar por tantos altos e baixos em tão pouco tempo. *Bem-vinda ao amor*, pensei.

Senti Roman sentando-se aos meus pés. Pouco depois, as gatas também vieram. Descobri os olhos e dei de cara com olhos verde-água me encarando.

— Ele não foi muito sensível, mas admito que tem razão. Por que o Seth não pode se mudar com você?

— Sob circunstâncias normais... — tive que parar antes que começasse a rir. Nossas circunstâncias *nunca* são normais. — Sob circunstâncias normais, ele iria. Mas como eu dizia, com a doença da Andrea, não acho que ele vai poder. E, sinceramente, não quero que ele vá. — eu não tinha percebido que isso era verdade até pronunciar as palavras. Se Seth deixasse tudo para ir comigo, ele estaria prejudicando tanto si mesmo quanto sua família por minha causa. Eu nunca permitiria isso. Meu coração ficou pesado. — Não acredito. Como isso aconteceu tão rápido? Eu estava tão feliz.

Roman coçou a cabeça de Aubrey e se encostou.

— Boa pergunta. Foi tudo meio repentino. Geralmente é assim mesmo?

— Bom, tipo, a gente não costuma receber muitos avisos sobre essas transferências. Às vezes a gente fica sabendo sobre reorganizações do organograma. Às vezes dá pra conseguir uma transferência, se pedir. Mas normalmente alguém se reúne, decide seu futuro e você descobre depois. A única coisa estranha é que o Jerome parecia saber menos do que eu.

Roman estivera olhando para o telhado e de repente virou sua cabeça na minha direção. Recuei sob a intensidade de seu olhar.

— Explica de novo. O que aconteceu e o que foi esquisito.

Estava prestes a falar que tinha acabado de explicar tudo, mas, em vez disso, descartei minha resposta grosseira, ciente de que ele não era o motivo da minha irritação.

— Normalmente, seu arquidemônio se reúne com você para contar os detalhes, e depois a carta com a data a transferência chega. Tudo foi tão rápido que eu recebi a carta antes que o Jerome tivesse a chance de falar comigo.

— O Inferno não faz nada sem um motivo — ele reconsiderou. — Bom, exceto torneios improvisados de boliche. Mas eles gostam de burocracia, papelada, e todos os detalhes em ordem. Mesmo se eles decidissem rapidamente sobre uma transferência, ainda assim todos os procedimentos absurdos seriam feitos. Para a carta ter se antecipado às instruções a Jerome, as coisas devem ter sido realmente aceleradas. A questão é: por quê? Por que te tirar de Seattle com tanta pressa?

Não pude deixar de sorrir.

— Isso é teoria da conspiração. Digo, não me leve a mal, é um saco. Horrível. Mas não acho que tem mais nada por trás além do que o Jerome disse: meu desleixo no trabalho. O que, bem, é minha culpa.

— Sim, mas o Inferno tem um monte de funcionários ruins. E eles passam por uma pilha de procedimentos tentando encontrar a melhor maneira de lidar com esse pessoal. O papi pode ter razão de que o Inferno não tolera trabalhadores medíocres, mas não tanto que eles precisem resolver o problema *no mesmo segundo*. O que tem de tão especial com você para alguém de repente decidir começar sua transferência imediata?

Estava agradecida por Roman tentar me ajudar, mas não queria que ele ficasse obcecado com aquilo. Os nefilins possuem muito ressentimento com o Céu e o Inferno, e sempre estão à procura de maneiras de os perturbar e desafiar. O próprio Roman já tinha sido o autor de uma chacina de imortais superiores. Havia algo em sua natureza que desejava que houvesse algo mais do que azar na minha história, mas eu não acreditava muito nisso.

As palavras de Carter ainda ecoavam em minha mente, por mais que eu tentasse espantá-las: *E se há uma razão, é porque você tem feito algo que o Inferno não quer que faça.*

— Você devia conversar com o Carter — murmurei. — Ele tem certeza de que há um motivo por trás disso também — ao ver a expressão de expectativa em Roman, tentei, sem muito entusiasmo, brincar com ele: — Não sei o que pode ser. Talvez por eu ter sido capturada por oneroi? Ou talvez eles estejam preocupados que eu seja instável, ou algo assim. Ou que aqui não seja um lugar seguro pra mim.

Roman assentiu conforme eu falava.

— Isso realmente te torna especial. No entanto, se eu temesse que um funcionário meu estivesse prestes a ficar doido, eu o manteria num lugar onde eu estivesse certo de que ele ficaria estável. Eu tenho certeza de que o Inferno sabe que você tá feliz aqui, e, no mais, eles devem pensar que aquela experiência te deixou mais próxima do Jerome. Eles devem querer encorajar essa lealdade.

— O Inferno não precisa encorajar lealdade — eu discordei. — Só se preocupam que a alma seja entregue pra eles. Isso é algo maior do que lealdade.

Uma expressão surpresa surgiu na face dele.

— Isso *é* mesmo tudo com que se preocupam. Georgina, quando isso aconteceu? Exatamente quando?

— Hum, o quê? A carta?

Seus olhos estavam vidrados. Não havia dúvidas: ele estava ficando obcecado.

— Sim.

— Esta manhã. Apareceu na casa do Seth. Eu senti a presença do entregador, ela me acordou.

— Você estava no Seth. O que estava fazendo? O que tinha feito logo antes? — ele parou de acariciar Aubrey, e ela deslizou na minha direção com um ronronar, procurando uma audiência mais atenta. — Descreva o momento pra mim.

— Bem, como eu disse, eu dormia. Antes disso... — eu me retraí ao me lembrar de quando deitei na cama com Ian. — Conheci a mãe e o irmão mais novo do Seth. Antes disso, fui à noite do *fondue*. Antes disso, estive no *shopping*...

— Na casa do Peter. Me conte o que aconteceu lá. Alguma coisa estranha?

Olhei-o.

— Era uma festa com *fondue* na casa de um vampiro. Tudo era estranho.

— Estou tentando te ajudar! — sua voz estava agitada, tensa. Ele se aproximou. — Esquece as piadas um pouco, ok? *Pense.* O que aconteceu? Com você especificamente. Sobre o que conversou? O que disseram pra você?

Eu ficava cada vez mais desconfortável com a intensidade de Roman.

— Estavam tirando sarro por causa do meu emprego — respondi.

— O Jerome também?

— Claro. Ele disse que trabalhar como elfo era uma vergonha, que eu devia procurar outra coisa — um pensamento chocante me abalou. — Roman... você não acha que o Jerome pediu a transferência, acha? Será possível que ele tá tão chateado comigo? Tão envergonhado?

— Não sei — admitiu Roman, passando a mão distraidamente em seu cabelo escuro e cacheado. — É possível. Parte da esquisitice poderia ser explicada se o Jerome estivesse tentando esconder que ele começou isso tudo. Mas, por outro lado, não é como se seus amigos fossem normais. Se algo fosse deixar o Jerome com vergonha o suficiente para mandar um funcionário embora, tenho a impressão de que ele teria feito isso bem antes de você. Mais algum assunto surgiu?

— Eu perguntei sobre... — hesitei. O assunto ainda era muito difícil para mim. Era complicado falar sobre isso com Roman, eu mal podia acreditar que eu tivera coragem de falar sobre isso com a turma. Roman percebeu minha hesitação e pulou.

— O quê? O que mais? Perguntou o quê?

Esperei mais alguns instantes e depois decidi contar. Não faria mal, e, além disso, até onde eu sabia, Roman poderia ter mencionado meu nome para o Seth.

— Mais ou menos um mês atrás, a gente estava na cama, e o Seth, quase dormindo, me chamou de Letha. Quando perguntei como ele sabia meu nome, ele não se lembrava. Ele nem se lembrava de ter acabado de me chamar de Letha. Então, perguntei pro pessoal se alguém tinha dito meu nome ao Seth.

— E?

— E todos responderam que não. O Cody nem sabia meu nome. Novamente fui criticada por ser melodramática, e o consenso foi de que Seth deve ter ouvido de alguém ou de mim mesma e esqueceu.

Roman ficou em silêncio, o que era quase mais irritante do que o interrogatório. Fiquei ereta e o cutuquei.

— Ei, não foi você que contou, foi?

— Ãhn? Não — ele fez uma careta e voltou aos seus pensamentos.

— O que o Jerome achou? Ele concordou com a teoria?

— Sim. Ele achou que o assunto foi uma perda de tempo, e deixou isso bem claro. Ele ficou tão entediado que começou a falar sobre boliche.

— Foi aí que ele contou sobre o time de boliche? O assunto surgiu do nada?

— É... — agora era eu quem fazia uma careta. Estava claro que os pensamentos de Roman seguiam por uma trilha que eu não conseguia acompanhar. — Por quê? O que você tá pensando? Isso tem alguma ligação.

— Não sei — ele respondeu, por fim. Levantou-se e andou em círculos pela sala. — Preciso pensar sobre o assunto. Preciso fazer umas perguntas. O que você vai fazer agora?

Levantei-me também e me espreguicei, sentindo-me subitamente cansada.

— Preciso falar com o Seth. Preciso contar o que aconteceu. E acho... — fiz uma careta. — Se eu preciso mesmo ir pra Las Vegas, o próximo fim de semana é realmente o melhor momento.

— Pra não perder o treino de boliche? — provocou Roman.

— Claro, e eu também tenho folga do trabalho. O Seth tá bem ocupado com a visita da família, o que é mais um motivo pra ir. Apesar de que... Seria legal se ele fosse comigo. Digo, se for pra ele pensar em mudar, precisa conhecer a cidade também — porém, mais uma vez, a preocupação voltou: como eu poderia pedir para Seth abandonar Terry e Andrea?

— Na verdade — sugeriu Roman, não mais bem-humorado —, acho melhor ele não ir.

— Por que não?

— Porque seja lá qual for o motivo, alguma coisa não cheira bem nessa história. Não sei o que te espera em Las Vegas. Talvez nada. Mas tenho a sensação de que há algo mais poderoso nisso tudo, uma mão guiando essa história, e será mais seguro para o Seth se você não o arrastar para um dramalhão imortal.

A face de Roman abrandou-se.

— Na verdade, não estou muito empolgado de te ver enfrentando isso sozinha, mas não acho que eu entrar num balaio de gatos imortal seja tão esperto também.

— Eu vou ficar bem — assegurei, tentando não desanimar com suas palavras agourentas. — Não importa quão terrível seja a transferência, tenho que admitir que dei sorte. Tipo, não que eu confie em demônio nenhum, mas, se for pra escolher um, é o Luis. Ele é bem legal. E Las Vegas é, bem, é Vegas. Como eu disse, tive sorte.

Roman ficou pensativo de novo.

— Sim, sim, deu sorte.

No dia seguinte, me encontrei com Seth na casa de seu irmão. Andrea tinha passado o dia em tratamento e dormia para se recuperar. Seth e Margaret estavam tentando cuidar o melhor possível da casa, cozinhando um jantar tardio e cuidando das crianças. Cheguei mais ou menos no mesmo horário em que Terry voltava do trabalho, e nossa entrada dupla foi recebida com gritos e abraços. Peguei Kayla nos braços e a beijei, enquanto Terry perguntava no que eu estava pensando.

— Cadê o Ian?

Seth e Margaret trocaram olhares.

— O Ian tinha que fazer umas coisas — ela respondeu, neutra.

— É — concordou Seth —, precisava checar umas partes irônicas de Seattle.

Essa é a ajuda de Ian. Com certeza, ele tinha feito novos amigos descolados num café, e agora curtia em algum local, bebendo cerveja local e divertindo-os com as histórias das bandas obscuras que ele conhece.

Terry sorriu de bom humor.

— Bom, azar o dele, o jantar tá com um cheiro muito bom. Sobra mais pra gente — Terry girou e beijou as outras filhas antes de subir para beijar Andrea. Senti um nó na garganta ao observá-lo. Ele agia tão tranquilamente na frente das crianças, mas eu sabia que a situação o corroía por dentro. Meus problemas mesquinhos pareceram exatamente o que eram: mesquinhos. Pequenos. Irrelevantes.

Todavia, a história da transferência ocupou minha mente durante o jantar. Eu queria esperar até que Seth e eu estivéssemos sozinhos em sua casa, mas meu rosto deve ter traído meus sentimentos.

— Ei — ele chamou gentilmente, me abraçando. A família estava reunida na sala, começando a ver um filme, enquanto Seth e eu ficamos de pé na porta da cozinha —, tá tudo bem? — hesitei, incerta sobre tocar no assunto ali. Sentindo isso, ele me puxou para a privacidade da cozinha. — Thetis, fala comigo.

— Recebi notícias ruins hoje — comecei. Tentei pensar em um jeito inteligente ou engraçado de puxar o assunto, mas não bolei nada. Então, falei tudo de uma vez, explicando a natureza indiscutível das transferências e os detalhes da minha.

— Las Vegas — ele disse, com a voz fraca. Parecia ter levado um tapa na cara. — Você vai se mudar pra Las Vegas.

— Só daqui um mês — eu acrescentei, segurando suas mãos. — E, acredite, eu não quero ir. Por Deus, Seth. Nem consigo acreditar. Desculpe. Mil desculpas.

— Ei, não peça desculpas por isso — ele me puxou para perto, sua gentileza e compaixão quase me fazendo chorar. — Não é culpa sua. Você não tem nada que se desculpar.

Balancei a cabeça.

— Eu sei, mas... É tão louco. Achei que era isso: nossa chance de ficar juntos. E agora não sei o que fazer. Eu não posso te pedir para...

— Me pedir o quê?

Recostei minha cabeça contra seu peito.

— Vir comigo.

Ele ficou quieto por alguns segundos.

— Eles deixariam? Eu sempre pensei... Quer dizer, sempre que você contava sobre seu passado, parecia que você precisava se reinventar. Novo nome, nova aparência. Eu achava que você precisava deixar sua vida antiga para trás.

— Eu deixava, mas sempre foi minha escolha. Por você... Tipo, claro, eu não faria isso. Continuarei sendo Georgina Kincaid, do jeito que você conhece. Mas você não pode deixar eles — apontei para a sala de estar. — Não vale a pena.

Seth moveu as mãos para minha cabeça, inclinando meu rosto para que eu o olhasse nos olhos.

— Georgina — ele disse suavemente —, eu te amo. Você vale a pena. Você é tudo pra mim. Eu te seguiria até o fim do mundo. E além.

— Isso não faz sentido — sorri tristemente. — E eu não sou *tudo*. Você ama sua família também. E eu me odiaria por te fazer abandoná-los num momento em que eles precisam tanto de você.

— E então? Você fez minha escolha por mim? — ele perguntou. Havia um toque de brincadeira em sua voz, apesar da seriedade fúnebre do assunto. — Você tá terminando comigo?

— Não! Claro que não. Eu só... Só quero que você saiba que eu não espero que você venha comigo. Se eu quero ficar com você? Sim, claro. Mas eu amo sua família, Seth. Todos eles. Minha felicidade... — era estranho pronunciar essas palavras: *minha felicidade*. Por tanto tempo fui miserável que felicidade não era um conceito que eu imaginava para mim havia anos. — Minha felicidade não é mais importante do que a deles.

Ele se inclinou e roçou os lábios contra os meus.

— E a minha?

Encarei-o espantada.

— Você quer dizer que os abandonaria para fugir pra Las Vegas?

— Não — ele respondeu firmemente. — Eu nunca os abandonaria. Mas tem que haver um meio-termo. Algum modo que não sacrifique ninguém. Só precisamos descobrir como. O que temos é muito importante. Não desista da gente, ok?

Abracei-o, me perdendo na doçura do seu calor e do seu cheiro. Meu coração ficara um pouco mais leve depois daquelas palavras, mas eu ainda não queria aumentar minhas esperanças. Havia muito em jogo, muito que podia dar errado.

— Eu te amo — disse-lhe.

— Também te amo — ele me apertou com força, depois me beijou novamente antes de nos separarmos. — Agora vamos ver aquele filme e socializar pra conseguir ir embora cedo.

— Por quê?

— Porque se você vai pra Vegas no fim de semana, então quero te levar pra casa e aproveitar bem.

Sorri e o abracei.

— "Aproveitar bem" é fazer o que estou pensando?

— Sim — ele respondeu, enquanto voltávamos para a sala. — É sim.

— Bom, você sabe que é contra as regras.

— Regras que você inventou — ele ressaltou.

— Regras para o seu bem — corrigi. — Ainda não dá. Lembra, temos que nos controlar.

Era parte das condições para que ficássemos juntos. Ter um relacionamento totalmente platônico foi desgastante, então, dessa vez, concordara com um pouco de sexo, embora eu sofresse com a ideia de que, a cada ato, não importava quão pequeno, um pouco da vida de Seth seria levado embora. Ele dissera que não se importava, que arriscaria tudo para ficar comigo. Eu continuava cautelosa, então ele me convenceu a montar um calendário para nosso sexo restrito. Eu não tinha certeza do que seria adequado numa situação como a nossa, mas algo me dizia que devíamos fazer sexo com intervalo de meses. No entanto, eu não contara isso a Seth. Havia se passado um mês desde a última — e única — vez depois que reatamos o namoro, e eu sabia que ele estava ficando impaciente. Era especialmente difícil para ele, pois embora me respeitasse, também não pensava que tamanha precaução era necessária quando ele mesmo teria que enfrentar os perigos — com os quais jurava não se importar.

— Hoje não — continuei.

— Mas é praticamente uma ocasião especial — ele contrapôs. — Uma bela despedida.

— Ei, eu não disse que não podemos fazer nada — retruquei. — Mas não podemos fazer tudo que você quer — uma coisa que herdamos do nosso tempo de castidade foi uma ampla gama de brincadeiras criativas, a maioria envolvendo fazer em nós mesmos o que não poderíamos fazer no outro. — A questão é: não vai ter problema com nossos convidados?

— Não se a gente ficar quietinho — ele disse. Depois de um momento, deu de ombros. — Apaga. Não tô nem aí. Eles que ouçam.

Eu zombei:

— Ah, claro. Aí sua mãe quebra a porta do quarto com o taco.

— Não se preocupe — ele assegurou beijando minha bochecha. — Ela não é páreo pra você com aquele dicionário.

Capítulo 6

Felizmente, nenhum dicionário ou taco foi necessário. Seth e eu passamos uma noite agradável juntos. Ele me disse adeus de bom humor, e, durante o tempo em que ficamos juntos antes da viagem, foi fácil acreditar que tudo daria certo. Quando comecei a parte tediosa da viagem sozinha, as dúvidas começaram a se apoderar de mim.

A ida ao aeroporto, a vistoria policial, as instruções de segurança... Todas pequenas coisas, mas que começavam a pesar. Eu não conseguia enxergar Seth se mudando para Las Vegas, pelo menos num futuro próximo. Então nos restava o namoro a distância, e era difícil nos imaginar fazendo uma viagem como essa a cada... Droga, eu nem sabia a frequência. E isso era outro problema. O que significava "namoro a distância"? Visitas semanais? Mensais? Muitas visitas significavam a trabalheira das viagens. Poucas nos importam os problemas de "longe dos olhos, longe do coração".

Então, naturalmente, eu estava ansiosa quando o avião pousou em Las Vegas. E estranhamente, busquei conforto nas palavras de ninguém mais, ninguém menos que Jerome. Se Seth e eu tínhamos superado o gigantesco problema de namoro imortal/mortal, então, sério, o que seria um voo de duas horas em comparação? A gente conseguiria. Teríamos que conseguir.

— Olha quem chegou!

Uma conhecida e ressoante voz me assustou enquanto eu esperava perto da esteira de bagagens. Virei-me e dei de cara com o bem-apessoado e bronzeado Luis, Arquidemônio de Las Vegas. Deixei que me desse um forte abraço, algo que ele dava um jeito de fazer com notável delicadeza, considerando que ele parecia mais um urso do que um homem.

— O que você tá fazendo aqui? — perguntei, depois que aqueles braços musculosos me soltaram. Aí me toquei. — Você não veio me buscar, né? Tipo, você não tem pessoas que têm pessoas que podem fazer esse tipo de coisa?

Luis sorriu para mim, seus olhos escuros brilhando.

— Claro, mas eu não poderia confiar em um servo para buscar meu súcubo preferido.

— Ah, para com isso — gani. Minha bagagem chegou, mas quando fiz menção de pegar, Luis se adiantou e a levantou com facilidade. Enquanto o seguia para o estacionamento, não conseguia nem imaginar Jerome fazendo algo do tipo.

— Você tira sarro, mas a maioria dos súcubos daqui me leva às lágrimas. Caramba, a maior parte da equipe aqui provoca isso — disse Luis. — Com tanta gente, tem de tudo, todos os tipos de personalidade e níveis de talento. Os excepcionais e os anormais. Você, minha querida, é excepcional.

— Você não precisa me convencer a aceitar o cargo — eu disse sorrindo, apesar de tudo. — Eu não tenho escolha.

— Verdade — ele concordou. — Mas quero que seja feliz aqui. Quero que todos que trabalhem comigo saiam contando por aí histórias de como eu sou o máximo. Aumenta meus créditos na conferência anual da empresa.

— Para isso, o Jerome está organizando um campeonato de boliche. Precisa ganhar dos funcionários da Nanette.

Luis riu e nos levou ao reluzente Jaguar parado em mão dupla na frente da vaga para deficientes. Depois de guardar minha mala, foi além e abriu a porta do carro para mim. Antes de dar a partida, aproximou-se de maneira conspiratória e sussurrou alto:

— Se quiser transformar sua aparência pra outra coisa, essa é sua chance.

— Mudar para quê?

Ele deu de ombros.

— Você tá em Vegas. Entre no estilo de vida. Não precisa mais se resignar a *jeans* e sapatos ortopédicos. Presenteie-se com um vestido de festa. Lantejoulas. Um espartilho. Tipo, olha pra mim.

Luis gesticulou grandiosamente para si mesmo, como se fosse possível não reparar no maravilhoso, e com certeza feito sob medida, terno italiano que ele vestia.

— Nem é meio-dia — eu ressaltei.

— Não importa. Eu me visto desse jeito assim que pulo da cama.

Olhando para os lados com cautela, transformei minhas roupas de viagem em um vestido míni de um ombro só, como uma túnica grega. O tecido brilhava pontos pratas quando a luz batia no lugar certo. Meu longo cabelo castanho-claro ficou igualmente brilhante.

Luis aprovou com a cabeça.

— Agora você está pronta para o Bellagio.

— O Bellagio? — perguntei, impressionada. — Imaginei que eu seria enfiada num hotel vagabundo longe de tudo — melhorei a maquiagem por precaução.

— Bem — ele disse, dando ré — isso é o que geralmente o orçamento permite quando um novo funcionário visita. Eu consegui uns fundos extras, e tirei um pouco do bolso, para te dar um *upgrade*.

— Não precisava! — exclamei. — Eu poderia pagar um quarto em outro lugar.

Apesar de que eu já sabia que, se juntar uma poupança ao longo de séculos é fácil para alguém como eu, era um milhão de vezes mais simples para alguém como Luis. O carro e o terno provavelmente tinham sido comprados com o troco de sua renda. Ele dissipou minhas preocupações:

— Não é nada. Além disso, meu carro provavelmente seria roubado se eu parasse num desses lugares "acessíveis".

O painel do carro me disse que a temperatura não estava tão diferente da de Seattle. A diferença estava na luminosidade.

— Ai, meu Deus — eu disse, apertando os olhos ao olhar pela janela. — Eu não vejo o sol há dois meses.

Luis riu.

— Ah, espera só o alto verão, quando a temperatura passa dos quarenta. A maioria das pessoas é cozinhada viva. Mas você não, você vai amar. Quente e seco. De noite, não fica abaixo de vinte e cinco.

Eu amo Seattle. Mesmo sem o Seth, eu poderia viver feliz lá por muitos e muitos anos. Mas tenho que admitir que um dos pontos fracos da região é o clima. Em comparação com o extremo da costa leste, Seattle tem um clima ameno. O que significa que não é nem uma coisa nem outra. Nem muito frio, e definitivamente não muito quente. O calor no meio do verão é passageiro, então a amenidade do inverno é perturbada pelas chuvas e nuvens. Em fevereiro, já começava a tomar montes de vitamina D. Eu cresci nas praias do Mediterrâneo, e ainda sinto falta delas.

— Que ótimo — eu disse. — Queria ter vindo quando estivesse mais quente.

— Ah, você não vai precisar esperar muito — ele afirmou. — Mais um mês assim, depois a temperatura começa a subir. Vai estrear seu biquíni em março.

Achei que ele estivesse exagerando, mas retribuí o sorriso.

Chegávamos à Strip, a avenida principal, e toda sua glória. Os prédios tornavam-se mais exuberantes e ostensivos. Outdoors propagandeavam todo tipo de divertimento imaginável. Como um parque de diversão para adultos.

— Você parece bem feliz aqui — comentei.

— Pois é — concordou Luis. — Dei sorte. Não só esse lugar é o máximo como eu comando um dos maiores grupos de serviçais do Inferno do mundo. Quando seu nome surgiu, pensei: "Tenho que trazer essa moça pra cá".

Algo em suas palavras rachou as lentes cor-de-rosa pelas quais vinha enxergando todas aquelas paisagens incríveis à minha volta.

— Quando meu nome surgiu?

— É. A gente recebe *e-mails* a toda hora sobre transferências, vagas etc. Quando vi que seria transferida de Seattle, entrei na fila.

Virei o rosto para que ele não visse minha expressão.

— Quando foi isso?

— Ah, sei lá. Um tempinho — ele riu. — Cê sabe como essas coisas demoram.

— É — concordei, tentando manter minha voz leve —, eu sei.

Exatamente o que Roman e eu havíamos conversado: o esmerado longo tempo que o Inferno toma para decisões de pessoal. Roman tinha certeza de que as circunstâncias envolvendo essa transferência eram suspeitas e sugeriu que fora feita às pressas. No entanto, Luis comportava-se como se tudo tivesse acontecido de acordo com a rotina normal. Seria possível ter sido apenas um deslize com a notificação de Jerome?

Era possível, eu sabia, que Luis estivesse mentindo. Não queria crer nisso, mas sabia que não importa quão amigável e bonzinho ele parecesse, ainda era um demônio no fim das contas. Eu não me permitiria ser induzida por seu charme à confiança total. Temos um ditado entre meus amigos: *Como você sabe que um demônio está mentindo? Seus lábios estão se movendo.*

— Fui pega de surpresa pela transferência — eu disse. — Estou feliz em Seattle. O Jerome disse, bem, ele disse que aconteceu porque eu sou relaxada. Que eu estava sendo transferida por mau comportamento.

Luis riu com desdém e estacionou na entrada no Bellagio.

— Ele disse, é? Bom, não se martirize, querida. Se quer uma razão para que tenham feito isso, meu chute é que tem alguma coisa a ver com Jerome se deixando ser enfeitiçado e permitindo que nefilins e criaturas dos sonhos façam seu súcubo de gato e sapato.

Não tinha nada a acrescentar, mas, felizmente, já estávamos na entrada e ele entregou o carro ao manobrista, que parecia conhecer Luis e suas gorjetas generosas. Entrando no Bellagio, fui logo coberta pelos estímulos: cor e som e vida. Muitas das pessoas estavam vestidas tão glamorosamente quanto a gente, mas muitos "normais" circulavam por lá também. Uma mistura de classes sociais e culturas, unidas ali pela busca de diversão.

Igualmente devastadora era a intensa onda de emoção humana. Eu não possuo nenhum truque de mágica que me permita "ver" emoções, mas sou muito boa em ler gestos e expressões. O mesmo dom que me permitia achar os desesperados no *shopping*. Ali, era o mesmo, só que centenas de vezes ampliado. O espectro de esperança e excitação inteiramente exemplificado. Alguns estavam felizes e ansiosos, seja inebriados pelo triunfo ou prontos a arriscar tudo em troca dele. Outros tinham tentado e falhado. Rostos repletos de desespero, descrença em como tinham ido parar naquela situação e tristeza pela inabilidade de consertar os erros.

As potenciais vítimas também eram óbvias. Alguns caras procurando tão descaradamente uma presa que eu poderia ter feito uma proposta na lata. Outros eram isca de súcubo, caras que tinham ido para lá prometendo ser bons garotos, mas que, com os truques certos, poderiam ser facilmente atraídos para o pecado. Mesmo com meu coração preso ao Seth, eu não deixava de aproveitar os olhares admiradores que recebia. Fiquei feliz por ter aceitado a sugestão do Luis de mudança corporal.

— Tão fácil — murmurei, olhando ao redor enquanto esperávamos o elevador. — Eles são como...

— Gado? — sugeriu Luis.

Fiz uma careta.

— Não é bem a palavra que eu procurava.

— Não é muito diferente.

Um dos elevadores se abriu, e um bonitinho de vinte e poucos anos gesticulou para que eu entrasse na frente. Sorri vitoriosa para ele, amando o efeito que eu produzia. Depois que ele desceu em um dos andares, Luis piscou para mim e se inclinou para cochichar no meu ouvido:

— É fácil de se acostumar aqui, hein?

Ao chegarmos ao nosso andar, Luis indicou a direita quando a porta abriu. No corredor, percebi uma coisa:

— Eu tenho uma suíte? — perguntei, surpresa. — Isso é exagero, mesmo pra causar uma boa impressão.

— Ah, bom, tem uma coisa que eu não te contei. Você tem uma suíte, pois ela tem dois cômodos. Vai ter que dividir com outro empregado.

Parei bruscamente. Ali estava: a pegadinha no que seria, de outro modo, uma perfeita fantasia. Imaginei-me dividindo o quarto com um súcubo e imediatamente soube que procuraria outro tipo de acomodação. Súcubos em proximidade forçada colocam o drama de *reality shows* no chinelo.

— Eu não quero perturbar a privacidade de ninguém — eu disse delicadamente, pensando em como poderia me livrar daquela.

Luis chegou até a porta e pegou o cartão.

— Nem, o lugar é enorme. Dois quartos e uma sala de estar e uma cozinha sem fim — ele abriu a porta. — Podem se evitar a semana toda se quiserem. Mas tô achando que você não vai querer.

Estava prestes a questionar a afirmação, mas, de repente, não houve mais necessidade. Entramos em uma sala tão gigantesca quanto Luis prometera, linhas sóbrias e móveis modernos, tons dourados e esverdeados, madeira escura nos remates. Uma janela comprida oferecia uma visão arrebatadora da cidade. Um homem observava o panorama.

Eu não enxergava seu rosto, mas algo me dizia que, mesmo que o pudesse ver, não o reconheceria. Isso não importava. Sabia quem era devido a sua assinatura imortal, as marcas sensoriais únicas que o distinguem de todo o resto. Mal podia acreditar, mesmo depois de ele se virar e sorrir para mim.

— Bastien?! — exclamei.

Capítulo 7

Não importa qual aparência ele use, Bastien dá um jeito de sempre manter o mesmo sorriso — acolhedor e contagiante. Eu sorria ao abraçá-lo, muito empolgada para dizer qualquer coisa lógica, nem ao menos perguntar por que ele estava lá.

A última vez que vira Bastien tinha sido em Seattle, no outono anterior. Ele viera à cidade para ajudar a acabar com a reputação de um apresentador de rádio conservador e tivera sucesso (graças a mim), o que lhe rendeu elogios dos superiores. Perdera contato com ele logo depois. Imaginei que tivesse sido transferido para a Europa ou para a Costa Leste. Talvez fora, mas estava ali naquele momento. O impacto das palavras de Luis me atingiu quando me soltei do abraço de Bastien.

— Espera. *Você* é o outro novo empregado?

O sorriso de Bastien expandiu-se. Ele adora me chocar e surpreender.

— Temo que sim, *Fleur*. Eu me mudei faz uma semana, e nosso novo patrão foi legal o suficiente pra me colocar aqui enquanto procuro um lugar pra ficar — ele direcionou uma reverência galante para Luis.

Luis assentiu, obviamente adorando a situação que tinha criado.

— O que, espero, você fará logo. A contabilidade não vai me deixar te manter aqui pra sempre.

Bastien concordou seriamente com a cabeça.

— Eu já achei dois lugares em potencial.

— E — eu provoquei — o Bastien não precisa achar um lugar. Ele pode sair hoje à noite, sorrir para as pessoas certas e arranjar uma dúzia de ricaças mais do que dispostas a dar um teto pra ele.

O corpo atual de Bastien parecia estar perto da casa dos trinta, com cabelo castanho-dourado e olhos castanho-claros. Bem fofo, mas, mesmo se ele estivesse horrível, ainda conseguiria conquistar o coração de alguém. De tão bom que ele é nisso.

— Isso é um convite? — perguntou Bastien. — Porque eu não tenho planos pra hoje à noite.

— Bom, você tem agora — disse Luis. — Suponho que você e a Georgina queiram colocar a conversa em dia, e você pode passar pra ela suas impressões da cidade até agora, que são todas boas, claro.

— Claro — dissemos Bastien e eu em conjunto.

— Outra coisa, gostaria que ela conhecesse a Phoebe, e talvez outras súcubos — continuou Luis.

— Mademoiselle Phoebe — Bastien balançou a cabeça em aprovação. — Uma criatura maravilhosa. Você vai amá-la.

— Você aparentemente ama — eu comentei.

Súcubos e íncubos às vezes ficam juntos, mas geralmente preferem humanos para relações amorosas. Bastien, no entanto, tem uma queda pelo meu povo.

Ele fez uma careta.

— Nenhum dos meus charmes funciona com ela. Phoebe diz que eu nunca vou me apaixonar tanto por outra pessoa quanto sou apaixonado por mim, então ela não tem motivo para se envolver.

Eu ri.

— Já gostei dela.

— Então combinado — Luis andou na direção da porta. — Tenho que resolver uns assuntos, mas te vejo antes de você ir embora. No meio-tempo, tenho certeza de que Bastien vai te entreter. Não pense duas vezes em me ligar se precisar de algo.

Luis estalou os dedos e um pequeno cartão de visita apareceu em sua mão. Ele me entregou. Ainda estava quente.

— Obrigada, Luiz — disse, abraçando-o. — Agradeço por tudo que tem feito.

Luis assentiu com seriedade.

— Sei que não está empolgada com a transferência, mas eu quero muito, muito que você seja feliz aqui.

Ele saiu; Bastien e eu ficamos em silêncio por um tempinho.

— Sabe — eu disse por fim —, nos anos que fiquei em Seattle, acho que o Jerome nunca disse pra eu ligar se precisasse de algo.

Bastien riu enquanto ia para um pequeno, mas bem abastecido, bar.

— Pelo que vi até agora, o Luis é bem incrível mesmo. Tive sorte de vir parar aqui. Você também.

— É. Somos sortudos, não somos? — cruzei os braços e me encostei na parede ao lado do bar. — *Como* você veio parar aqui?

— Do mesmo modo que qualquer um. Estava morando em Newark até receber a ordem de transferência alguns dias atrás. Aqui estou.

Franzi a testa.

— Tinha entendido que você está aqui há uma semana.

— Uma semana, alguns dias. Eu não sei. Admito que estou meio inebriado desde que cheguei. Foi repentino, só isso. E uma surpresa.

— Pra mim também — murmurei. — Surpreendente demais. E agora você tá aqui também. É meio estranho.

— Você acha? — ele despejou o martíni da coqueteleira em dois copos. — Nós já trabalhamos juntos. Era de se imaginar que aconteceria de novo.

Aceitei o copo que ele me ofereceu.

— Acho que sim. Mas mesmo assim... O número de vezes que trabalhamos juntos é bem impressionante. E agora de novo, é uma coincidência enorme — dei um gole e aprovei com a cabeça. Ele tinha usado vodca.

— Talvez não seja coincidência. Eles têm relatórios das performances. Devem saber que a gente trabalha bem junto.

Eu não tinha pensado nisso.

— Você acha que eles colocariam a gente junto por causa disso? Por causa dos resultados? Tipo, eu ainda tô tentando descobrir por que é que eu fui transferida.

— Não tem que haver uma razão, não é assim com eles.

— Eu sei. Uma teoria para eu estar aqui é que eu não tenho sido a melhor das súcubos.

— Ah, então é isso. Eles te mandaram pra cá porque sabem como eu sou uma boa influência para você.

— Má, você quer dizer.

Os olhos dele brilharam.

— Vai ser *muito* divertido ter você aqui. Eu nem joguei ainda, mas parece que já tirei a sorte grande — ele virou o drinque. — Termina isso aí e vamos nos divertir. Conheço um ótimo lugar pra almoçar. Vamos lá e, depois, apostar na sorte.

Era estranho sair para a balada, ainda mais tão cedo. Percebi que minha vida em Seattle era muito pacata. Eu me dei tão bem no papel de humana que tinha esquecido como é ser súcubo. Por que não aproveitar a vida em plena luz do dia? Essa viagem era tecnicamente de negócios, mas o intuito era analisar o local do meu futuro emprego. Eu já estivera em Vegas muitas vezes, mas esta seria a primeira em que estudaria verdadeiramente a cidade pelos olhos de uma súcubo "batendo cartão". Novamente fui tomada por aquela estimulante sensação de antes: fácil, tão incrivelmente fácil.

Pegamos um táxi. Bastien deu instruções ao motorista para ir ao Strass. Pesquisei minha lista mental de atrações de Las Vegas e não encontrei uma referência.

— Nunca ouvi falar desse lugar — eu disse. — Parece nome de clube de *strip*.

— Nem, é um hotel/cassino novinho em folha — explicou Bastien. — Tão novo e bonito. Na verdade, abriu faz umas duas semanas e já é o *point*.

— Por que se chama Strass? — perguntei.

Ele sorriu.

— Você vai ver.

Quando chegamos, a resposta estava na cara. Tudo brilhava, como se coberto por *strass*. A placa do lado de fora era de um caos brilhante, luzes piscando que deviam trazer um aviso sobre ataques epilépticos. Todos os que trabalhavam no cassino e no hotel usavam elaborados trajes de lantejoulas, e toda a decoração era feita com materiais metálicos coloridos e superfícies brilhantes. Tudo isso, combinado às luzes típicas de cassino, formava um espetáculo difícil para os olhos. No entanto, o que poderia ser facilmente algo brega, ficava, de certo modo, bem luxuoso. O Strass era realmente exagerado, mas no bom sentido.

— Por aqui — disse Bastien, me guiando pelo labirinto do cassino. — Para onde vamos tem menos estímulos sensoriais.

Do lado oposto à entrada, havia uma porta, e sob ela, uma placa dizia: DIAMOND LOUNGE. Com um nome desses, esperei por strippers e ainda mais brilho, mas, em vez disso, encontrei-me em um local bem mais calmo e atenuado pelo bom gosto.

Candelabros e taças de vinho de cristal forneciam a única fonte de brilho ali. Todo o resto era acolhedor: madeira cor de mel e veludo vermelho. Já sentados à mesa, Bastien pediu à garçonete:

— Você pode dizer a Phoebe que o Bastien está aqui?

Olhei-o com amargor:

— Tô vendo. E eu achando que você estava se dando ao trabalho de me trazer num lugar legal. A gente veio só pra visitar sua paixonite.

— Isso é mais um benefício — ele retrucou com amabilidade. — A comida daqui é excelente. E o Luis quer que você conheça a Phoebe também, lembra? Não se preocupe, você vai gostar dela.

Não fiz questão de esconder meu ceticismo.

— Sei não, Bastien. Consigo contar numa só mão com quantas súcubos eu simpatizei ao longo dos anos. Na melhor das hipóteses, são toleráveis e semidivertidas, tipo a Tawny.

Na pior das hipóteses — e na maior parte dos casos —, súcubos são piranhas loucas. Exceto por mim, claro.

— Espere pra ver — ele assegurou.

Não tivemos que esperar muito, poucos minutos depois, senti a aura súcubo no ar, uma que lembrava a flor de laranja e mel. Uma mulher alta e esbelta, de uniforme preto e branco, surgiu carregando uma bandeja de coquetéis. Os funcionários dali não precisavam combinar suas roupas com os trajes dos clientes. Ela pousou os coquetéis à nossa frente com graça e fluidez, até demais para o estabelecimento. Assemelhava-se a algo mais adequado às mesuras para reis de muito tempo atrás — o que, suspeitei, ela devia conhecer bem.

— Ah, Phoebe — Bastien suspirou sonhador. — Você é uma visão, como sempre. Venha conhecer sua mais nova colega.

Ela o olhou com a indulgência que se oferece a crianças ridículas e sentou-se em uma das cadeiras desocupadas. O cabelo loiro, preso em um rabo de cavalo elegante, revelava suas bochechas proeminentes e seus olhos verdes, emoldurados por longos cílios.

— Ah, Bastien, não começa com essa história de visão. Tá muito cedo — ela estendeu a mão para mim educadamente. — Olá, sou a Phoebe.

— Georgina — respondi, apertando a mão estendida.

— Seja lá o que Bastien te disse, acredite só na metade — ela reconsiderou, olhando-o com atenção. — Melhor: um terço.

— Ei! — exclamou Bastien, com incredulidade fingida. — Fico magoado. Como se eu fosse mentir para dois tesouros como vocês.

— Bastien — disse Phoebe, seca. — Você mente para qualquer mulher, se achar que isso vai fazer ela liberar logo.

Eu ri, apesar de tudo, merecendo um olhar ressentido de Bastien.

— *Fleur*, você sabe que não é verdade. Você me conhece há mais tempo que qualquer um.

— E é por isso que sei que é verdade — retruquei solenemente.

Bastien murmurou algum xingamento em francês e foi salvo de mais indignação pela colega de Phoebe que voltou para anotar nosso pedido. Phoebe, com nossa permissão, pediu por nós, requisitando alguns "especiais" que não estavam no menu.

— Você é cozinheira aqui? — perguntei.

— *Bartender* — ela respondeu, juntando as mãos e pousando o queixo sobre elas. — Me ocupa antes do *show*.

— *Show*?

O desânimo de Bastien sumiu, dando lugar a uma expressão completamente envaidecida.

— Tá vendo, *Fleur*? Eu te disse que tinha uma boa razão pra te trazer aqui. Minha dama Phoebe é uma... — ele pausou delicadamente. — Ainda é politicamente correto dizer "vedete"? Eu não consigo acompanhar essas mudanças. Demorei um século para perceber por que eu me dava mal por chamar mulheres experientes de "mulheres da vida".

Phoebe riu.

— Sim, "vedete" ainda é ok.

Percebi que endireitei minhas costas.

— Você é dançarina? Onde se apresenta?

— Aqui — ela respondeu. — Quer dizer, vou me apresentar daqui uns meses. Ainda não estreou.

— Que tipo? — perguntei. — Digo, tem um tema?

— É um espetáculo completo de música e dança extravagante, típico de Vegas. Exatamente o que se espera de um lugar chamado Strass. Pedrarias por tudo que é lado. Pouca roupa, mas sem *topless* — ela inclinou a cabeça, me observando com interesse. — Você é dançarina?

— Eu danço — respondi modestamente. — Mas faz muito tempo que não me apresento nos palcos. Tô enferrujada.

Bastien zombou.

— Nada a ver. A *Fleur* consegue aprender qualquer coreografia. Ela fazia os salões de Paris se curvarem pra ela.

— É — concordei —, há muito tempo.

— Você tem interesse em participar? — perguntou Phoebe, séria. — Eles ainda estão na fase de testes. Consigo uma audição pra você. Apesar de que... É melhor você ficar um pouco mais alta.

— Eu... Eu não sei — respondi, subitamente confusa. — Tipo, minha transferência é só pra daqui um mês.

Phoebe não se abalou.

— Não acho que o Matthias vai se importar. Ele é o diretor da companhia. Na verdade... — ela olhou o relógio — ele vai chegar daqui mais ou menos uma hora. Posso te apresentar.

— Ela vai adorar — atalhou Bastien.

— Tenho certeza de que ela sabe responder por si mesma, *monsieur* — replicou Phoebe, ácida.

Dei risada ao ver Bastien jogado para escanteio de novo.

— Eu adoraria. Vai ser o máximo.

Phoebe nos deixou assim que nossa comida chegou, com a promessa de voltar quando terminássemos. Tudo que ela tinha pedido estava incrível, e eu me preocupei em não comer muito, já que não sabia se esse encontro com o diretor da companhia poderia se tornar uma audição completa.

— Uma gracinha, não é? — perguntou Bastien.

— Ela é — concordei. — Você tinha razão.

O que eu achei mais impressionante do que ter a oportunidade de dançar em um show de Las Vegas foi Phoebe ter orquestrado tudo — e parecer genuinamente feliz por fazê-lo. Pela minha experiência, súcubos tendem a esconder essas oportunidades, deixando a concorrência de fora.

— Tenho certeza de que você vai deslizar para dentro do coração desse Matthias — ruminou Bastien, suspirando com tristeza. — Gostaria que eu pudesse deslizar para dentro do coração da Phoebe.

— Ela é muito esperta pra você — eu disse. — Conhece seus truques.

— Claro que conhece. Achei que isso fosse metade da sedução — ele parou para terminar o coquetel. — Por falar em atrações bizarras... Eu tô por fora do que está fervendo no seu mundo do noroeste. Ainda tá de grude com aquele mortal introvertido?

— Grudada que nem chiclete — respondi. Pensar em Seth diminuiu um pouco o meu bom humor. — Essa transferência foi um choque. Não sei como vai afetar nossa relação.

Bastien deu de ombros.

— Traz ele pra cá.

— Não é tão fácil assim.

— É sim, se ele estiver mesmo a fim de você. Aqui — Bastien acenou para chamar a atenção da garçonete. — Vamos beber outra rodada. Vai consertar tudo.

— Não se eu precisar dançar em breve.

Mesmo assim, dividi a rodada seguinte e senti minha alegria voltando. É difícil ficar triste perto do Bastien. Eu o conheço há muito tempo, e tem algo tão espontâneo e reconfortante a respeito de sua presença. Trocamos histórias e fofocas sobre os imortais conhecidos, e me inteirei dos imortais mais pitorescos de Las Vegas, que hora ou outra acabaria conhecendo.

Phoebe voltou quando pagávamos a conta, com roupa casual de dança no lugar do uniforme de serviço. Ela nos guiou pelo brilhante cassino labiríntico até uns corredores nos fundos, bem mais calmos e discretos. Esses, por sua vez, levaram-nos até uma porta de camarim do teatro do cassino, que ainda não estava aberto ao público. Encontramos o vasto espaço vazio, exceto por uns caras instalando mesas na área do público. O bater dos martelos ecoava por todo o ambiente. Um momento depois, notei um homem sentado num dos cantos do palco, tão imóvel que era quase imperceptível. Ele tirou os olhos de um maço de papéis quando nos aproximamos.

— Phoebe — ele disse —, você chegou cedo.

— Queria te apresentar uma pessoa — ela explicou. — Matthias, estes são meus amigos, Bastien e Georgina. Ela vai se mudar pra cá mês que vem.

Matthias aparentava estar perto da casa dos trinta, ou pouco mais de trinta, no máximo. O cabelo loiro cor de areia precisava de um corte. Havia algo de bonitinho nessa situação desgrenhada, e ele tirou os óculos de aro de metal para me olhar. Não pude deixar de pensar que Ian amaria aqueles óculos, mas, ao contrário de Ian, Matthias provavelmente tinha prescrição médica. Ele piscou algumas vezes, depois levantou as sobrancelhas, surpreso.

— Você é dançarina — ele afirmou.

— Ãhn, sim, sou. Como você sabe?

Seguindo a sugestão de Phoebe, fiquei um pouco mais alta enquanto andávamos pelos corredores dos fundos, mas isso não era o suficiente.

Matthias levantou-se e me estudou, de cima a baixo, não lascivamente, mas como se avaliasse o preço de uma obra de arte.

— Pela maneira como você anda e para. Há uma graça. Uma energia. Exatamente como ela — ele inclinou a cabeça para Phoebe. — Vocês são irmãs?

— Não — respondeu Phoebe. — Mas fizemos os mesmos cursos.

Bastien engasgou numa risada.

Matthias assentia com a cabeça, completamente enlevado. Ele recolheu os papéis e folheou as páginas.

— Sim... Sim... A gente com certeza tem lugar pra você aqui e aqui — pausa para checar outras posições. — E aqui. Talvez até aqui.

Ele levantou a cabeça; olhos azuis acesos e animados.

— Vamos ver o que você sabe. Phoebe, faça a abertura do segundo número.

Phoebe acatou a ordem no mesmo instante, pulando para o centro do palco. Começou a coreografia assim que Matthias iniciou a contagem de tempo. Quando acabaram, ele me olhou esperançoso.

— Você agora.

Comecei a explicar que estava de salto e vestido, mas então me dei conta de que a roupa de vedete não devia ser muito diferente. Posicionei-me ao lado de Phoebe e espelhei seus movimentos enquanto Matthias recontava. Repetimos o número, e, na terceira vez, quase não precisava mais olhar para ela. Ele mandou que ela fizesse outro número, um pouco mais complicado, e um desempenho semelhante foi apresentado. Quando terminamos, ele estalou a língua em aprovação.

— Incrível — elogiou. — Vocês precisam me contar onde estudaram para que eu recrute todas as suas colegas de classe — voltando-se para seus papéis, ele começou a rascunhar notas. — Phoebe, você pode emprestar umas roupas para ela ensaiar? Não que vá afetar sua performance, claro, mas imagino que com outras roupas ela vai se sentir mais confortável nas próximas duas horas de ensaio.

Phoebe piscou para mim.

— Tenho certeza de que dá pra arranjar umas roupas pra ela.

Olhei para ela e Matthias.

— Ensaio?

— Claro — respondeu Matthias, ainda sem tirar os olhos dos papéis. — É isso que a gente costuma fazer pra se preparar para as apresentações por aqui.

— Você quer fazer parte do show, não quer, Lucy Ricardo? — brincou Bastien.

— Eu entendo, mas eu só vou me mudar pra Las Vegas em janeiro — expliquei. — Volto pra casa amanhã à noite.

Finalmente Matthias nos olhou, parecendo tão irritado quanto Seth ao ser interrompido quando está escrevendo.

— Mas você está aqui agora, não? Melhor já começar então. A não ser que você tenha compromisso.

Olhei sem esperanças para Bastien e Phoebe, que sorriam como idiotas. O íncubo me abraçou amigavelmente.

— Claro que ela não tem.

Após um momento de hesitação, assenti lentamente com a cabeça, ainda aturdida pela velocidade com que as coisas estavam acontecendo.

— Eu... Eu adoraria ensaiar.

Capítulo 8

Era difícil acreditar que em apenas alguns dias eu passara da incerteza sobre a veracidade da minha transferência para um contrato com uma produção teatral de Las Vegas. As coisas estavam acontecendo tão rápido que era fácil se deixar levar, e o encorajamento alegre de Phoebe e de Bastien acelerava tudo ainda mais.

A mudança corporal se encarregou das minhas roupas, e Bastien logo nos deixou, teoricamente para um drinque e tentar a sorte no *black-jack*. Assim que ele saiu do teatro, Phoebe se aproximou de forma conspiratória e sussurrou:

— Quanto você quer apostar que ele volta com um rubor na face?

Eu ri e cochichei de volta:

— Eu não vou aceitar essa aposta. Você tem certeza de que nunca trabalhou com ele antes?

Claro, um íncubo querendo transar não era um chute alto, mas gostei de como a Phoebe se adaptou rapidamente às peculiaridades do meu velho amigo.

— Nem — ela disse com um sorriso. — Mas conheço o tipo dele.

Outras dançarinas foram aparecendo. Phoebe me apresentava conforme elas chegavam. A maioria era simpática e se animava com a presença de uma pessoa nova no grupo. Elas ainda não tinham dançarinas suficientes para o espetáculo, então todas estavam ansiosas para que isso acontecesse. Eu as aproximava do objetivo, mas me surpreendi por elas ainda não terem um grupo completo. Pela minha experiência, sempre há filas de meninas querendo uma chance de entrar no *show business*. Phoebe confirmou a impressão:

— Ah, claro, um monte já tentou. Você devia ter visto no começo, quando abriram o primeiro teste. O Matthias é que é muito seletivo, só isso. A Cornelia, a coreógrafa-chefe, é tão rígida quanto.

— No entanto, ele me aceitou depois de um teste de cinco minutos — ressaltei.

Phoebe sorriu.

— Querida, ele reconhece talento. Além disso, é ele que manda nessa apresentação. Se diz que você tá dentro, você tá dentro.

Matthias não era o único produzindo o show, claro. Com as dançarinas, chegaram outros diretores e a equipe, como a supramencionada Cornelia. Todos tinham um papel. O ritmo do ensaio era rápido e agressivo — mas também muito divertido. Phoebe não estava de brincadeira. As outras dançarinas eram boas — muito boas. Fazia muito tempo que eu não dançava com qualquer tipo de grupo, ainda mais com um desse calibre. Eu estava acostumada a me destacar em qualquer coisa relacionada com dança, e foi uma surpresa — uma boa surpresa — estar rodeada por pessoas à minha altura. Nesse primeiro dia, tive que me esforçar para acompanhá-las, e mesmo não sendo uma estrela instantânea, saí confiante de que tinha segurado as pontas.

Antes que eu pudesse ir embora, uma das figurinistas do show pediu para tirar minhas medidas nos bastidores. Phoebe me avisou que iria procurar Bastien e nos encontraríamos no bar principal do cassino. A costureira surgiu com uma fita métrica, e eu fiz uma nota mental com minhas medidas para não errar nas futuras transformações corporais. Matthias passou, carregando as notas, e parou ao nos ver.

— Você foi muito bem hoje — ele elogiou. — Deu a sensação de que está conosco desde o primeiro dia.

— Até parece — eu disse. — Ainda tenho muito que aprender. Principalmente na quarta música. Os passos são enganosamente fáceis... É preciso certa atitude pra dar conta. Não, acho que não é atitude. Graça? Vibração? Não dá pra explicar, mas é essa simplicidade que é tão genial. Parece um esquema tão básico, mas a forma como é executada é que traz a beleza à tona — eu estava pensando em voz alta, falando asneira, e então percebi que soava ridícula. — Desculpa. Não tô falando coisa com coisa.

— Não, não — Matthias me encarava intrigado. — É exatamente isso que eu pretendia. Fui inspirado pelo balé clássico, pela maneira como nele todos os movimentos são amplificados pela emoção colocada nos passos. A Cornelia disse que era loucura pensar em algo profundo assim para um show desse tipo, mas eu achei que combinaria.

— É lindo — eu disse honestamente. — Dá pra ver exatamente aonde que você quer chegar. Isso me lembra algo do *La Bayadère*.

— Você conhece o *La Bayadère*? — ele perguntou de olhos arregalados.

— Claro — respondi —, é um clássico. Quem não conhece?!

— Você ficaria surpresa.

Percebi, então, que a costureira tinha saído após conseguir o que queria. Matthias ainda me olhava com assombro. Agora que ele não estava concentrado na prancheta, pude ver quão azuis seus olhos eram. Como o céu num dia límpido e brilhante.

— Você tem planos pra hoje? — ele perguntou pouco depois. — Você quer... Você quer sair pra jantar? Ou só um drinque? Adoraria conversar mais sobre dança com você.

Para uma súcubo, às vezes sou surpreendentemente ingênua. Pois, por um breve instante, quase aceitei. Estava tão animada com o ensaio e tão empolgada para conversar mais sobre o show que por um momento pensei que ele só quisesse fazer isso também. Bem, não quero dar a entender que os motivos dele eram totalmente carnais. Ele não estava usando o assunto para me ludibriar e me levar para cama. Mas também não tratava a oportunidade como um simples encontro de colegas. Resumo: ele tinha gostado de mim. Eu potencializara seu interesse e ele queria um encontro.

Normalmente, isso não seria um problema, mas havia algo nele de que eu sinceramente gostava. Ele era bonito, e achei a sua devoção ao trabalho um charme. Amei como Matthias se envolvia naquilo, totalmente absorto e distraído como... Seth.

O problema estava nisso. O rapaz era a versão coreógrafo do Seth. Uma noite com um cara nojento que não significa nada não era traição dentro do nosso relacionamento. Mas sair com um homem de quem eu tinha gostado, que eu tinha achado intrigante e atraente como Seth... Bem, isso era errado. Ainda mais porque Matthias estava obviamente interessado em mim. Era estranho me encontrar nessa situação, algo pelo qual não estava esperando.

— Ah, seria ótimo, mas meus amigos e eu já temos planos — eu disse. — Vamos tentar aproveitar ao máximo, já que minha viagem é tão curta.

— Ah — seu rosto mostrou um pouco de decepção, mas depois se iluminou. — Mas você vem no ensaio de amanhã, certo? Seria ótimo se você pudesse refazer a coreografia mais uma vez antes de ir embora. Sabe, levar algo pra treinar.

— Claro — eu disse. — Vai ser ótimo.

O resto da noite foi um borrão de atividades. Phoebe se juntou ao Bastien e a mim numa turnê turbilhonando pelos pontos altos de Vegas, o que incluiu muitos cassinos e casas noturnas. Phoebe e eu nos demos vestidos sumários e glamorosos, aumentando nosso apelo súcubo ao máximo e nos enrolamos nos braços de Bastien, que se pavoneou mais do que o normal, envaidecido pela inveja que provocava ao nos exibir.

Depois de horas nisso, estava pronta para uma pausa. Phoebe e Bastien tiveram uma conversa rápida e decidiram que, se corrêssemos, daria tempo de pegar a última performance da noite de um show de mágica que eles conheciam.

— Mágica? — perguntei, já meio alta dos drinques de vodca com limão — A gente não *vive* num show de mágica?

— É por aí mesmo — disse Bastien. Ele ainda estava sendo ostensivamente galante ao me oferecer seu braço, mas não estava claro quem segurava quem. — Mas pelo que ouvi, esse show tem algo de especial — havia um brilho travesso em seus olhos.

Nós três seguimos para um hotel modesto, longe do centro, de que eu nunca ouvira falar. Tinha álcool e caça-níqueis no cassino, o que provavelmente é o que mais importa para os frequentadores. Bastien comprou ingressos para vermos O Grande Jambini, e corremos para dentro do pequeno auditório — que estava apenas com metade da capacidade preenchida — assim que as luzes se apagaram. Um comediante medíocre fez o número de abertura, e logo a atração principal surgiu. Tinha cabelos grisalhos e trazia um turbante roxo de seda brilhante sobre a cabeça, além de uma capa com lantejoulas que poderia ter vindo direto do guarda-roupa do Strass. Ele tropeçava continuamente na barra, o que me levou à primeira constatação: estava completamente bêbado. Uma segunda constatação se seguiu, assim que senti que havia outra assinatura imortal no ambiente, além da minha, a da Phoebe e a de Bastien. O Grande Jambini é um demônio.

Ele começou com truques básicos de cartas, recebendo aplausos mornos da plateia. Depois, malabarismos, os quais considerei impressionantes, pelo fato de que exigiam muita concentração de alguém tão obviamente bêbado. Ele não deixou cair nada. Acredito que os outros membros da plateia concordavam comigo, pois os aplausos aumentaram. Inspirado pelo fato, Jambini então fez o maior floreio para colocar fogo em seus pinos. Isso provocou uma pausa nos aplausos, e alguém na primeira fileira se remexeu desconfortavelmente na cadeira.

— Isso é uma boa ideia? — murmurei para os meus amigos.

— Nunca é — respondeu Phoebe.

— O que você quer dizer com nun...

Trinta segundos depois de colocar os pinos em chamas, Jambini começou a fazer os malabarismos... E imediatamente colocou fogo na capa. As pessoas engasgaram e gritaram enquanto ele arrancou a peça e a jogou no palco. Considerando seu material barato, fiquei surpresa pela capa não queimar mais rapidamente. Ele pisou em cima dela até que as chamas se apagassem, e vi alguns ajudantes de palco no cantinho, com os extintores na mão, para garantir. Depois que a capa já tinha se transformado num trapo preto fumegante, ele a levantou. Um pombo emergiu de debaixo dela, voando no ar, para o delírio e assombro dos espectadores.

— Era parte do show — respirei aliviada e também impressionada.

— Era — assentiu Phoebe.

Jambini tentou alcançar o pombo, que escapou por pouco. Voou em círculo pela sala, depois deu um rasante na plateia. No meio do caminho, passou de raspão numa mulher cujo cabelo estava arrumado numa elaborada trança embutida. A pata do pombo se enroscou no cabelo e ele ficou preso, batendo as asas freneticamente, tentando escapar. A mulher ficou de pé com um pulo e começou a gritar.

— E isso? É parte do show? — perguntei.

— Não — respondeu Phoebe maravilhada —, mas devia ser.

Em questão de segundos, os ajudantes de palco estavam na plateia e conseguiram remover o pombo e prendê-lo. Acompanharam a mulher, com a cabeça abaixada, murmurando desculpas. O Grande Jambini fez uma reverência floreada, para delírio da galera. Todo mundo adora um contratempo maluco.

Ele executou alguns truques com o lenço, a maioria corretamente, e depois se posicionou no centro do palco, sério.

— Para meu próximo truque, preciso de um voluntário — seus olhos pousaram no canto onde estávamos. — Um amável voluntário.

— Ah, ele nos notou — disse Phoebe, suspirando.

Ela levantou a mão, assim como outros da audiência. Como eu não fiz nada, ela me deu cotoveladas até que eu levantasse a mão também. Depois de fingir examinar todos os voluntários, Jambini foi até nossa mesa e estendeu a mão para mim. Bastien e Phoebe assobiaram e comemoraram, incentivando-me a levantar. Eu estava meio nervosa, com medo de pegar fogo ou ser atacada por pássaros, mas sempre acho difícil resistir a uma plateia. Aceitei a mão de Jambini e o deixei me conduzir até o palco, enquanto um aplauso trovejante nos circundou.

— Apenas transforme sua roupa no que você quiser — ele sussurrou no meu ouvido, seu hálito com forte cheiro de gim.

No centro do palco, ele pegou o microfone e entrou no modo *showman*.

— Com vocês, minha amável voluntária... Qual seu nome, amável voluntária?

Inclinei-me na direção do microfone.

— Georgina.

— Georgina, que lindo nome. E então, amável Georgina, tudo que tem a fazer é ficar receptiva aos poderes verdadeiramente místicos e assombrosos de minha mágica. Se assim fizer, uma transformação maravilhosa vai acontecer.

Assenti em concordância, provocando mais aplausos.

Jambini foi até a mesa onde ficavam os acessórios e voltou com uma cortina presa a um aro com cabo. Quando levantou o aro pelo cabo, a cortina desceu formando um cilindro que escondia totalmente a pessoa que estivesse dentro. Prestativa, dei um passo para a frente, deixando as camadas de tecido me esconderem enquanto Jambini fazia uma "contagem regressiva mágica". Nesses rápidos segundos, me transformei — do vestido de festa brilhante passei a usar a primeira coisa que me veio à mente: o vestido laminado verde de elfo.

Jambini tirou dramaticamente a cortina para o lado, revelando minha nova vestimenta. As pessoas engasgaram e aplaudiram com gosto, e eu fiz uma reverência quase tão ostentosa quanto a dele. Encorajado pela reação, Jambini declarou:

— Mais uma vez.

Voltei para dentro da cortina e dessa vez mudei minha roupa para *jeans* preto, blusa de lantejoulas prateadas e paletó feminino. Quando ele puxou a cortina, os aplausos falharam um pouco antes de explodirem em frenesi. Eu já tinha visto truques do tipo, executados por pessoas sem o dom da transformação corporal, e geralmente as voluntárias simplesmente trocam vestidos largos, coisas fáceis de tirar e pôr. Minha escolha de traje desafiava a lógica daqueles que conhecem como o truque funciona. Mas, ei, é mágica, certo?

— Exibida — disse Bastien quando voltei ao meu assento.

— Ei — cochichei de volta, observando Jambini tentar engolir uma faca. Ele tinha conseguido enfiar um terço dela antes de começar a tossir. Dando de ombros, desistiu e simplesmente se curvou para aplausos retardatários —, essas pessoas merecem receber algo em troca do ingresso.

Jambini — ou Jamie, como fiquei sabendo depois — ficou bem mais satisfeito com minha performance. Depois do show, minha turma se encontrou com ele no bar sem graça do hotel.

— Mudar para calças foi genial — ele me elogiou, virando um copo com gim. Eu tinha uma suspeita furtiva de que a apresentação tinha sido a mais longa que ele enfrentara sem um drinque. — As pessoas vão coçar a cabeça por alguns dias.

— Talvez cocem demais — avisou Bastien. — Vocês vão deixar os mortais com a pulga atrás da orelha.

Dei de ombros, despreocupada.

— Aqui é Vegas, *baby*. Ninguém vai estranhar. Coisas ainda mais esquisitas acontecem o tempo todo.

Jamie balançava a cabeça, concordando.

— E aquele vestido brega de Natal? Foi o máximo. Realmente horripilante. Sabe, se você se mudar pra cá, posso te arranjar um emprego como minha assistente — ele deu uma risadinha. — Acho que o público vai gostar mais de você do que das minhas mágicas.

— Isso não me surpreenderia nem um pouco — comentou Bastien, fazendo cara de sério.

— Bem, obrigada — eu agradeci —, mas acho que já tenho mais empregos do que preciso. A Phoebe já tá me arranjando um.

— Estraga-prazeres — disse Jamie.

A outra súcubo riu enquanto mexia as cerejas do coquetel.

— Ei, não é minha culpa se eu...

Uma aura conhecida se espalhou pela sala. Phoebe calou-se. Viramos em conjunto, observando Luis entrar no bar. Até os mortais, que não o sentem como nós, pararam e o notaram atravessando o ambiente. Há algo poderoso e atraente em sua presença soturna.

— Chefe — cumprimentou Jamie, segurando seu copo em um brinde fingido —, perdeu minha incrível performance.

— Já vi seus shows antes — disse Luis, sentando-se e chamando o *bartender*. — Acho que não *perdi* nada.

— A Georgina foi a "amável assistente" — provocou Phoebe.

— Ah? — Luis interrompeu a conversa para fazer o pedido e depois virou-se para mim: — Peço-lhe, conte-nos o que você fez para encantar o público? Ateou fogo em lenços?

— Só uma mudançazinha corporal básica — respondi modestamente.

Jamie foi para seu segundo copo de gim. Quando sentamos à mesa, ele já aproveitou para pedir dois de uma vez. Supus que ele não quisesse arriscar esperar alguns minutos entre um e outro.

— Esse truque sempre fica melhor com as súcubos. Mesmo com alguém infiltrado na plateia e uma roupa especial, não fica tão bom. Tinha uma menina que trabalhava comigo quando eu morava em Raleigh, e ia tudo bem, mas as pessoas percebiam como funcionava o esquema.

O álcool percorria meu corpo agradavelmente. Diminuí o consumo para não perder a cabeça. Em algum lugar daquela névoa mental, as palavras de Jamie ativaram uma lembrança.

— Raleigh... Você morava em Raleigh?

— Saí de lá faz uns anos. Fiquei por lá... Ah, nem sei — ele deu um gole de gim, talvez para ajudar suas habilidades matemáticas. — Não por muito tempo. Vinte anos. Fiz uma boa corretagem de almas, mas, sério, meus talentos são mais valorizados aqui, sabe?

— Você conheceu um vampiro chamado Milton? — perguntei.

Lembrar-me da conversa com Hugh em pleno boteco de Vegas era estranho, mas não menos do que Raleigh ser mencionada duas vezes numa semana.

— Milton? — as sobrancelhas de Jamie subiram; seu bom humor declinou. — Conheci, sim. Assustador pra caralho. Parece o...

— Nosferatu? — sugeri.

Jamie assentiu solenemente.

— Não entendo como alguém com aquela cara de *vampiro* conseguiu participar de uma operação secreta.

Phoebe franziu a testa.

— "Operação secreta"?

O garçom surgiu com o pedido de Luis, que fez um sinal para ele ficar enquanto nos olhava.

— Alguém quer um refil? Outro drinque de vodca com limão ou *cosmo*? Jamie? Você bebe Tanqueray, certo?

Jamie ficou ofendido.

— Beefeater.

Luis revirou os olhos.

— Isso é ridículo, além de nojento. Traz um Tanqueray pra ele.

— Não! — exclamou Jamie. — Beefeater. Eu sou purista.

— Você é sem noção — contrapôs Luis. Ele olhou para o confuso garçom. — Traz um de cada. A gente vai fazer uma degustação.

O garçom ficou aliviado e saiu correndo antes que alguém se opusesse ao pedido.

— Que perda de tempo — disse Jamie. — Sem ofensa, chefe. Você vai ver.

Luis não se abalou.

— Beefeater é pra caipiras.

— Jamie — tentei continuar o assunto —, sobre o Milton...

— Caipiras! — Acho que nem se Luis xingasse a mãe de Jamie teria conseguido ofendê-lo mais. — Beefeater é um drinque refinado, para paladares refinados. Sabe que te respeito infinitamente, mas, obviamente, apesar de seus anos de experiência terrena... Bem... — bêbado, Jamie se esforçou para concluir seu discurso de forma eloquente: — Você tá errado.

Luis riu — algo que eu não imaginaria Jerome fazer se um de seus subordinados dissesse que ele estava errado.

— Vamos ver, amigo. É um assunto complexo, na verdade. Depende da análise dos ingredientes e do processo de destilação.

— Jamie... — tentei novamente.

— Nisso — declarou Jamie — podemos concordar. E o Beefeater é imensamente... Superior nos dois quesitos.

— Desista, *Fleur* — Bastien me disse em voz baixa, dando uma piscadela. — Não dá pra competir com gim. Amanhã, quem sabe.

Tentei protestar, mas o papo entre Luis e Jamie deixou claro que Bastien tinha razão. Jamie estava tão obstinado em defender a honra de seu gim que eu duvidei que ele até se lembrasse de minha pergunta sobre Milton.

— Ele vai estar sóbrio amanhã? — perguntei cinicamente.

— Não — respondeu Phoebe —, mas geralmente ele tá um pouco menos bêbado na primeira metade do dia.

O gim chegou. Luis e Jamie ficaram completamente compenetrados, conduzindo experiências "científicas" que envolviam aroma e tensão superficial do gim. Não sei explicar como o último item possa importar numa degustação, mas eles o levavam bem a sério.

— Santo Deus — murmurei fascinada.

Bastien terminou seu drinque.

— Quando as coisas ficam sérias, é hora de ir embora. O que acham, madames? Querem vasculhar as danceterias em busca de companhia?

— Amanhã tenho compromisso cedo — disse Phoebe, chateada. — Tenho que ir pra casa. Mas você vai ao ensaio amanhã, né?

— Acho que sim — respondi. — Disse ao Matthias que iria.

Apesar de ostensivamente envolvido na análise alcoólica, Luis olhou quando o nome do diretor da companhia foi pronunciado.

— Oh? Vocês se conheceram?

Fiz que sim com a cabeça.

— A Phoebe arranjou minha contratação.

Luis ficou satisfeito.

— Excelente. Você gostou?

A pergunta me pegou de surpresa, mas depois me lembrei do seu comentário anterior, quando cheguei, sobre como ele queria funcionários felizes.

— Acho que sim. Acho que vai ser muito divertido.

— Ótimo. E o que achou do Matthias?

Essa, sim, *foi* surpreendente.

— Achei legal. Você conhece o Matthias?

— Só de nome — respondeu Luis.

Eu estava prestes a usar a interrupção para perguntar novamente a Jamie sobre Milton, mas antes que eu conseguisse, Luis voltou-se para a ciência do gim, impedindo que eu chamasse a atenção do demônio. *Amanhã*, pensei.

— Sabe — disse Phoebe maliciosamente —, posso te ajudar a achar o Matthias se quiser se encontrar com ele hoje à noite.

Mesmo no torpor dos drinques de vodca, ainda era capaz de distinguir o certo e o errado num romance casual com Matthias. Se eu fosse ficar com alguém durante minha estadia, não seria ninguém que eu pudesse levar a sério. Exibi para Bastien e Phoebe meu melhor sorriso malicioso de súcubo.

— Nem, muito certinho. Não estou aqui pra namoro sério. Vamos encontrar algo mais selvagem e fazer jus a um fim de semana em Vegas.

Bastien gritou de alegria e me pegou pela mão. Enquanto me puxava, contando sobre uma "danceteria perfeita", vi de relance o rosto de Luis. Ele assentia para Jamie, aparentemente interessado no debate, mas havia algo satisfeito, sabichão, em seus lábios, que me levou a pensar que não era só por conta do gim que estava tão feliz.

Capítulo 9

Apenas quando aterrissei em Seattle no domingo à noite que me dei conta do surrealismo de meu fim de semana em Las Vegas. Minha estadia foi tão... Natural. Supus que parte da sensação tivesse sido provocada pela presença de velhos amigos como Bastien e Luis. No entanto, foi uma boa surpresa como me dei bem, logo de cara, com os novos conhecidos, como Phoebe e Matthias. Tinha gostado até do Jamie, apesar de não o ter visto de novo. Apesar de meus esforços em encontrá-lo, para perguntar sobre Milton, o demônio se esquivou pelo resto de minha viagem.

E o show... O que foi aquilo? Na minha cidade, eu não dava conta de achar um emprego decente, no entanto, horas depois de descer do avião em uma cidade desconhecida, eu tinha conseguido o que fora, por muitos anos, meu emprego dos sonhos. No fim do segundo ensaio, Matthias já falava sobre um papel especial que estava planejando para mim. Várias das outras dançarinas ficaram bastante chateadas porque eu não voltaria no mês seguinte, parecia até que nos conhecíamos havia anos.

Apesar de meus receios, tinha sido um fim de semana fantástico.

Dei de cara com a realidade quando entrei no meu apartamento. Roman tinha saído. Um recado dizia "Treino de boliche amanhã à noite". Naturalmente, as gatas ficaram felizes em me ver, como sempre. Retribuí com carinho em suas cabeças, comecei a pensar na logística de levar as duas para outro estado. Eu as afastaria de Roman — que elas amavam —, mas não tinha nada que pudesse ser feito. Ele não poderia vir com a gente. Como nefilim, Roman vive sob a ameaça de ser perseguido por outros imortais. Apenas a proteção de Jerome é capaz de lhe proporcionar uma vida seminormal em Seattle. Roman com certeza não abriria mão disso, e, além do mais, Las Vegas provavelmente é o pior lugar do mundo para ele se esconder.

Na cozinha, um vaso com rosas brancas enchia o ambiente de doçura. Abri o cartão e li o garrancho de Seth

Bem-vinda de volta. Contei os minutos.

— S

Mandei uma mensagem avisando que chegara e recebi a resposta pedindo para que eu fosse até a casa de Terry e Andrea para jantar. Depois de deixar um bilhete para Roman garantindo que eu iria ao treino, saí, com a cabeça ainda girando com as consequências de minha mudança. O apartamento. Teria que vender. A não ser que eu o alugasse para Roman. O Inferno cobriria meus gastos com a mudança, mas eu teria que planejar coisas como carretos e tal.

Sou boa para planejar e organizar, mas nada disso serviria para levar o que eu mais queria para Las Vegas: Seth. Eu ainda não tinha uma solução para isso.

Fui recebida pelas garotas com a demonstração de amor de sempre, a tempo de um caótico jantar em família. Com os membros extras, desistiram de comer à mesa e simplesmente pegaram os pratos descartáveis e a pizza caseira e foram para a sala. Havia muito Terry e Andrea já estavam acostumados com acidentes envolvendo móveis e comida, mas Margaret não conseguia nem comer, com medo de que uma das meninas provocasse uma tragédia com o molho de tomate.

Fiquei feliz por Andrea estar com a família, algo que não acontecia mais com tanta frequência. Parecia cansada, mas bem-humorada. E pelo jeito como as meninas competiam por um lugar ao lado dela, estava claro que elas também estavam deliciadas pela presença da mãe.

— O Seth contou que você foi viajar — disse Andrea. — Foi pra algum lugar divertido?

— Las Vegas — respondi. — Fui visitar uns amigos.

— Cara — intrometeu-se Ian —, queria ter amigos em Las Vegas.

— Achei que fosse uma cidade muito comercial pra você — retrucou Seth.

Ian engoliu um pedaço de pizza — pelo jeito, esse não era um dia *vegan* — antes de responder.

— Só se você ficar na Strip, num hotel caríssimo. Se você se infiltrar nas regiões fora de mão, dá pra achar umas biroscas bem loucas e desconhecidas.

Foi Kendall, do alto de seus nove anos, que disse em voz alta o que todos estavam pensando:

— Eu prefiro ficar num lugar luxuoso. Por que você quer ficar numa birosca, tio Ian?

— Porque não é *mainstream* — ele respondeu. — *Todo mundo* fica nos lugares bons.

— Mas eu gosto de coisas boas — ela argumentou. — Você não?

— Bom, gosto — ele disse, franzindo a testa. — Mas esse não é ponto...

— Então por que você quer ficar num lugar ruim? — ela pressionou.

— Você é muito nova pra entender — ele disse.

Seth deu uma risada.

— Na verdade, acho que ela entende perfeitamente.

Logo depois, Andrea decidiu ir descansar, mas não sem antes ter certeza de que alguém levaria sobremesa para ela. Depois de lavar a louça (bem fácil graças aos pratos de papel), nosso grupo se dispersou em diferentes atividades. Kendall, Brandy, Margaret e Terry começaram uma partida de Banco Imobiliário, enquanto Kayla e as gêmeas sentaram para assistir *A pequena sereia*. Ian juntou-se a elas, empolgado com a oportunidade de mostrar que o filme era um exemplo de como o capitalismo estava destruindo os Estados Unidos. Seth e eu nos aconchegamos na namoradeira, fingindo assistir ao filme, mas, na verdade, aproveitando para colocar a conversa em dia.

— Então, como foi, de verdade? — ele me perguntou em voz baixa. — Fiquei preocupado com você. Foi tão ruim como você imaginava?

— Não — respondi, encostando minha cabeça no peito dele. — Na verdade, foi... Bem legal. Dá pra acreditar que eu já arrumei um emprego? Tipo, um que não faz parte da folha de pagamento do Inferno.

— Você não consegue um desses nem aqui — ressaltou Seth.

— É, irônico. Vou ser uma vedete de Las Vegas, com lantejoulas e tudo.

Seth alisou meu cabelo.

— Que incrível. E *sexy*. Se quiser ensaiar, posso te fazer umas críticas construtivas.

Sorri.

— Vamos ver.

Houve uma longa pausa.

— Então... É pra valer. O negócio todo.

— É — afirmei com a voz sumindo. — É pra valer — senti que ele estava tenso; a preocupação irradiando. — Tá tudo bem. A gente vai dar um jeito. É só pra daqui um mês.

— Eu sei que vamos — ele concordou. — A gente já superou loucuras maiores, certo?

— Mais louco nem sempre é mais difícil — comentei. — Digo, mês passado, quando o Peter tentou fazer uma "arandela para velas retrô" com uma lata de batatinha, foi bem louco, mas deu pra resolver tranquilamente depois que a gente achou o extintor.

— Tá vendo? — Seth entrou na brincadeira. — Por isso que eu te amo. Eu nem considero essa história loucura. É a vida normal com você, Georgina. Você muda todas as definições.

Ele me beijou na testa. Ficamos assistindo ao filme em silêncio. Contudo, desconfio que Seth prestava tão pouca atenção quanto eu. Estávamos ambos perdidos em nossos pensamentos, e eu só saí dessa quando ouvi Ian dizer a Morgan:

— Prefiro o conto de fadas original. É bem alternativo, você não deve ter ouvido falar.

Olhei para o relógio e me endireitei na cadeira.

— Vou dar uma checada na Andrea, ver se ela quer sobremesa.

Margaret e Terry se ofereceram rapidamente para ir no meu lugar, mas os dispensei com um aceno, assegurando que estava tudo bem, que eles deveriam retornar para o jogo.

Andrea estava acordada, recostada a alguns travesseiros, lendo um livro, quando entrei com a torta.

— Não precisava — ela disse. — Devia ter pedido ao Terry.

— Ele tá ocupado comprando e vendendo propriedades — eu expliquei ao ajudá-la a acomodar o prato no colo. — Não podia interromper. Além do mais, ele já faz muita coisa.

— Faz mesmo — ela concordou, sorrindo melancolicamente. — Todos fazem. Até você. É tão estranho ter pessoas cuidando de mim. Estava acostumada a cuidar de todo mundo.

Sentei-me numa cadeira ao lado da cama, pensando sobre como ela devia estar sempre ocupada com alguém. Sempre havia alguém cuidando dela.

— É por pouco tempo — eu disse.

Ela sorriu novamente enquanto mastigava um naco da torta.

— Você é muito otimista.

— Ei, por que não? Você tá ótima hoje.

— "Ironicamente" ótima, como diria o Ian — ela passou a mão sobre seus frágeis cabelos loiros. — Mas de fato eu me sinto melhor. Não sei. É muito enganador, Georgina. Há dias em que me sinto confiante de que vou derrotar cada célula cancerígena no meu corpo, em outros, não consigo acreditar que vou sobreviver.

— Andrea...

— Não, não, é verdade — ela pausou para mais torta, mas seus olhos tinham um conhecimento, uma vastidão que me lembraram, sinistramente, Carter. — Eu já aceitei isso, já estou conformada com o fato de que há uma boa chance de que eu morra. Mas ninguém mais se sente assim. Ninguém quer conversar sobre o assunto. Eu estou bem com isso. Se for o que Deus quer pra mim, que seja.

Senti um nó no estomago. Não sei muito sobre Deus, mas já tinha visto o suficiente do Céu e do Inferno para ter raiva de quando um humano aceita o destino como parte de um propósito divino. Na maior parte do tempo, me parece que forças superiores inventam as regras do jogo conforme ele vai sendo jogado.

— Não me preocupo comigo — continuou —, mas me preocupo com eles — a serenidade foi substituída por uma preocupação humana real: o medo materno. — O Terry é tão forte. Tão maravilhosamente forte. Mas é difícil pra ele. Não dá conta de fazer tudo sozinho, por isso fico tão feliz pela presença de Seth. Ele é a base que nos sustenta agora.

A ansiedade dentro de mim arrefeceu por alguns instantes, substituída por um sentimento acolhedor ao pensar em Seth.

— Ele é incrível.

Depois de terminar, Andrea largou o garfo e estendeu a mão para mim.

— Você também. Fico feliz que faça parte dessa família, Georgina. Se algo acontecer comigo...

— Para...

— Não, me ouve. Tô falando sério. Se algo acontecer comigo, irei em paz por saber que as meninas têm você na vida delas. Seth e Terry são ótimos, mas as meninas precisam de um modelo feminino forte. Alguém que as ajude a amadurecer.

— Eu não sou um exemplo tão bom — eu disse, sem olhá-la nos olhos. Sou uma criatura do Inferno, alguém repleta de falhas e medo. O que eu poderia oferecer para criaturas tão brilhantes, com tanto potencial, quanto as meninas Mortensen?

— Você é — disse Andrea, determinada, apertando minha mão. — Elas amam e admiram tanto você. Sei que elas estão em boas mãos.

Engoli o choro que ameaçava se apoderar de mim.

— Bem — disse —, elas estão em mãos melhores com você, já que todo mundo sabe que você vai ficar boa logo.

Andrea assentiu, sorrindo com uma indulgência que eu suspeitava já estar acostumada a mostrar depois de semanas ouvindo os outros insistirem que ela estava próxima da recuperação. Um bocejo traiu seu cansaço, e eu retirei cuidadosamente o prato e perguntei se ela precisava de mais alguma coisa. Ela garantiu que não.

Desci devagarzinho as escadas e levei o prato para a cozinha, onde encontrei Brandy e Margaret comendo torta. Olhei para a sala com estranheza.

— E o jogo?

— A Kendall venceu — respondeu Margaret.

— Cara, odeio jogar com ela — resmungou Brandy. — Ninguém dessa idade é tão bom.

— Não reclama — disse Seth, entrando na cozinha. — Ela vai sustentar todos nós daqui quinze anos — ele pousou a mão no ombro de Brandy. — Você já perguntou pra Georgina?

Brandy olhou para o chão.

— Não.

— Perguntou o quê?

— Nada — ela respondeu.

— Tá na cara que não é *nada* — retruquei, trocando olhares com Seth. — Que tá rolando?

— É por causa do baile de Natal que você estava comentando antes? — perguntou Margaret.

Brandy ficou vermelha.

— É um baile de férias. Não tem nada de mais.

— Nada disso — eu afirmei. — Sou fã de bailes. Mas não tá todo mundo de férias da escola mesmo?

— Tá, mas é na igreja. É um evento que eles fazem todos os anos.

Ela usava o tom "tô nem aí", mas sua expressão traía o interesse.

A história da igreja foi surpreendente. Até onde eu sabia, os Mortensen não iam à igreja. Mas estava na cara que isso tinha mudado. Talvez a doença de Andrea fosse a culpada. O que quer que fosse, dava para perceber que a questão não era fé, mas um desejo adolescente de participar de algo divertido com pessoas da mesma idade. É um rito de passagem normal, mas, eu suspeitava, do qual ela não se achava digna, vide as atuais circunstâncias de sua família. Não era à toa a hesitação. Pensei se não havia um menino envolvido também, mas eu é que não iria perguntar. Ela parecia mortificada o suficiente por estar tendo aquela conversa na frente do tio e da avó.

— Você precisa comprar um vestido? — chutei. As pessoas sempre me chamam para compras. Eu me incomodava com isso, mas depois resolvi aceitar meu dom — Brandy concordou com a cabeça, ainda envergonhada. — Quando é?

— Terça.

— Terça... — fiz uma careta ao pensar na minha agenda. Segunda: ocupada no serviço e no treino de boliche. Não sobraria muito tempo. — Tá meio apertado.

— Se você não tiver tempo, tudo bem — assegurou Brandy. — Sério.

— De jeito nenhum — disse. — A gente pode ir atrás disso na terça de manhã.

Brandy olhou para baixo novamente.

— Meu pai vai te pagar... Vou perguntar quanto a gente pode gastar.

— Esquece isso — disse Seth, bagunçando o cabelo dela. Brandy fugiu. — Me manda a conta. Você sabe onde eu moro.

Brandy protestou, mas Seth ficou firme na oferta — bem como no pedido para que Brandy não contasse para o pai. Mas assim que Brandy e Seth saíram da cozinha, Margaret me puxou pela manga e me arrastou de volta antes que eu pudesse segui-los. Nossas interações não tinham sido exatamente antagonistas (exceto pelo nosso primeiro encontro, com o taco de beisebol), mas também não foram agradáveis. Estava preparada para receber um sermão sobre não vestir a Brandy como prostituta.

— Aqui — disse Margaret, enfiando umas notas na minha mão. Eram duas notas de cinquenta. — O Seth não é o único com dinheiro aqui. Ele não pode ficar sustentando a família toda. Isso é o suficiente para o que ela precisa?

— Ãhn, sim — eu respondi, tentando devolver. Na verdade, eu planejava liberar o Seth e eu mesma pagar a conta. — É sério. Você não precisa fazer isso.

A resposta de Margaret foi me entregar outra nota.

— Compre sapatos também — ela fechou minha mão em volta do dinheiro. — Não sei o que meninas da idade dela precisam, mas sei que você entende disso. O dinheiro é comigo. O resto é com você.

Aquele sentimento — aquela fé em mim — era demais, rápida demais e logo depois daquela conversa com Andrea.

— Não é o suficiente — confessei. — O que estou fazendo comparado com todo mundo? Eles estão fazendo tanto. O que é um passeio no *shopping* perto disso tudo?

Margaret me lançou um olhar penetrante, nada a ver com o rótulo de matrona conservadora de moletom que eu tinha lhe dado.

— Para uma menina que teve que crescer rápido demais, cuja vida está desmoronando? É tudo.

— Que ódio — eu disse. — Odeio que isso esteja acontecendo com eles.

— Deus só nos dá o que podemos suportar — ela disse. Eu sempre odiei esse ditado, mesmo porque, ele arrasta consigo a ideia de que o universo tem um plano para todo mundo, algo do qual eu não tinha nenhuma prova. — Eles têm a força para superar isso. *E* eles têm nossa força para ajudar.

Sorri.

— Você é uma mulher excepcional, Margaret. Eles têm sorte de ter você.

Eu falava sério. Podemos ter filosofias diferentes quanto ao sexo antes do casamento, mas o amor de Margaret pela família era pleno. Eu não seria o único modelo feminino na vida das garotas.

Ela deu de ombros, tão satisfeita quanto envergonhada por meu elogio.

— Assim como você, estou apenas tentando fazer o suficiente; sem abusar da hospitalidade do Seth.

— Ele adora receber você — eu disse de imediato.

Ela revirou os olhos.

— Eu não sou boba. Quero continuar a ajudar, mas não posso ficar na casa dele pra sempre. Ele é um homem adulto, por mais que eu tente fingir o contrário.

Abri meu sorriso.

— Não se preocupe. Não conto pra ele.

Apesar de tudo, fui para casa com o coração pesado. Seth planejava ficar acordado até tarde e não queria que eu o esperasse. Sabíamos do pouco tempo que tínhamos para nós nos últimos dias, então ele avisara que iria ao treino de boliche comigo. Como regra geral, ele tentava evitar os encontros imortais, mas suspeito que ele estivesse morbidamente fascinado pela ideia de jogar boliche pela honra infernal.

— Graças a Deus — disse Roman quando eu abri a porta. — Achei que você ficaria com Seth. Tem sopa no fogão.

— Não, obrigada — agradeci. — Já comi.

— Azar o seu — ele disse. Julgando pelo modo como as gatas o rodeavam, quando ele se sentou no sofá com uma vasilha, esperando migalhas, elas concordavam com Roman. — Como foi lá?

Ainda estava com a cabeça nos Mortensen e, por um momento, achei que Roman estivesse falando deles. Depois me lembrei de sua ideia fixa e entendi que se referia a Las Vegas.

— Surpreendentemente bom — respondi ao me sentar na poltrona.

Ele levantou as sobrancelhas: não esperava por aquela resposta.

— Ah, é? Me conta.

Contei. Ele escutou atenciosamente enquanto tomava sua sopa. Quando terminei a recapitulação do fim de semana, ele me questionou sobre todo mundo que encontrara lá, tanto imortais quanto mortais. Em dois dias, não obtive muitos causos para relatar, mas contei o que pude.

— Bem — ele disse —, que maravilha. — Não fez questão de esconder o sarcasmo no tom de voz.

Suspirei.

— Você ainda acha que tudo faz parte de uma grande conspiração?

— Acho incrivelmente conveniente que essa transferência, aparentemente rotineira, seja satisfatória em todos os aspectos.

Eu ri com desdém.

— Exceto pelo fato de que, em primeiro lugar, serei transferida. Algo que, de longe, não é satisfatório.

Roman sentou-se ereto; os gatos correram para sua tigela abandonada. Ele começou a contar nos dedos.

— Bem, vamos fazer uns cálculos, o que acha? Quando eu te conheci, perguntei qual seria seu emprego dos sonhos. O que você disse? Dançarina em Vegas. E uau! Olha o que caiu, convenientemente, no seu colo. E quem te colocou lá? Numa cidade cheia de súcubos calculistas e traidores, você teve a sorte de encontrar uma do seu nível, até com o mesmo senso de humor e interesses. Fato curioso: por acaso você se encontrou com outras súcubos durante todo o fim de semana? Numa cidade cheia delas?

— Roman...

— Não, não, espera. Tem mais. Como você conheceu essa súcubo maravilhosa mesmo? Por intermédio de seu melhor amigo imortal, que, por acaso, também foi coincidentemente transferido para Las Vegas, contratado por seu chefe preferido de todos os tempos. Tá conseguindo acompanhar essa fantasia até agora?

— Mas por que...

— E — ele continuou —, para que você não fique com saudade das maluquices de seus amigos aqui, Vegas tem de monte para substituir. Um demônio bêbado e abobado. O Seth versão 2.0. Se você ficasse mais, eles provavelmente teriam tirado da manga um anjo e um par de vampiros pra você. E não vamos esquecer que você está indo pra Las Vegas! O melhor lugar para uma súcubo.

— Ok, eu entendo — Joguei as mãos para o ar. — É perfeito. Talvez perfeito demais. Mas você tá deixando passar o ponto principal. Supondo que seja verdade, que alguém montou o melhor dos cenários para mim, uma situação planejada para minha felicidade, por que faria isso se a coisa que mais me deixaria feliz é ficar em Seattle? Por que se preocupar com essa alternativa? Por que não me deixar quieta?

Os olhos de Roman brilhavam.

— Porque é a única coisa que eles não querem que você tenha. Querem que saia de Seattle, Georgina. Querem que vá embora, sem reclamar nem olhar para trás.

— Mas por quê? — protestei. — Isso eu não entendo.

— Me dá mais material — ele disse. — O Inferno não é tão bom. Mesmo a ambientação mais perfeita tem algum defeito. Aconteceu alguma coisa, qualquer coisa, no fim de semana, que não pareceu confiável? Algo que não cheirou bem?

Olhei-o com ironia.

— Eu estava em Las Vegas, saindo com servidores do Inferno. Nada parecia confiável.

— Pense, Georgina! Qualquer coisa que pareceu realmente estranho. Alguma contradição.

Comecei a negar, mas logo parei:

— As datas.

Ele se aproximou ainda mais.

— Sim? O que tem?

Relembrei minhas primeiras horas em Seattle.

— Luis e Bastien fizeram questão de dizer que as nossas transferências já estavam sendo planejadas havia tempos, como o Jerome falou. Mas uma hora, o Bastien deu um fora. Ele deu a entender que não estava ali havia tanto tempo, nem perto de quanto eles tinham dito antes.

— Como se talvez ele tivesse sido chamado de supetão, para coincidir com a sua transferência?

— Não sei — respondi, não gostando da ideia de que Bastien poderia fazer parte de uma possível conspiração contra mim. — Ele se corrigiu depois, tinha se confundido.

— Com certeza foi assim que ele justificou — Roman recostou-se novamente, refletindo.

— O Bastien não mentiria pra mim — surtei. — Ele é meu amigo. Eu confio nele. Ele gosta de mim.

— Eu acredito — disse Roman. — E acredito que ele não mentiria pra você sobre algo que poderia te prejudicar. Mas e se os superiores pediram pra ele contar uma mentirinha — acrescentar alguns dias numa data qualquer —, você não acha que ele seria capaz?

Eu estava prestes a negar, mas tive que parar para pensar. Bastien sempre se mete em confusões com os superiores, seu empreendimento em Seattle no ano anterior tinha sido uma tentativa desesperada para melhorar seu *status*. Se fosse pressionado o suficiente — ou ameaçado — para que me dissesse que sua transferência fora decidida havia mais tempo do que tinha sido, ele faria? Ainda mais se acreditasse ser inofensivo e não tivesse consciência de nenhum motivo nefasto?

— Mas que motivo nefasto? — murmurei, sem perceber que tinha pensado em voz alta até que Roman se endireitou na cadeira novamente.

— É o que temos que descobrir. Temos que descobrir o que aconteceu com você que chamou a atenção de alguém. Algo que aconteceu há pouco tempo, que provocou uma resposta rápida. Sabemos sobre sua preguiça. E sabemos que Erik fuçou o seu contrato.

Pisquei.

— Milton.

Rapidamente, inteirei Roman sobre a informação que Hugh passara — sobre o *status* de assassino secreto de Milton e a viagem dele a Seattle coincidindo com a morte de Erik. Também contei sobre a menção de Milton a Jamie. Roman deu um pulo.

— Jesus Cristo! Por que você não me contou isso antes? Eu poderia ter investigado o Milton enquanto você estava em Las Vegas. Merda. Agora eu tô preso por conta desse boliche.

Nefilins têm as mesmas limitações de transporte que imortais inferiores. Eles precisam viajar fisicamente para os lugares. Nada de teletransporte como os imortais superiores.

— Desculpa — eu disse. — Não pensei. Não liguei uma coisa com a outra. Eu não tive oportunidade de perguntar sobre o Milton para o Jamie. Ele sumiu pelo resto da minha estadia.

Roman balançava a cabeça enquanto andava de um lado para o outro.

— Claro que sumiu. Tenho certeza de que deram um jeito de ele sumir antes que te contasse mais alguma coisa. E explica de novo por que a conversa com ele não foi pra frente?

Dei de ombros.

— Ele tava bêbado. Ficou distraído com um debate sobre gim com o Luis.

— Debate que com certeza foi o Luis que começou.

— Eu... — pensei a respeito antes de continuar: — É. Acho que sim. Mas você não quer dizer que... Digo, isso é ridículo. Usar gim como disfarce de um plano?

Os olhos verde-água de Roman olhavam para o nada, pensativos.

— Não é a distração mais ridícula que já vi um demônio usar. Ele poderia ter sugerido boliche.

— Essa de novo.

Roman voltou sua atenção para mim, repleto de frustração.

— Georgina, como você pode negar tudo isso? Como você pode se negar a acreditar que o Inferno está jogando com algo maior aqui? Depois de tudo que já viu e de que participou?

Levantei de repente, nervosa com a insinuação de que eu era muito tonta para perceber o que estava acontecendo.

— Eu sei! Eu sei do que são capazes. Eu sei que usam coisas simples e bobas, como gim e boliche, para conseguir o que querem. Não estou negando isso, Roman. O que eu não consigo entender é o porquê. Me mostre isso, e eu tô dentro de qualquer esquema maluco que você bolar. Mas eu preciso saber por quê.

Roman ficou frente a frente comigo, pousando suas mãos sobre meus ombros ao se aproximar.

— É exatamente o que eu pretendo descobrir. E quando descobrirmos, desconfio que vamos ter aberto a tampa de uma das maiores conspirações do Inferno nos últimos séculos.

Capítulo 10

Séculos? Achei meio exagerado, mas não ia discutir mais com ele. Não enquanto ele estivesse com aquele olhar fanático. Um olhar que eu conheço bem demais: na versão mais tranquila, resulta em receitas experimentais; na versão mais intensa, leva a chacinas de imortais.

Com todas as escolas de férias, o Papai Noel não fazia apenas o turno da noite. Eu tinha um turno diurno na segunda, então deixei Roman e fui dormir, teria de acordar cedo no dia seguinte. Ele me deu boa-noite com um aceno de cabeça, perdido em suas ruminações. Apesar do interrogatório, sabia que ele pensava sobre a pergunta que eu tinha feito: por que o Inferno iria querer tanto que eu saísse de Seattle, a ponto de criar a situação dos sonhos para mim?

Nem naquela noite, nem na manhã seguinte, obtive respostas. Cheguei ao *shopping* bem cedo, em meu vestido laminado, para encontrar uma turba de pais e crianças já enfileirados, à espera da chegada do Papai Noel. Fiquei contente ao ver Walter/Papai bebendo café puro, sem nem falar sobre álcool. Claro, ele provavelmente estava tentando se livrar da ressaca da noite anterior. Certamente, os pedidos por algo "mais forte" começariam por volta do meio-dia.

— O Papai gostaria que seu recanto não fosse bem abaixo da claraboia do *shopping* — ele comentou, reforçando minha suspeita de ressaca. Ele se acomodou em sua cadeira, para alegria das crianças reunidas, e piscou tristemente para a luz do sol que jorrava pela treliça do teto do "gazebo de Natal". Ele se virou para mim e Zangado. — Não dá pra arranjar uma lona, né?

Zangado e eu trocamos olhares.

— Acho que não tem lona pra vender nesse *shopping*, Walt... Papai — disse. — No meu intervalo, talvez eu consiga arranjar uns lençóis da loja de decoração pra você.

— É — disse Zangado, evitando revirar os olhos —, com certeza vamos achar algo de muito bom gosto.

Papai Noel assentiu solenemente.

— O Papai fica agradecido por ter elfos tão zelosos.

Abrimos as comportas. Eu estava trabalhando bem ao lado do Papai, ou seja, assisti da primeira fila aos pedidos mais extravagantes. Eu também era a responsável por remover crianças esperneando, apesar dos pedidos e protestos parentais para que "apenas segure até que eu tire a foto!". O tempo todo, pensei que, em vez de estar fazendo isso, poderia estar em Las Vegas, trabalhando nas coreografias de Matthias e ouvindo as piadas de Phoebe.

Claro, eu não desdenhava de todo a experiência. Eu gosto de Natal e gosto de crianças. Não teria aceitado o emprego se não fosse assim. Mas ao observar aquelas famílias — especialmente as menininhas com as mães — não podia deixar de me preocupar com os Mortensen. Se eu pensasse muito, começaria a chorar. Então... É. Cinismo é bom, às vezes. Impede que eu me perca no meu próprio desespero.

Quando meu turno acabou, descobri que não era a única indo embora. Zangado pendurou a placa PAUSA DE DEZ MINUTOS DO PAPAI NOEL, para tristeza dos que aguardavam na fila, e Walter me seguiu para o escritório. Era difícil não sorrir ao ver a reação das crianças que estavam no *shopping*, mas não para visitar o Papai Noel. Elas paralisavam, de boca aberta e apontando.

— Você foi bem hoje — elogiei Walter.

— Fica mais fácil quando o Papai sabe que pode tomar um drinque na hora do jantar — ele disse.

Fiz uma careta.

— Você vai pra casa? Ah, claro. Você tá aqui desde cedo — normalmente, os elfos entram e saem em turnos, mas o Papai Noel fica direto. Com a jornada maior, Walter não podia cumprir o horário completo. — Você tem um substituto?

Ele colocou o dedo indicador sobre os lábios e deu uma piscadela, recusando-se a conversar em público. Quando saímos de vista, nos escritórios da administração, obtive minha resposta ao encontrar outro Papai Noel, sentado numa cadeira, folheando um catálogo de lingerie. Ele levantou os olhos quando nos aproximamos, deixando o catálogo de lado.

— Tá na hora?

Walter assentiu e virou-se para me perguntar:

— Raposa, estamos iguais?

— Claro — respondi. — Ambos são homens de roupa vermelha e barba branca.

— Presta atenção — ele deu bronca. O outro Papai Noel se levantou, e eles ficaram lado a lado. — Os detalhes são importantes. Qualquer coisa que uma criança esperando na fila possa reparar quando o Bob assumir meu lugar. Alinhamento da barba, óculos, ajuste do casaco, tudo é importante. Um pequeno detalhe é o suficiente para as crianças perceberem que foram enganadas, que somos dois.

— E se elas perceberem — acrescentou Bob, com o mesmo sotaque britânico de Walter —, a ilusão acaba. Saberão que foram enganadas, que não existe um único e verdadeiro Papai Noel.

— Uau, vocês levam isso a sério — eu disse, um pouco espantada. Então, fiz uma inspeção minuciosa, ajustando pequenos detalhes. Endireitei o chapéu de Bob e consertei alguns cachos da barba. Por fim, assenti. — Tá pronto.

Bob olhou para Walter com ansiedade. Walter retirou o chapéu, a barba e os óculos, revelando um homem comum, com cabelo ralo e grisalho.

— Só um Papai pode existir fora dessa sala — explicou Walter, misteriosamente, ao observar Bob partir. — Faz parte da magia.

— Isso foi fofo — observei. Terminada a jornada de trabalho, Walter imediatamente retirou uma garrafa de bolso do armário e começou a beber. Imaginei se os dois Papais dividiam o vício. — Esquisito, mas fofo.

Depois da minha troca de roupas e de uma breve parada em casa, peguei o caminho para o Boliche do Burt. Roman escolhera esse local para nosso treino. O mesmo lugar onde nós nos encontramos uma vez, durante nosso romance fadado ao fracasso. Ao morar com ele e lidar com os absurdos mundanos da vida de colegas de apartamento, ficava fácil se esquecer dessa parte de nossa história. Houve um tempo em que achei que estivesse me apaixonando por Roman, embora, por fim, meus sentimentos por Seth vencessem. Conhecer a verdadeira natureza de Roman — e ficar sabendo de seu plano para matar Carter — não ajudou nosso nascente romance. Ele abandonara os planos, ainda bem, mas às vezes penso sobre quanto Roman ainda gosta de mim.

Não havia sinal de nosso ilustre professor, mas Seth já estava lá, além de Cody, Peter e Hugh. Ao me ver chegar, Seth me olhou com desespero e gratidão. Posso apenas imaginar a que tipo de conversa ele foi submetido enquanto estava preso a eles. Conforme me aproximava, reparei nas camisetas dos meninos. Seth usava uma do filme *Digam o que quiserem*. Típico. O que não era tão típico: meus três amigos imortais vestindo camisetas azul-bebê idênticas. Antes que eu pudesse analisá-las, Cody pulou e jogou uma igual na minha direção.

— Toma — ele disse. — Mal posso esperar pra ver como nós quatro vamos ficar.

A camiseta era do modelo básico de boliche: manga curta e abotoada. Meu nome bordado na frente. Virando-a, encontrei a inscrição ROLADORES PROFANOS em letras elaboradas e flamejantes. Levantei uma sobrancelha.

— Sério? Esse é o nosso nome?

— É inteligente em todos os sentidos — disse Peter, excitado. — É uma piada com "rolo sagrado", e nós somos profanos, mas também vamos *rolar* a bola...

— Ok, ok — disse, vestindo a camisa sobre minha gola rulê. Era meio pequena, então fiz um ajuste corporal. — Sei a definição de trocadilho, Peter. Eu só não sabia que a gente ia fazer algo tão... Óbvio.

— Era isso ou Os Picadores — disse Hugh.

Fiz uma careta ao me encaixar sob o braço de Seth.

— Acho que fizeram a escolha certa, então. Pelo menos a cor é bonita.

Hugh e Cody trocaram olhares satisfeitos e triunfantes.

Peter zombou.

— Não tem nada de errado com rosa — ele disse. — Acho que seria uma forma de protesto.

— Sei — disse Hugh —, seria um testemunho de como a gente é um bando de mariquinhas que o time da Nanette poderia usar de pano de chão.

Peter suspirou longa e desesperadamente.

— Por que você é tão inseguro quanto a sua masculinidade? Se a Georgina estivesse aqui na hora da votação, ela teria escolhido rosa também.

De repente, as palavras dele lembraram a todos por que estive ausente. O desânimo tomou conta de todos.

— É verdade, então? — perguntou Cody. — Você vai embora?

— Isso aí — respondi, tentando demonstrar uma alegria que não sentia. — Mês que vem: Vegas.

— Mas isso não é justo — reclamou Cody. — A gente precisa de você aqui.

Hugh sorriu pesaroso.

— Você é novato, menino. "Justiça" não existe no nosso negócio.

Cody não gostou da referência a sua falta de experiência, mas Hugh tinha razão. Cody não era imortal havia tempo suficiente para ter passado por uma transferência ou conhecer as maquinações corporativas do RH. Peter e Hugh já, e apesar de estarem tristes por minha partida, também sabiam que contra algumas coisas não dá para se rebelar.

— Não fiquem mal — eu disse, suave. — O Bastien trabalha lá agora. E eu já arrumei um trampo de dançarina.

— Mas você não consegue nem arranjar um emprego aqui — apontou Peter.

— Tipo, dançarina *topless*? — perguntou Hugh.

— Não — respondi. — Mas com pouca roupa, coberta de lantejoula.

Hugh aprovou com um aceno.

— Tudo bem também.

Cody continuava sensibilizado. Olhou para Seth.

— Bom, uma coisa boa do seu trabalho é que você pode morar em qualquer lugar. É fácil se mudar.

Eu ainda não sabia o que Seth pensava a respeito, mas ele sorriu, corajoso.

— Vamos ver.

De repente, só conseguia pensar na conversa com Andrea. *Ele é a base que nos sustenta agora.*

Uma sensação desconfortável me dominou, acompanhada do cheiro de enxofre. Os outros imortais e eu olhamos quando Jerome entrou, seguido por um Roman pensativo. Vi minha surpresa refletida no rosto de meus amigos.

— Não sabia que você viria — disse para Jerome quando a dupla pai e filho nos alcançou. — Deixou claro que não faz parte do time.

— E não faço — ele disse, olhando com nojo as cadeiras de couro surradas. — Mas já que minha honra depende desse time, achei melhor assegurar que vocês estão no caminho certo.

— Valeu pela confiança na minha habilidade — disse Roman, digitando nossos nomes no computador da pista.

— Não duvido de sua habilidade — retrucou Jerome, dignando-se a sentar. — Mas também sei que um pouco de *encorajamento* ajuda bastante na busca pelo sucesso.

— Assumo que por "encorajamento" você esteja se referindo ao seu tremendo desagrado se perdermos — eu disse.

Jerome torceu os lábios.

— Exatamente, Georgie. Além disso, eu também queria saber...

Jerome silenciou quando seu olhar pousou na camiseta de Seth, que mostrava a icônica cena de John Cusack segurando o rádio sobre a cabeça.

— Bonita camiseta — disse Jerome.

— Hum, valeu — respondeu Seth.

Jerome voltou-se para mim, como se nada tivesse acontecido.

— Como eu dizia, queria saber sobre sua viagem para Vegas no fim de semana.

— Quanta consideração — eu disse. Ao meu lado, percebi Seth se mexendo na cadeira desconfortavelmente. Sei que ele fica incomodado com as esquisitices de meus amigos imortais, mas Jerome provoca um tipo bem diferente de mal-estar. Mais do que isso. Jerome *assusta* Seth, o que faz sentido, já que na maior parte do tempo ele nos assusta também. — Sei que você tem muitos olhos e ouvidos para te contar exatamente como foi.

— Verdade — admitiu Jerome. — Mas isso não significa que eu não goste de ouvir dos seus lábios.

— Certo — disse. — Pois minha felicidade importa muito pra você.

Roman cruzou os braços e nos encarou com irritação.

— Desculpa interromper, mas vocês querem treinar ou não? — ele não dava sinal de que tinha me interrogado sobre cada detalhe do mencionado fim de semana. Sua expressão naquele momento dava a entender que aquilo nem passava por sua cabeça.

— Certo — disse Jerome, magnânimo. Apontou para a pista, como um tipo de monarca iniciando uma celebração. — Comecem.

Roman revirou os olhos e depois se voltou para nós, os Rolos Profanos.

— Ok, primeiro, vamos ver em que nível vocês estão.

Ao longo do último ano, já me esquecera das aulas de Roman. Apesar disso, consegui seis pinos na primeira e dois na segunda. Cody surpreendeu a todos com um *spare*, e Hugh, depois de deixar a primeira bola cair na caneleta, conseguiu derrubar oito pinos. Peter fez um *split* perfeito de primeira, e nada na segunda. Seth, num raro momento de coragem, inclinou-se para Jerome:

— Vocês vão jogar com vantagem numérica?

— Essa — disse Jerome, com seus olhos negros no vazio do último lance de Peter — é uma excelente pergunta.

Até Roman parecia um pouco surpreso com nossa desorientação. Ele mergulhou no papel de treinador, ajudando cada um com suas dificuldades específicas. Cody era o único que não precisava de muita ajuda e conseguia *strikes* e *spares* com regularidade. Eu me mostrei surpreendentemente mediana e logo consegui *spares* na maior parte das jogadas. O que considerei um bom sinal. Não havia instrução no mundo que desse um jeito em Peter, cujas jogadas eram extremamente erráticas e bizarras. Hugh melhorava aos poucos, mas não conseguia se livrar da tendência de jogar a bola para a caneleta direita.

— Aqui — disse Seth, levantando-se quando Hugh estava prestes a finalizar uma jogada. — Posso? Eu costumava fazer igual a você.

Hugh entregou a bola com boa vontade; Seth se aproximou da pista. Olhei com interesse, já que nunca tinha visto Seth jogar boliche. Ele mostrou a técnica para Hugh antes, fazendo mímica de uma jogada que daria um efeito mais para a esquerda. Depois, jogou de verdade, soltando uma bola rápida e certeira que limpou os pinos que sobravam.

— Jesus Cristo! — exclamou Jerome, revoltado. — Vou ter que ver se a Nanette deixa colocar mortais no time. É único jeito de me livrar do vexame.

— Ei — disse Roman —, dá uma chance pra eles. Eu posso fazer milagre em uma semana.

Jerome levantou-se.

— Geralmente, milagres não fazem parte do nosso repertório. Vi tudo que precisava. Vou beber agora para inutilmente tentar apagar esse desastre da minha memória. Quando eu aparecer no próximo treino, espero ver uma melhora significativa em *todos* vocês. Se não, vão aprender uma nova definição de trabalho em equipe, com sofrimento e miséria em conjunto — ele se virou abruptamente, quase atropelando a garçonete que se aproximava. Ela deu um gritinho quando viu a cara furiosa de Jerome. — Não sirva bebidas alcoólicas — ele avisou. — Não podemos arriscar que fiquem ainda piores, não que isso seja possível.

Observamos os dois saírem correndo. Quando Jerome deixou o recinto, Roman suspirou aliviado e sentou-se conosco.

— Ok, agora que ele vazou, vamos deixar esse absurdo de boliche de lado e falar sério? Cody, a gente precisa conversar com você sobre o Milton.

— Ei, ei — disse Peter —, só eu ouvi a parte sobre "sofrimento e miséria em conjunto"? A gente tem que praticar.

Roman o ignorou com um aceno de mão.

— A gente volta mais tarde.

— O que tem o Milton? — perguntou Cody, confuso por inúmeros motivos.

— Você contou pra ele — disse Hugh. — Merda.

— O que você esperava? — perguntei. — Você sabia que eu ia fazer alguma coisa a respeito.

— Milton é matador de aluguel do Inferno — explicou Roman.

— Milton... O mesmo Milton babaca que esteve aqui faz um tempo? — perguntou Peter, incrédulo. — Um matador de aluguel? Qual é. Ele é um pesadelo da moda, só isso.

— Temos bons motivos pra pensar que ele é mesmo um assassino — eu afirmei, devagar. — Ele viaja muito. E quando chega a uma cidade... As pessoas morrem. Como o Erik.

— O Erik foi morto num assalto — disse Cody. — Nem sinal de vampiro.

— Bom, claro que não — atalhou Roman. — O Inferno não quer que seus assassinatos sejam óbvios.

— Tá — disse Peter —, mas isso significa que o Inferno tinha um motivo pra matar o Erik.

— O Inferno tinha — concordou Roman. Ele virou a cabeça na minha direção. — Ela. O Erik estava investigando o contrato da Georgina quando foi morto.

Engoli em seco, procurando minha voz. Havia um pequeníssimo conforto em saber que Erik morrera por um motivo, não apenas um acaso aleatório do universo. Mas o conforto era engolido pelo fato de que *eu* tinha sido o motivo.

— O Roman acha que existe alguma explicação nefasta para a minha transferência. Algum plano maior. E que a morte de Erik faz parte dele — consegui dizer.

Seth me encarou com assombro.

— Você tinha dito que era algo rotineiro.

Dei de ombros, sem conseguir olhá-lo nos olhos.

— Não sei. Talvez seja, talvez não.

— Não é — disse Roman com violência. — Tem muita coisa envolvida, muita coisa que não bate. Erik chegou perto demais de algo, e o Inferno se livrou dele. O que me leva de volta ao meu ponto de origem. Cody. Você e Gabrielle seguiram o Milton, certo?

— Eu... Sim... — Cody ainda estava em choque. — Mas, tipo, a gente não viu ele matando o Erik! Nada do tipo.

— Você o viu em Lake City, no bairro da loja do Erik? — perguntei.

Cody negou com a cabeça.

— Não fui tão longe. Só o segui numas baladas. Era um jogo, só isso. Gabrielle queria ver um vampiro, então a gente seguiu Milton um pouco. Nem fomos além do centro da cidade.

— Eu fui.

Todos viraram para encarar Peter.

— Por que todo mundo tá me olhando desse jeito? — ele quis saber.

— Eu não sabia disso — disse Cody. — Por que *você* seguiu o Milton?

Peter fungou.

— Por que você acha? Ele estava no nosso território. Queria saber se ele estava mesmo de férias, como dizia. Tinha que garantir que ele não iria caçar.

Às vezes, fico tão complacente com a ideia de que meus amigos são patetas e sossegados que é fácil me esquecer de suas verdadeiras naturezas. Peter e Cody são os que mais enganam. São bobões e bizarros na maior parte do tempo, mas, no fim das contas, são vampiros.

— E? — perguntou Roman; o olhar fanático ressurgindo. — Você o viu em Lake City?

— Não. Eu o segui uma vez para a região leste e outra, para a oeste.

Um calafrio percorreu minha espinha.

— Zona oeste? O que ele estava fazendo lá?

— Nada — respondeu Peter. — Ele dirigiu por alguns bairros, ficou sentado no carro por um tempinho. Suspeitei que estivesse de olho em alguma vítima, mas me viu e desistiu. O que foi esperto da parte dele.

— Ele devia mesmo estar caçando — murmurei. — O Erik morava na zona oeste. Você se lembra do bairro?

— Se eu passasse por lá, talvez — respondeu Peter. — Mas não conseguiria refazer o caminho. Desculpe.

— Não importa — disse Roman. — Temos tudo de que precisamos. Temos provas suficientes.

— Provas circunstanciais, no máximo — argumentou Hugh. — O que eu já tinha dito pra Georgina. E não explica por que o Inferno o queria morto; principalmente depois de ele ter ajudado o Jerome. Eu sei, eu sei — Roman e eu fomos interromper, mas Hugh levantou a mão para nos calar. — O contrato. Mas lembrem-se, a Kristin checou pra você. Não tinha nada de errado.

Kristin é uma demônia que trabalha em Vancouver. Ela me devia um favor, então se arriscou a fuçar nos arquivos do Inferno e rever meu contrato para mim. Na época, eu tinha esperança de que haveria um erro. O demônio que fizera a corretagem do meu contrato, Niphon, estivera na cidade, comportando-se suspeitosamente. Eu estava certa de que meu contrato tinha algum problema. Kristin trouxe a notícia decepcionante: tudo estava em ordem.

— Porém, o Erik disse que o problema não estava no meu contrato. Estava em outro — continuei.

— Que outro? E o que isso tem a ver com sua transferência? — perguntou Hugh. Como ninguém respondeu, ele suspirou. — Olha, querida, eu adoro um quiproquó, como todo mundo, mas não sou idiota — ele encarou Roman. — Você já tá por aí faz um tempo, eu te dou esse crédito, mas você não vive nossas vidas. Não tem que se reportar ao sistema. Nós temos. Não fode tudo com suas teorias loucas, sem noção.

— E se for mais do que uma teoria? — perguntou Roman. — E se for verdade?

Hugh olhou-o nos olhos.

— Então tenha certeza de que trazer a verdade à tona vai valer as consequências.

Silêncio. Depois de muito tempo, Cody falou:

— Você acha que a garçonete ainda tá assustada? Eu gostaria muito de uma bebida.

Roman voltou para o treinamento, mas um clima estranho tomou conta de nós, depois da revelação da história de Milton e Erik. Fomos remando com a maré, mas estava claro que ninguém tinha cabeça para o boliche. Quando finalmente encerramos, Roman declarou que tínhamos melhorado, mas ainda precisávamos de mais treino. Como isso não era novidade para ninguém, montamos um cronograma para o resto da semana antes de nos dispersar. Roman me puxou pelo braço quando eu saía.

— Não vou pra casa hoje — ele disse. — Tenho que fazer... Umas coisas.

— Coisas que vão te colocar numa encrenca? — perguntei, receosa.

— Não mais do que já estou. Mas é bom você saber caso... — ele olhou para Seth, depois voltou para mim. — Cê sabe, só pra você saber.

— Brigada — agradeci. Entendendo a dica, virei-me para Seth quando ficamos a sós no estacionamento. — O que você acha? Quer uma festinha do pijama? Ou precisa voltar para o Terry?

Seth colocou as mãos em volta da minha cintura e me puxou para perto.

— Na verdade, estou de folga. A Andrea estava se sentindo bem hoje.

Relembrei o dia anterior, como ela, apesar da fadiga, estava claramente melhor. Senti uma palpitação de esperança no peito e regozijei por algo estar bem no mundo.

— Você acha que ela está mesmo sarando? Que o tratamento está funcionando?

— Não sei — ele disse, esperançoso. — Gostaria de acreditar nisso. Seria... Demais. Mais do que posso imaginar.

Meu coração doeu por ele e por toda a família. Não sabia o que dizer, então simplesmente dei um beijo leve em seus lábios. Estavam mornos em comparação ao ar frio.

— Georgina — ele disse, quando recuei. — Todas essas outras coisas sobre seu contrato e sua transferência. Você nunca me falou disso.

— Eu sei — disse —, me desculpa. Não quis esconder nada. É que... Tanta coisa ainda é desconhecida. Não queria te contar se nem entendo completamente o que está acontecendo.

— E eu entendo menos ainda — ele disse.

Eu assenti.

— Não quis que se preocupasse.

Ele olhou para mim; olhos honestos e cheios de afeição.

— Você tem que parar com isso. Eu suporto qualquer coisa. Você pode me falar sobre tudo. Não vamos pra lugar nenhum se não formos honestos. Estamos nessa juntos, Thetis. O que acontece com você me afeta. Quero te apoiar.

— Eu sei — disse. — É um hábito difícil de abandonar... Querer te proteger.

— Uma coisa que me abalou foi o que o Hugh disse. Você tá correndo perigo? Ele tem razão sobre o Roman, não tem? Aquele Roman não enfrenta as mesmas consequências que vocês? Odeio pensar... Odeio pensar que você pode estar se enrolando num dos esquemas dele, que você pode sofrer as consequências das atitudes impensadas dele.

— Não sei se são tão impensadas — disse. — No começo, eu achava que sim. Mas agora, realmente acredito que ele pode ter razão. Sobre o Erik. Sobre a minha transferência.

— E se ele tiver? O que você ganha com isso? Quero dizer, até onde sei sobre Roman e nefilins, pra ele vai ser bom se descobrir um esquema do Inferno. Ele se diverte com isso. Mas você... Você é subordinada ao Inferno. O que você ganha se revelar o grande plano deles? Chefes descontentes.

Encostei-me em seu peito, encarando a noite. Céu limpo; mas estávamos muito próximos do centro para conseguir ver estrelas.

— Eu ganho a verdade — disse, por fim. — Não sei como minha transferência está relacionada com a morte de Erik, ou mesmo se tem algo a ver, mas se for verdade que Erik não morreu por estar no lugar errado, na hora errada, então, sim, preciso saber. Preciso saber a verdade.

— Vale a pena? — ele me apertou com força. — Vale a pena se arriscar?

— Sim — murmurei —, vale.

No entanto, enquanto respondia, pensei em Erik — o gentil e sábio Erik —, que fazia tanto pelos outros, sem se preocupar consigo mesmo. Generoso, maravilhoso Erik, que tinha feito tanto por mim, possivelmente perdera a vida por minha causa. Descobrir a verdade, por que ele tinha morrido... Sim, eu tinha dito a verdade. Valia a pena qualquer risco, mas isso não anulava o horror de tudo. Não mudava o que tinha acontecido ao Erik. Ele continuaria morto, e a intriga em nosso meio apenas aumentaria, cada vez mais.

— O que foi? — perguntou Seth. Sem pensar, eu fechara os olhos e enterrara o rosto no peito dele, talvez em um esforço subconsciente para me esconder da tempestade que se formava em minha volta, no meu mundo imortal.

Abri os olhos e suspirei.

— Nada. Tudo. Não quero... Não quero pensar sobre isso. Pelo menos por enquanto. Amanhã... Tudo vai estar à espera, eu sei. Mas por favor... —

pressionei meu corpo ainda mais contra o dele, mantendo meus lábios a poucos centímetros de distância. — Vamos pra casa. Me ajude a esquecer tudo, pelo menos por hoje.

Seth não precisou de outro incentivo. Seus lábios encontraram os meus, e nos envolvemos num beijo duplamente esfomeado e desesperado. Calor e eletricidade percorreram meu corpo, espantando a noite invernal. Quando nos separamos, ambos sem fôlego, consegui falar:

— Eu te encontro na minha casa.

Cada um foi para o seu carro, o que foi bom, já que seria perigoso tentar dirigir nas nossas condições. Aliás, fiquei surpresa por chegar ao meu apartamento sem desobedecer nenhuma lei de trânsito. Mas assim que chegamos, estacionando ao mesmo tempo, já era. Engalfinhamo-nos, quase sem ter a noção de atravessar a porta antes de nos jogarmos.

Eu tentara fingir que resistia bem ao sexo, mas a verdade era que eu sentia tanta falta quanto Seth. Todos os casinhos do mundo não compensavam o sexo com *ele*, meu amado. Minhas obrigações como súcubo ficavam cada vez mais vazias e fúteis. Eu ainda achava seguro e inteligente frear nossa vida sexual, mas, naquele momento, estava disposta a quebrar as regras.

Ele me pegou nos braços assim que entramos no apartamento, sem parar de me beijar. As gatas, em geral prontas para pular amorosamente em qualquer um que atravessasse a porta, tiveram noção suficiente para nos dar espaço conforme percorríamos o caminho para o quarto. Seth perdeu o equilíbrio ao me carregar e conseguiu nos jogar na cama sem cerimônia.

Tinha se passado só um mês? Enquanto minha boca e minhas mãos saboreavam seu corpo, redescobrindo-o, eu tinha a sensação de que havia se passado anos. Eu estava na seca. Com fome dele. Não consegui tirar sua camiseta rápido o suficiente e senti a luxúria do toque de sua pele nua sob meus dedos. Seth estava ocupado com minha blusa, que era um pouco difícil. A camiseta dos Rolos Profanos não passava pela minha cabeça, ou seja, cada botão tinha que ser desabotoado, um por um. Ele o fez com infinita paciência e destreza, logo chegando à blusa debaixo.

Quando estava nua, ele me olhou com o mesmo desejo e fome que eu sentia por ele. Ele passou as mãos por todo meu corpo, traçando as curvas de meus quadris e seios em reverência.

— Tão linda — ele murmurou, puxando-me para cima dele. Então ele se esticou, de modo que meus seios ficaram pendurados sobre o rosto dele, permitindo que sua boca tomasse um dos mamilos. Arquejei, não apenas pelo toque, maravilhoso, de sua língua, mas também por ser ele, *Seth*.

Seus lábios e sua língua chuparam meu mamilo até que ele ficasse sensível e dolorido. Depois, mudou de seio, adorando o outro mamilo com a mesma intensidade. O fogo me percorria, bem como a doçura prateada de sua energia vital. Com ela, vinham seus sentimentos — amor e paixão —, e a combinação era intoxicante. Gemi suavemente, então ele subiu e nossas bocas se reencontraram, dessa vez para um beijo tão profundo e devastador que fez parecer puritano aquele do estacionamento.

Durante o beijo, senti a mão dele deslizando pelo lado do meu corpo, em direção às minhas coxas. Entre elas, seus dedos se moviam com habilidade, me explorando, vagarosamente indo cada vez mais além, até deslizarem para dentro de mim. Gemi novamente, mas o grito foi engolido pelo beijo, tão profundo que eu mal podia respirar. Pacientemente, aqueles dedos me revolviam, me testando, até alcançarem o local que provocaria a maior reação. Começando devagar, ele me acariciou seguidamente, brincando com minha umidade, provocando prazer intenso, que acendia todos os meus nervos. Eu consigo me impedir de chegar ao clímax por quanto tempo for necessário, mas, naquela noite, não havia necessidade. Eu poderia me perder nele, deixar meu corpo fazer o que bem entendesse. E o que ele queria, vejam só, era gozar logo. Seth e eu ficamos distantes por muito tempo; meu corpo sentia falta daquele toque.

Outros toques habilidosos e eu senti a parte debaixo do meu corpo explodir em êxtase, uma sensação tão poderosa que eu não sabia se aguentaria mais... Embora desejasse mais. Seth continuou me provocando até que meu orgasmo arrefecesse; só então ele retirou os dedos. Finalmente, paramos de nos beijar, ambos inspirando fundo, olhos nos olhos.

— Vem cá — eu disse, puxando-o para perto.

Como eu, Seth poderia ser facilmente arrastado para mais preliminares, e, como eu, ele não queria. Acho que esse é o preço que se paga por "limitar" o sexo. Não sobra muita paciência para o resto.

Pressionou seu corpo contra o meu, e o senti colocando-se dentro de mim, duro e pronto. Abracei-o pelo pescoço e o beijei novamente; ele começou a entrar e sair de mim. Queria o máximo possível: o maior contato possível com seu corpo. Quando fazemos amor, ele nunca fica tão próximo quanto eu quero. Sempre quero mais. Nossos corpos foram feitos para ficar juntos. Há algo tão maravilhosamente angustiante em o sentir dentro de mim.

— Georgina — ele arfou enquanto seus movimentos ficavam mais rápidos e intensos —, você é maravilhosa, mais do que maravilhosa...

Se havia mais sentimentos ali, nunca descobri. Seu rosto se transformou quando o orgasmo tomou conta dele, seu corpo penetrando o meu com uma nova intensidade. Ele soltou um gemido suave quando gozou, ainda se movimentando para aproveitar até o último pedacinho de prazer que conseguisse. Quando gozou, senti a força total de sua vida roubada. Era gloriosa e estimulante, e eu tentei aceitá-la como parte da experiência. Não queria arruinar com culpa o momento.

Quando o corpo de Seth finalmente desacelerou, ele caiu sobre mim, deitando a cabeça sobre meu peito. Ele inspirava e expirava pesadamente, beijando-me entre os seios.

— Eu te contei que você é maravilhosa? — ele perguntou.

Suspirei satisfeita e alisei seus cabelos, que estavam mais bagunçados do que o habitual.

— Não sou tão maravilhosa — observei. — Estou com a sensação de que você fez todo o serviço.

Beijou-me novamente.

— Isso é o mais incrível sobre você, Thetis. Você nem sabe quando está sendo maravilhosa.

Senti um sorriso se esgueirando em minha face, e não tinha nada a ver com os elogios. *Georgina. Thetis.* Os antigos e conhecidos apelidos. Depois da última vez que fizemos sexo, uma parte de mim ficou preocupada com a possibilidade de ele repetir meu nome, Letha, novamente. Mas não. Aquela lembrança, aquele nome... Não existiam mais, bem como a pessoa que um dia eu fora.

— Eu te amo — eu disse, pois parecia a única resposta adequada.

— Hummm — ele se aconchegou. — Não vamos esperar tanto pra próxima, ok?

Sorri suavemente.

— Vamos esperar ainda mais. Pensando a longo prazo, acho que sexo mensal não vai funcionar. Ainda é muito frequente.

Ele gemeu.

— Qual é? Eu não ligo para os riscos. Vale a pena. Eu fico satisfeito com sexo bissemanal. Hoje tivemos prova que você não aguenta segurar tanto tempo também.

— Bissemanal! Isso com certeza é frequente demais. Você só ganhou hoje porque eu tive uma crise repentina.

Ele riu, porém o riso logo descambou num bocejo.

— Se a gente transar todas as vezes que você tiver uma "crise", então eu provavelmente vou transar todas as noites.

Dei uma cotovelada de leve.

— Mentira — pensei um pouco a respeito. — Mentirinha.

Seth riu de novo e me abraçou, mantendo-nos próximos.

— Ah, Georgina. Você faz tudo que enfrentamos valer a pena. Tudo.

Capítulo 11

Pela manhã, foi difícil sair do lado de Seth. A gente vinha tendo poucas semanas juntos, e cada dia que passava apenas me lembrava de quão próxima minha transferência estava. Deitada em seus braços, observando-o dormir sob as primeiras luzes da manhã, lembrei-me do que ele tinha dito sobre a melhora de Andrea. Se fosse verdade, se ela estivesse próxima da cura, então havia uma chance de que os laços de Seth com Seattle se afrouxassem. Senti-me egoísta ao pensar assim, mas não era tão ruim querer um final feliz para todos.

Depois de um café da manhã animado, Seth e eu fomos para a casa dos Mortensen. Ele tinha turno de babá enquanto Andrea ia a uma consulta médica, e eu levaria a Brandy para as compras. Fomos recebidos por caos; Brandy saiu voando da casa, sem fôlego e gargalhando.

— Nem entre — ela me avisou, depois que dei um rápido beijo de despedida em Seth. Nós duas fomos para o carro. — Tá uma loucura. A mamãe e o papai perderam a hora, então a vovó deixou a Kendall e as gêmeas "ajudarem" a fazer o café.

— O que elas estão preparando?

— *Waffles* — ela respondeu. — A massa e tudo. Não sei o que foi mais assustador: a Kendall misturando a massa ou a Morgan e a McKenna responsáveis pelo *grill*. O detector de fumaça disparou duas vezes!

Não pude deixar de rir enquanto manobrava o carro.

— E você e a Kayla não ajudaram?

— Nem pensar — ela respondeu. — Fiquei longe da bagunça. A Kayla tá num daqueles dias silenciosos hoje.

— Aaah... — eu me arrependi de não ter entrado. A pequena Kayla tem um lugar especial em meu coração. Apesar de estar melhor do que antes, ainda tinha uma tendência a simplesmente observar o mundo, sem fazer um comentário. Às vezes, era difícil começar uma conversa com ela. Parte era timidez, mas outra parte, eu suspeitava, vinha do fato de Kayla ser médium. Suas habilidades ainda estavam se desenvolvendo, mas ela era sensível ao funcionamento do mundo sobrenatural, o que suponho deixar qualquer pessoa, de qualquer idade, um pouco mais silenciosa.

— Ela vai ficar bem. Ela ama *waffles* — Brandy sorriu. Fiquei feliz de vê-la com tão bom humor, para variar. Ela suportava tanto estresse quanto os adultos. — Isso se derem conta de fazer algum.

Fomos para o centro da cidade, e eu questionei Brandy sobre o que ela queria num vestido. Ela não sabia dizer, o que era fofo, mas também dava pena. Brandy não era moleca, mas com todo o drama familiar, vestidos não eram o assunto em foco. Na verdade, quando seu rosto se iluminou ao ver as luzes e decorações de Natal do centro, ficou claro que a família era a única coisa em sua vida ultimamente.

— Eu não tinha visto nenhuma decoração de Natal ainda! — ela me disse, olhando pela janela. Uma dor em meu coração me lembrou de que seria o último ano que eu veria a exuberância natalina de Seattle. — A gente geralmente passeia aqui, para as meninas verem o Papai Noel. Ainda não deu tempo.

— As meninas ainda não viram o Papai Noel? — perguntei, despertando do meu momento de autopiedade. — Não é justo, ainda mais considerando que vejo ele em excesso.

Pensei em quantos drinques seriam necessários para convencer Walter a fazer uma visita domiciliar. E me convenceu a me esforçar para que hoje fosse um dia especial para Brandy. Não podia querer que ela não se preocupasse com a mãe, mas, por um dia, com Andrea se recuperando e o mundo maravilhoso de compras de Seattle a ser explorado, Brandy merecia se preocupar um pouco *menos* que o normal. Ela merecia pensar em si mesma.

Levei-a por um turbilhão de lojas de marca, dando bronca quando ela olhava as etiquetas de preço. Queria que a experiência fosse maior do que a compra de um vestido. Queria que ela se sentisse uma princesa. Fiz questão de que os vendedores fizessem o impossível para agradá-la, o que não é muito fácil nessa época do ano. A expressão radiante de Brandy me dizia que o esforço valia a pena. Finalmente, na terceira loja, encontramos o tesouro, *o* vestido: cetim rosa, escuro, que envolvia seu corpo formando uma bainha, mostrando suas formas sem ser pornograficamente apertado. Flores de cetim no topo forneciam o toque extravagante. Por ter alças e comprimento até o joelho, ela não seria expulsa da igreja. Passamos a hora seguinte procurando sapatos e joias, e embora cada nova compra a deixasse desconfortável, ela parou de me questionar sobre os preços. Ela não sabia sobre o custeio de Margaret, mas, nessa altura, este já tinha sido gasto havia muito tempo.

Exaustas e triunfantes, fomos almoçar em um italiano frequentado por outras senhoras desocupadas. Ficava dentro de uma galeria enorme, e quando estávamos prestes a entrar, vi um rosto conhecido sair de uma loja próxima. Meu peito ficou apertado, e pronunciei seu nome antes que pudesse me segurar:

— Doug!

Ele demorou um pouco para perceber quem o chamara. Quando me reconheceu, uma série de emoções perpassou sua face. Imaginei como o encontro seria se Brandy não estivesse presente. Será que ele teria sequer me dado bola? Talvez sim. Talvez não. Mas a presença de Brandy garantia educação. Não importa quão bravo ele pudesse estar comigo, ele não a ignoraria.

— Kincaid — ele disse, andando em nossa direção. — E a pequena Brandy. Tudo bem?

— Tudo — ela respondeu alegremente. Os dois, percebi, poderiam ter sido parentes, se Seth e Maddie tivessem se casado. A briga e a separação não tinham surtido efeito tão forte em Brandy quanto em nós, então ela ficou genuinamente feliz em vê-lo. — Estamos fazendo compras.

Ele sorriu para ela; imaginei se estava evitando me olhar nos olhos.

— Presentes de Natal de última hora? — ele perguntou.

— Nem pensar — eu respondi. — É tudo pra Brandy. Ela vai a um baile hoje.

— Ah, saquei — ele disse. — Se arrumando pra conquistar uns corações natalinos, hein?

Ela ficou bem vermelha.

— Não! É na igreja!

Provocar meninas é território fácil e conhecido para Doug.

— Ah, é? — ele disse, tentando ficar sério. — Então por que ficou vermelha? Dá pra conquistar os corações de meninos da igreja tanto quanto os nossos, os pecadores, sabia? Tenho certeza de que vai formar fila atrás de você.

— Não — ela protestou. — Não vai formar fila...

— Só um então? — ele perguntou, sorrateiro.

Brandy me olhou, pedindo ajuda, e eu ri:

— Eu sabia que tinha um!

— Vocês são pentelhos — ela disse, apesar de não parecer *tão* chateada.

— Posso colocar nosso nome na lista de espera?

— Claro — respondi, ainda rindo. Mas assim que ela entrou, o jeito brincalhão de Doug sumiu.

— Bom, tenho que ir — ele disse, virando-se para ir embora.

— Espera, Doug, eu... — ele olhou para mim, mas eu fiquei perdida. O que eu poderia dizer? Que sentia muito por ter dormido com o noivo da irmã dele? Que sentia muito por ter mentido para todo mundo e magoado Maddie? Como se pede desculpas por algo assim? — Foi... Foi bom te ver — eu disse, por fim.

— Foi bom te ver — ele repetiu, apesar de não soar convincente. Ele indicou o restaurante com a cabeça. — E ela. Espero que ela se divirta.

— Eu também. Ela merece, com tudo que está acontecendo.

Ele tinha tentado ir embora novamente, mas minhas palavras o impediram.

— Como tá a mãe dela?

Dei de ombros.

— Dias bons, dias ruins. Altos e baixos, às vezes, parece que não há esperanças, às vezes, parece que tudo vai dar certo. Acaba com todo mundo... e não dá pra esperar nada, sabe? Ela está passando por dias bons agora, mas tem sido um caminho difícil para todos. Nunca sabemos o que vai acontecer na próxima curva, temos que nos preparar para tudo. Eu tento ajudar, mas não sei... Acho que não faço o suficiente. Mas o que seria suficiente?

Calei-me, percebendo que tergiversava.

Doug não disse nada; seus olhos escuros me analisando por vários segundos. Então, seu olhar se direcionou para Brandy, que conversava com a *hostess*, e parou lá por outros segundos antes de se voltar para mim.

— Você é uma pessoa boa, Kincaid — ele afirmou com suavidade. Depois, foi embora de vez.

Nada poderia ter me surpreendido mais. Em todas as conversas imaginárias que eu tivera com Doug, esperava educação fria no máximo, e isso era querer demais. Geralmente, previa ouvir coisas horríveis, dolorosas, que eu merecia. Por mais que uma parte secreta de mim desejasse perdão, eu não acreditava realmente que merecesse. Observei-o ir embora, até que Brandy colocou a cabeça para fora da porta do restaurante e avisou que eles tinham uma mesa.

Por mais pensativa que meu encontro com Doug tivesse me deixado, ainda fui capaz de aproveitar o resto da tarde com Brandy. Estávamos de bom humor quando chegamos à casa dos Mortensen, e fiquei ainda mais feliz quando vi o carro de Seth parado na entrada. Corri para dentro, ansiosa por vê-lo, apenas para ter meu humor destroçado quando vi seu rosto. Margaret e Terry tinham expressões similares. Brandy, geralmente tão observadora, estava muito animada com as compras para perceber a mudança no clima da casa, em comparação ao caos divertido da manhã.

— A gente se divertiu tanto — contou Brandy, com expressão iluminada. — Comprei o vestido perfeito.

Margaret sorriu com tensão.

— Por que não experimenta pra gente ver?

Brandy não precisou de segunda ordem. Kendall e as gêmeas a seguiram em debandada para o quarto, oferecendo "ajuda". Assim que elas saíram, virei-me para os adultos.

— O que aconteceu?

— O médico deu um prognóstico ruim — contou Seth, depois que ninguém se pronunciou de imediato.

— Mas ela estava melhorando — argumentei. Olhei para todos em busca de confirmação. — Não é?

— A gente achou que sim — disse Terry. — No mínimo, ela estava se sentindo melhor. Mas nesses casos... Bom, o câncer engana. Por isso muita gente fica tanto tempo sem saber que está doente. Ela acordou se sentindo mal, e o doutor confirmou nosso medo.

Fiquei assombrada com o modo como ele conseguia falar tudo aquilo com tanta calma. Acho que eu não conseguiria sem começar a chorar. Honestamente, eu não sabia como ele estava sendo capaz de lidar com tudo com aquela força e determinação. Se isso estivesse acontecendo com o amor da minha vida, tenho certeza de que iria me jogar num canto e chorar.

Será?

Olhando para Seth, para seus traços queridos e sua expressão compassiva, percebi que não era verdade. Se o meu amado precisasse da minha força, daria tudo o que tenho.

— Não vamos contar pra Brandy agora — avisou Seth. — Não vamos esconder, mas achamos melhor esperar até amanhã.

Concordei com a cabeça lentamente, sem dizer nada. Geralmente sou tão rápida em dizer algo espirituoso ou consolador, mas o que eu poderia responder nessa situação? Ainda mais que, momentos depois, Brandy desceu as escadas em seu vestido rosa. Cada uma das gêmeas segurava um sapato, e Kendall trazia os brilhantes brincos estilo princesa que encontramos logo antes do almoço. Lembraram-me dos camundongos amigos da Cinderela.

Na hora das compras, tinha em mente o gosto pessoal de Brandy, mas também pensei no que a família dela aprovaria. Enquanto ela rodopiava para eles, percebi que isso não importava. Eu poderia ter trazido trapos que eles amariam, contanto que ela estivesse tão radiante quanto naquele momento. Foi o que os convenceu: um raio de pura alegria naquela nuvem escura que rondava a família. Os adultos estavam muito emocionados para falar, então Kendall o fez por todos:

— Ela não tá parecendo uma princesa? — para incômodo de Brandy, Kendall ficava tentando alisar vincos inexistentes na saia do vestido. — Quero um vestido igual.

Morgan, sentada no chão, tentava enfiar o sapato em Brandy ainda de pé, reforçando a imagem de Cinderela. McKenna se juntou a ela, e ambas quase derrubaram a irmã mais velha.

— E aí? — Brandy riu. — O que acharam?

— É lindo — respondeu Margaret.

— Você é linda — elogiou Terry.

Movendo as gêmeas de lugar, Brandy calçou os sapatos, enrubescendo com os elogios da família.

— Espero não cair. Imagina que ridículo.

— Nada é capaz de te deixar ridícula — assegurou Seth. — Você tá perfeita dos pés à cabeça.

— Ai, gente — disse Brandy, ainda mais envergonhada. — Assim vocês estão forçando a barra.

O comentário "dos pés a cabeça" me lembrou de algo.

— Ah. Eu não vou poder arrumar seu cabelo. Preciso ir trabalhar — na hora, faltar "por motivo de doença" me pareceu sensato. Nada seria mais importante do que proporcionar a ela a noite perfeita.

— Tudo bem — disse Brandy. — Eu arrumo. Ou a mãe.

— Ela tá meio cansada hoje — disse Terry, neutro. — Mas sei que ela vai querer te ver antes de você sair.

— Eu sei fazer trança embutida — disse Margaret, surpreendendo a todos. — Se você quiser usar preso.

— Você me mostra? — pediu Brandy.

Margaret assentiu.

— Claro, vamos subir.

Antes, Brandy me deu um abraço apertado.

— Muito obrigada, Georgina. Por tudo.

Subiram, seguidas pelas menininhas, as quais pensavam não haver nada no mundo mais divertido do que arrumar a irmã mais velha. Depois, percebi, não era verdade. Nem *todas* se sentiam assim.

— Cadê a Kayla? — perguntei. Ela não estava em meio à comitiva.

Terry suspirou e passou a mão pelo cabelo, num gesto semelhante ao de Seth.

— Na sala, acho. Ela está meio distante hoje. Às vezes eu acho que ela entende o que está acontecendo, mesmo quando não contamos.

Com as habilidades de Kayla, não duvidava. Lembrei que Brandy tinha dito que Kayla estava num daqueles "dias silenciosos" e imaginei quanto sobre a doença da mãe a menininha conseguia captar. Deixei os irmãos para ir procurá-la. Encontrei-a encolhida num canto do sofá macio, tão pequena que quase se perdia em meio às almofadas.

— Ei, você — eu disse, sentando-me ao lado dela —, tudo bem? Você não quer ver o vestido da Brandy?

Kayla virou o rosto, observando-me com imensos olhos azuis.

— Georgina — ela disse —, você não pode deixar ele chegar perto.

Estava pensando no vestido, então demorei a entender o que ela queria dizer.

— Ele quem, querida?

— O Escuro.

Algo no jeito como ela falou deixou claro que ela não se referia à falta de luz. Quando disse "Escuro", senti a personificação da palavra, a ameaça de algo — ou alguém — tangível. De repente, lembrei-me de quando Kayla foi capaz de sentir Nyx, quando esta escapara de seus captores angelicais.

Inclinei-me para perto de Kayla, contente por Seth e Terry estarem ocupados.

— Kayla, você tá falando... Da criatura que sentiu daquela vez? Que percebeu em mim?

O retorno de Nyx seria uma complicação que eu certamente não queria na minha vida naquele momento.

Ela balançou a cabeça.

— É diferente. O Escuro vem *aqui*, na minha casa. Para ver minha mamãezinha. Faz ele ir embora?

— Ele tá aqui? — perguntei preocupada.

— Não. Só vem às vezes.

— Quantas vezes?

Kayla pensou.

— Duas.

Um sentimento frio me tomou.

— Ontem à noite?

Ela assentiu.

— Você viu? — perguntei.

— Não. Mas senti. Eu sei onde ele tá quando vem — ela me espiou suplicante. — Faz ele parar?

Eu não tinha ideia do que esse Escuro era ou o que eu poderia fazer para impedi-lo, mas teorias pululavam na minha mente. Beijei-a na testa.

— Vou fazer o possível, nenê. Prometo. Preciso ir embora agora, mas vou ver o que descubro, ok? Vamos dar um jeito de esse Escuro não voltar.

Como se comandado por um interruptor, o comportamento de Kayla mudou. Embora triste e recolhida minutos antes, ficara alegre e esperançosa. Toda aquela fé... Em mim. Com a promessa vaga de que eu poderia lidar com algo que nem entendia, ela foi capaz de afastar todos os medos e as preocupações. Tudo ficara certo em seu mundo, graças a mim. Ela me abraçou e me beijou, e achei que meu coração iria quebrar quando me afastei dela.

A diversão natalina me chamava, bem como uma necessidade ardente de conversar com Roman. Como estávamos nos desencontrando, mandei uma mensagem avisando que estaria a sós em casa e tinha informações importantes. Ele estava tão ocupado com sua teoria da conspiração que eu não tinha certeza se ele se daria ao trabalho de ouvir algo que provavelmente consideraria fantasia infantil. As percepções de Kayla — apesar da dificuldade em articulá-las — se provaram certeiras antes. Eu não sabia o que é que ela estava pressentindo dessa vez, mas, se havia uma força dentro do lar dos Mortensen, eu pretendia detê-la.

Capítulo 12

Minha conversa rápida com Kayla me atormentou pelo resto da noite, no *shopping*, enquanto eu punha as crianças nos eixos. Não conseguia parar de pensar nos olhos dela quando me contou sobre "o Escuro". Era uma daquelas vezes em que eu não sabia o que achar de suas habilidades psíquicas: se eram uma bênção ou uma desgraça. Se ela não as tivesse, nunca tomaria conhecimento de nada anormal no lar deles. Mas com seu parco conhecimento de seus próprios poderes, eu ficava com muitas dúvidas sobre o que de fato ela tinha sentido. Erik saberia na hora.

Outra coisa para me preocupar.

Erik. Assassinado por minha causa.

E sob a presunção de que o Inferno tinha agido diretamente contra ele, então o que deveria pensar sobre Kayla? No passado, qualquer atividade sobrenatural fora do comum na área resultara de forças bestiais fora do sistema Céu/Inferno. Afinal, Céu e Inferno têm certas regras que supostamente devem seguir. Milton era a prova, no entanto, de que o Inferno não se abstinha de quebrá-las. Seria, então, possível que alguém do meu lado estivesse visitando Andrea Mortensen — coincidentemente na mesma época em que sua doença piorou? E, se sim, por quê?

Essa pergunta, como Roman apontou, possui a resposta que desvendaria tudo.

Minha única pausa nas ruminações sobre as questões imortais aconteceu quando tentei convencer Walter a fazer uma visita ao domicílio dos Mortensen. Duas mães começaram a brigar na fila, então tivemos que improvisar uma pausa enquanto os seguranças resolviam a questão.

— O Papai não faz visitas caseiras — Walter me disse.

— Pelo que ouço falar, é *exatamente* isso que o Papai faz — retruquei. — Toda véspera de Natal.

— O Papai não pode simplesmente ser contratado por diversão. As crianças têm que aguardar a manhã de Natal ou vir visitar o gazebo neste *shopping* maravilhoso. Essas são as regras.

— Claro que você pode ser contratado — eu disse. — É assim que você arranjou esse emprego aqui! Qual é, eu pago um cachê. Te pago uma bebida. Os dois, se quiser. Essas menininhas precisam ver o Papai. A mãe delas tá com câncer, pelo amor de Deus. Como você não se comove com isso?

Ele me olhou pelas lentes dos óculos.

— Sinto muito pela situação delas, mas não posso. Abraçar esse papel é um compromisso com o Natal, um juramento para permanecer no espírito do Papai. Se eu atuar fora do *shopping*, e o Bob estiver aqui no mesmo papel, então, o que as crianças vão achar disso?

Encarei-o, incrédula.

— Bem, a não ser que essas crianças sejam capazes de quebrar as leis do tempo e do espaço, nenhuma vai saber que o Papai está aqui, em Lake Forest Park ou em qualquer dos outros milhares de *shoppings* do país.

— *Eu* saberia. Eu não posso ser o Papai enquanto Bob está sendo o Papai. Quebraria nosso pacto sagrado.

— "Pacto sagrado"? É só um emprego!

Comecei a considerar seriamente a possibilidade de quebrar a regra das bebidas. Se eu o deixasse bêbado o suficiente, ele com certeza concordaria.

— Não, para nós não é — ele disse solenemente.

Os seguranças tinham terminado a intervenção, e a fila voltou a andar, interrompendo nossa discussão, antes que eu pudesse ressaltar que litros de uísque também não fazem parte do "espírito do Papai".

Eu bem que poderia ter sido chamada de Zangado pelo resto do turno. Eu admirava a dedicação de Walter ao papel, mas, sinceramente, já estava beirando o absurdo.

Fui para a casa do Seth, apesar dos meus planos anteriores de conversar com Roman sobre o que Kayla tinha me contado. Quando ligara para Seth no caminho, havia algo tão triste e cansado em sua voz que eu soube que seria importante para ele que ficássemos juntos. A piora de Andrea o abatera. Passamos a noite sem sexo, mas havia um desespero na forma como ele me abraçava, dando a sensação de que eu era a única coisa que o mantinha afastado da loucura.

— Ah, Thetis — ele sussurrou, beijando minha bochecha quando nos agarramos na cama —, o que vou fazer sem você?

— Não se preocupe com isso — respondi de forma automática. — Ainda ficarei aqui um tempo.

— Eu sei — ele disse. — Mas depois...

Silêncio. Meu coração doía.

— Eu sei — repeti. — Você não pode abandoná-los. Tá certo.

— Pelo menos até ela ficar boa...

As palavras falharam por um instante. Eu sabia o que ele sentia, pois eu estava sentindo o mesmo. Ambos nos preocupávamos com aquele medo do iminente não pronunciado: talvez Andrea não melhorasse. E o mais horrível de tudo é que, se isso acontecesse, então, talvez, Seth conseguisse se mudar para Las Vegas. Mas como eu poderia viver comigo mesma sabendo qual era o preço da minha felicidade?

Quando ele conseguiu encontrar palavras para continuar:

— Entendo por que você fica tão frustrada com o universo. Eu nunca quis nada com tanta força quanto ficar ao seu lado. Finalmente tenho você e... E isso acontece. As pessoas falam sobre jogar tudo para o alto por amor, mas não funciona assim. E, honestamente, se eu fosse o tipo de cara que consegue ignorar a família em troca de suas necessidades egoístas... Bem, então, não acho que seria digno de ter você. Então, aqui estamos.

— Tá tudo bem — repeti, forçando mais coragem do que sentia. — Vamos ficar bem. Eles precisam de você. Tem que fazer o que é necessário.

— Georgina.

— Seth — rocei meus lábios contra os dele. — Isso é o mais importante agora.

— Mais do que a gente? — ele perguntou.

Demorei para responder. Mas consegui:

— Sim.

No dia seguinte, tinha um turno matutino com Bob. Tentei a mesma barganha, na esperança de arranjar uma visita para as meninas Mortensen, e obtive a mesma resposta. Esperava, pelo fato de Bob não ser um bêbado espalhafatoso, que ele seria mais razoável. Nada disso. Ele é cheio do mesmo pensamento absurdo sobre a magia e a integridade do personagem Papai Noel.

Felizmente, as coisas melhoraram quando encontrei Roman em casa depois. Tínhamos treino à noite, mas queria conversar a sós. Meus amigos imortais poderiam ajudar, mas como a participação do Inferno na história ficava cada vez mais óbvia, não queria envolvê-los. Roman não enfrentaria as repercussões, e eu não me importava com a exposição à fúria de meus chefes. Mas não ficava empolgada em submeter meus amigos à mesma fúria por minha causa.

— Ela contou mais alguma coisa sobre esse "Escuro"? — Roman quis saber depois que recapitulei tudo. — Imortal superior, inferior, divindade de fora?

— Ela não entende nada disso. Ela tem quatro anos. Cinco agora, acho.

— Ela precisa aprender — ele disse sinistramente. — Você precisa dar um treinamento.

— Com tudo que anda acontecendo na vida dela? Acho que essa é a última coisa na lista de necessidades.

— Não se uma criatura sobrenatural está fazendo a mãe dela adoecer! — Roman se empoleirou na beira do sofá, seus olhos verde-água duplamente pensativos e irritados. — E vamos encarar a verdade, Georgina. Se for o caso, não acredito que poderes superiores tenham escolhido aquela família por acaso. Se algo está colocando Andrea Mortensen na mira, é a conexão com você.

Fiquei nauseada. Mais culpa nas minhas costas.

— Então a Andrea sofre por minha causa — eu disse, afundando numa cadeira. — Maravilha.

— É o Inferno — disse Roman. — O que você queria? Se querem se vingar de você por algo, vão achar maneiras criativas pra isso.

— Mas há meios mais diretos de me punir — ressaltei. — Principalmente pelo fato de que eles têm um contrato com a minha alma. A gente está se precipitando ao dizer que isso *é* coisa do Inferno.

Roman deu de ombros.

— Na verdade, não. Já sabemos que eles estão interferindo em sua vida. E cura e doença são poderes específicos de anjos e demônios.

— Você acha que o Carter saberia dizer quem a visitou? — perguntei. — Se ele desse uma olhada na Andrea?

— Acho que ele *saberia*. — Roman pensou por uns instantes. — A dúvida é: como você vai envolvê-lo nisso tudo? Você sabe como ele é. O Céu pelo menos finge seguir as regras.

Assenti lentamente, lembrando a última conversa com Carter e como ele relutou em interferir.

— Verdade — murmurei.

— Bem — disse Roman, endireitando-se. — Pergunta pra ele daqui a pouco.

— Hein? Como?

— Ele vai ao treino. Ouvi ele e Jerome conversando sobre isso ontem.

Aparentemente, Seth não era o único com um interesse perverso em observar os desafortunados de Jerome jogando boliche pela honra dele. Levantei-me.

— Então vamos. Eu dirijo.

Descendo as escadas, dei um olhar 43 para Roman.

— Você já se imaginou de barba branca e chapéu de Papai Noel?

Roman devolveu o olhar com cautela.

— Não, nunca.

Expliquei rapidamente que as meninas Mortensen ainda não tinham visto o Papai Noel. Ele já balançava a cabeça antes que eu tivesse terminado de contar a história.

— Ah, qual é, Roman. Elas precisam ver o Papai Noel. E sei que você não tem os pudores de Walter sobre múltiplos Papais Noéis coexistindo.

— Nem — concordou Roman. — Meu pudor é para preservar minha dignidade, não importa quão boa seja a causa. Além disso, eu não me sinto culpado por isso. Se você quer mesmo que elas vejam o Papai Noel, é só fazer uma transformação corporal, vai deixar qualquer um no chinelo.

Fiz uma careta. Era irritante, pois era verdade.

Para minha decepção, fomos os últimos a chegar ao recinto. Tinha esperança de conversar com Carter a sós, mas ele e Jerome já estavam embebidos numa conversa (e em outro sentido). O resto dos Roladores Profanos esperava ansiosamente pelo líder e me encheu o saco por não estar com o uniforme.

— Esqueci — disse. — Não tem problema. Vou usar no jogo de verdade.

Peter suspirou.

— Mas ele nos ajuda a construir o espírito de equipe. E o senso de união e proximidade nos tornará melhores jogadores.

— Na verdade — intrometeu-se Jerome —, derrubar mais pinos faz de vocês melhores jogadores.

— Olha — eu disse para Peter —, quando eu for ao banheiro, faço a transformação corporal.

— Não é a mesma coisa — ele resmungou.

Felizmente, a impaciência de Jerome permitiu pouco tempo para discussão. Ele não tinha visto o fim do último treino e estava ansioso para saber se tínhamos melhorado. Melhorado, a gente *tinha*, mas acho que Jerome esperava que todos fizessem *strikes* o tempo todo. Quando ficou claro que não seria o caso, ele ficou ainda mais impaciente e nervoso.

— Por que você faz isso? — ele quis saber, depois que Cody fez um impressionante *spare* 9-1. — Por que você não acerta todos logo na primeira? — ele encarou Roman. — Faça alguma coisa.

Roman devolveu o olhar com irritação, não gostando do questionamento sobre seus métodos de ensino, ainda mais que Cody era o melhor dentre nós.

— Por que *você* não faz alguma coisa? Por que não tenta, papi?

Jerome estava de pé, andando pra lá e pra cá na pista, mas não se dignava a relar numa bola.

— Porque essa não é a minha tarefa — retrucou Jerome.

Roman revirou os olhos.

— Então deixa eu fazer a minha.

Enquanto eles se espezinhavam, fui até Carter.

— Preciso falar com você. A sós. Pode ficar até mais tarde?

Carter observava a discussão entre pai e filho, mas seus olhos piscaram na minha direção enquanto eu falava. Ele deu um aceno de cabeça rápido, quase imperceptível. E quando Jerome voltou para o seu lugar, pouco depois, dizendo que queria ir embora e beber no Cellar para passar o nervoso, Carter recusou a oferta.

— Tô de boa — ele disse preguiçosamente e se espreguiçando. — Acho que vou ficar pra ver o resto. Não é possível que o Peter continue a fazer *splits* desse jeito. Desafia as leis da física.

Peter ficou na dúvida se deveria ficar envaidecido ou chateado com o comentário.

— Tudo bem — disse Jerome. — Se tiver algum milagre na manga para ajudá-los, a hora é agora.

— Combinado — disse Carter, balançando a mão.

Meus amigos imortais inferiores ficaram agitados com a desaprovação do chefe, então me concentrei no jogo e não toquei em nenhum assunto com Carter até o fim do treino. Jerome podia criticar quanto ele quisesse, mas Roman era mesmo um bom professor. Acho que nosso grande triunfo foi quando Peter fez quatro *frames* seguidos sem um *split*, realinhando as leis da física. Verdade: ele não fez nenhum *strike* ou *spare*, mas, naquela altura, estávamos tão exaustos que comemoramos as menores vitórias.

Roman, Carter e eu deixamos o resto ir embora na nossa frente — depois que eu prometi usar a camiseta na próxima vez, claro. Assim que obtivemos o mínimo de privacidade, expliquei meu problema para Carter. Conforme ouvia, seu semblante ficava cada vez mais sério.

— Filha de Lilith — ele disse, quando terminei —, você sabe que eu não posso interferir.

— Não estou pedindo isso — retruquei. — Não exatamente. Só quero saber se você consegue me dizer se alguém, tipo um demônio, é o que causa a doença em Andrea Mortensen.

Os olhos cinza de Carter estavam indecifráveis.

— Sim. Eu consigo.

— Você pode visitá-la comigo e me contar o que sente? Só isso. Não estou pedindo para quebrar nenhuma regra — bom, não achava que estava. Na verdade, não entendo nem metade dessas "regras" que ele vive mencionando. — Só preciso da informação.

— Ok — ele concordou, depois do que pareceu uma eternidade. — Eu vou. Dar essa informação não viola nada.

— Será que — perguntou Roman — pode nos contar *por que* o Inferno faria isso sem violar alguma coisa?

Respondi antes que Carter:

— Já sabemos. Para me prejudicar. Eu irritei alguém, e agora vão me fazer sofrer através do sofrimento daqueles que amo.

— É, mas por que a Andrea? — perguntou Roman. — Tipo, sem ofensa, mas não há outros modos de te punir ainda mais? Por que não fazer o Seth sofrer?

Não pude evitar fazer uma careta de desdém.

— Bem, com essa transferência, eu meio que sinto que ele já...

Parei de supetão assim que percebi o que estava prestes a dizer. Roman estava sentado à minha frente, nas cadeiras de couro surrado, e pelo olhar enlouquecido, achei que fosse pular e me dar um chacoalhão.

— O quê? — ele exigiu saber. — O que você acabou de pensar?

— A doença de Andrea é terrível — retomei vagarosamente. — Uma coisa horrível e injusta, que machuca toda a família. Mas tem algo mais. Enquanto ela estiver doente, enquanto toda a família necessitar de ajuda... O Seth precisa ficar com eles. Ele não poderá ir pra Las Vegas comigo.

— Aí está — disse Roman, com os olhos brilhando. — Esse é o motivo da transferência. Tirar você de Seattle, te afastar de Seth e garantir que ele não vá junto.

— Uma hora... — meu estômago deu um nó, como sempre acontecia quando eu pensava nas pessoas afetadas por minha causa. — Uma hora ele poderá ir. Ou a Andrea melhora, ou não.

— É, mas por quanto tempo? — inquiriu Roman. — Quanto tempo vai demorar? Tempo suficiente pra você se apaixonar ainda mais por sua vida perfeita lá, a que eles fizeram sob medida pra você? Tempo suficiente para sua fila andar com outro mortal artista e introvertido? Quando ele estiver livre, não importará mais.

Eu olhava para Roman, mas não o via. Jerome sempre se irritou com meu relacionamento com Seth, me criticando por estar muito ligada a um mortal e deixar isso afetar meu trabalho. O próprio Carter tinha dito que eu estava fazendo algo de que o Inferno não gostava. Seria possível que fosse *isso*? Que todas essas forças estavam conjurando para manter Seth e eu afastados?

— Se o Inferno quer que eu me afaste de Seth, por que não simplesmente proibir o relacionamento? — perguntei. — O Jerome já me fez passar por poucas e boas. Ou por que simplesmente não me largar num lugar, qualquer lugar, que não seja aqui? Por que se preocupar com que seja um lugar que eu adore?

— Para que você esqueça o Seth — disse Roman. — Para que você não olhe pra trás. Se mandassem que você se afastasse, um complexo adolescente de romance proibido ia surgir num estalar de dedos — ele de fato estalou os dedos no ar. — Você jamais o esqueceria. Mas isso... Isso é bem mais sutil. E eficiente.

— É mesmo — concordei, ainda matutando. — Mesmo depois de toda crítica do Jerome, eu nunca pensei... Eu nunca pensei que o Inferno ficaria *tão* incomodado com meu relacionamento com um humano.

Roman não tinha resposta para isso, mas olhou para Carter.

— Você está muito quieto.

Carter deu de ombros, o rosto neutro.

— Vocês dois têm muito assunto. Não precisam da minha intromissão.

— A gente tem razão? — perguntei ao anjo.

— Claro que temos — Roman respondeu em seu lugar. — Você sempre soube que o Inferno achava que você estava muito distraída pelo Seth. Isso explica tudo.

— Não explica o Erik — eu acrescentei.

— Você tem *certeza* de que não quer acrescentar nada? — perguntou Roman, ainda olhando para Carter.

— Acho que a gente devia ir até a casa dos Mortensen antes que fique tarde — sugeriu Carter tranquilamente. — Aposto que aquelas meninas têm hora de ir pra cama.

Levantei-me, sabendo que não conseguiria mais nada dele.

— Preciso deixar o Roman em casa antes. Depois a gente passa lá.

— Como você vai me levar pra vê-la? — perguntou Carter. — Seria meio esquisito levar um estranho ao quarto de uma mulher doente. Quer que eu fique invisível?

Estava prestes a sugerir exatamente isso quando uma nova ideia surgiu em minha mente. Revistei Carter com o olhar.

— Você por acaso já teve vontade de colocar roupa de Papai Noel?

— Eu *sempre* quis fazer isso — respondeu Carter ofendido.

Roman resmungou.

No entanto, depois que expliquei a situação para Carter, ele adorou a ideia. Na verdade, até me disse para não me preocupar com a fantasia e fez a promessa de chegar à casa de Terry dali uma hora, depois que eu deixasse Roman em casa. Assim que chegamos ao estacionamento vazio, Carter desapareceu no ar.

— Espero que ele não arranje uma roupa na mesma loja onde geralmente faz compras — comentei com Roman enquanto dirigia. — Não queremos um Papai Noel riponga. Apesar de que, se o Ian estiver lá, ele provavelmente vai gostar e dizer que estamos nos libertando da mão de ferro do sistema.

— Malditos *hipsters* — xingou Roman. Ele encostou a cabeça contra o vidro da janela do carro. — Você tá se arriscando um pouco com o Carter, mas algo me diz que ele não vai te deixar na mão, não com essa história de um monte de meninas com a mãe doente. Ele é um anjo, afinal. Ele tem que merecer a alcunha de alguma forma.

— E graças a Deus ele não tem pudor quanto a vários Papais Noéis por toda a parte — brinquei. — Nada de falhas no tempo/espaço.

Roman deu um pulo tão rápido no assento que eu quase freei com tudo, achando que estava a ponto de bater em algo. Meio segundo depois, percebi que o que o assustara estava em sua cabeça.

— Meu Deus — ele disse.

— Quê? — perguntei, agindo como ele na hora do olhar enlouquecido. — O que você acabou de pensar?

— Acho... Acho que eu entendi tudo — havia um assombro em sua voz.

— O quê? O mistério que estava nos perturbando? A gente já resolveu.

Roman balançou a cabeça com os olhos arregalados.

— Não... Jesus. Georgina, se eu tiver razão... Como vou provar isso? — Ele se jogou para trás, desanimado. — Como eu vou provar?

— Me conta o que você tá pensando — exigi.

— Não. Ainda não. Me deixa em casa, e a gente conversa quando vocês acabarem lá. Eu preciso resolver isso.

Não existe coisa mais irritante. Odeio quando me provocam com um segredo. Odeio o joguinho de "conto depois". Mas não adiantou insistir, ele não falou mais nada. Com Carter a caminho da casa do Terry, eu não podia me demorar com Roman. Precisava ir até Lake Forest Park. Resmungando muito, deixei Roman com suas maquinações, mas não fui embora sem antes avisar que ele ia contar tudinho quando eu chegasse.

Quando cheguei aos Mortensen, fiquei aliviada por Seth estar lá e por todas as garotas ainda estarem acordadas. Lembrando a piada de Carter, me preocupei que as mais novas poderiam mesmo estar dormindo. A maioria já vestia o pijama, mas ficou claro pela reação excitada ao me ver que dormir nem passava por suas cabecinhas. Devolvendo os abraços, não pude deixar de imaginar como seria a reação delas ao espetáculo principal.

Só Brandy permaneceu no sofá enquanto as outras me abraçaram. Ela sorria e acenava, mas com um olhar assustado, que não estava lá no dia anterior, quando saímos. Meu coração se compadeceu por ela. Depois do passeio noturno, devem ter lhe contado a verdade sobre a mãe. Sentei-me na outra ponta do sofá.

— Foi legal ontem?

— Foi — ela respondeu. — Legalzinho.

— Você quer ver as fotos? — perguntou Kendall, animada. Ela cutucou Brandy. — Mostra pra ela!

O entusiasmo da irmã provocou um sorriso, e Brandy pegou o celular e me mostrou as imagens. Eram fotos do tipo que as meninas da idade dela gostam de tirar, com as amigas reunidas, algumas fazendo caretas. Fiquei contente pelo baile parecer uma festa típica de escola. Não sabia bem o que esperar de um baile de igreja. As fotos dela estavam lindas. Margaret tinha feito um bom trabalho com a trança embutida. Uma imagem mostrava Brandy sorrindo ao lado de um menino bonitinho de cabelos cor de areia. Ele parecia um surfista inteligente. Olhei para ela com uma questionadora sobrancelha arqueada. Ela concordou com a cabeça.

— Legal — comentei.

Uma batida na porta interrompeu o bate-papo animado. Terry levantou os olhos do livro que lia para McKenna, surpreso.

— Quem será que pode ser? — ele olhou em volta da sala, como se estivesse verificando a presença de todos. Suponho que, com tantas filhas, seja fácil perder uma de vista. Ian, Margaret, Seth e eu também fomos contados. Não havia quem mais poderia aparecer sem avisar.

— Não sei — respondi, alegre. — Seth, por que você não vai ver?

Imediatamente, Seth entendeu meu tom de voz. Olhou-me questionador, mas foi até a porta mesmo assim. Girou a maçaneta e deu um pulo para trás quando Carter invadiu a casa.

Bem, eu supunha que era Carter, devido ao nosso arranjo anterior. Pois, na verdade, o homem que entrou na sala não parecia nada com o anjo rebelde que eu conheço. E também, ele não parecia com nenhum Papai Noel.

Era ainda melhor. Havia uma mágica em como movia sua figura redonda. A roupa vermelha parecia brilhar, e as bochechas rosadas eram autênticas do Polo Norte, não do deprimente inverno de Seattle.

Ele tinha superado o Papai Noel original.

— Ho, ho, ho! — ele urrava com uma voz que preenchia toda a casa. — Feliz Natal!

Um silêncio mortal e olhos arregalados o receberam por alguns instantes. Depois Kendall e as gêmeas começaram a gritar, deliciadas, e correram em sua direção.

— Papai Noel! Papai Noel!

— O que você está fazendo aqui? — interrogou Kendall. — Você só tem obrigação contratual de vir na véspera de Natal.

— Verdade — ele respondeu numa voz trovejante que eu não conseguia acreditar ser do Carter. — Mas eu preciso descobrir o que vocês querem de Natal.

A declaração foi recebida por "ooohs" e "aaahs", e as gêmeas mandaram-no sentar no sofá. Kendall imediatamente foi a primeira a se sentar no colo do Papai Noel.

Margaret e Terry estavam prestes a cair em lágrimas. Ian, estupefato.

Seth me pegou pelo braço e me puxou de lado.

— É um dos caras do trabalho? — ele cochichou.

Sorri.

— De certa forma, sim. É o Carter.

Seth teve que olhar duas vezes, com o assombro que senti antes.

— Sério? Mas como... Tipo... Até o corpo...

— Ele tem seus mistérios — respondi.

Kendall enumerava uma lista de jogos de tabuleiro e livros de economia. Ao lado, as gêmeas tremiam de excitação, ansiosas pela vez, mas muito educadas para fazer malcriação na frente do Papai Noel. Depois do pedido de assinaturas de algumas importantes revistas de negócios e jornais, Terry gentilmente interrompeu Kendall e sugeriu que ela deixasse as irmãs terem vez. Kendall concordou prontamente, mas não sem antes abraçar Carter e agradecer.

— Ok — disse Seth, me puxando para perto. — Isso foi incrível. Não que eu deva me surpreender por qualquer coisa que você faça — beijou-me na testa. — Definitivamente, temos que aproveitar ao máximo nosso último mês. Se vamos nos separar por um tempo, precisamos dar um jeito de contornar meu cronograma aqui.

Comecei a protestar, a dizer para ele não mudar os planos com a família por minha causa, mas, em vez disso, fiquei em silêncio. Uma parte desesperada de mim pensou: o que importa, afinal? Se o Inferno nos quer separados, não conseguiríamos evitar. "Um tempo" se transformaria em "nunca". Talvez eu devesse mesmo tentar aproveitar ao máximo esses últimos dias preciosos. E, no entanto, se fizesse isso... o Inferno não pioraria ainda mais suas punições?

Olhando para o Papai Noel, vi que Morgan tinha substituído McKenna no colo de Carter. Eles discutiam sobre as virtudes de dois tipos de pônei de brinquedo. Morgan não tinha certeza sobre qual ela queria.

— A Princess Pony tem mais cores — ela disse com seriedade.

— Verdade — ele concordou. — Mas o Power Prism Pony é um unicórnio. E dá pra fazer mais coisas com o cabelo dele.

Do outro lado da sala, vi Kayla enroladinha numa cadeira, observando Carter com adoração, mas sem se mexer. Desvencilhando-me de Seth, fui até ela e ajoelhei ao seu lado.

— Você não vai contar para o Papai Noel o que você quer? — perguntei com um tom de voz muito macio.

Kayla levou algum tempo para desgrudar os olhos dele.

— Ele não é o Papai Noel — ela afirmou. Fiquei feliz por ela falar tão baixo quanto eu. Ninguém mais ouviu.

— Claro que é — garanti. — Quem mais pode ser?

— Ele não é o Papai Noel — ela sorriu e o analisou de novo. — Ele é lindo. Mais lindo do que qualquer outra coisa.

Nenhum humano consegue ver um anjo em sua forma verdadeira, a não ser que o anjo se revele. No caso, o humano é destruído. Não, Kayla não via a forma real de Carter. Não exatamente, mas ela via *algo*. Um pedaço de sua verdadeira natureza. Senti um pouco de inveja, imaginando o que ela enxergava, o que os seus sentidos permitiam ver que os meus não conseguiam. O que quer que fosse, eu nunca saberia, mas seu olhar encantado deixou claro que era algo maravilhoso.

— Lindo — ela repetiu. Depois, olhou de volta para mim. — Ele pode enfrentar o Escuro?

— Ele vai tentar — respondi. Não era toda a verdade, mas bastaria. — Pode fingir que ele é o Papai Noel? E fazer seu pedido de Natal?

Ela assentiu solenemente, no mesmo instante em que Morgan terminava e Carter nos chamou. Levei Kayla até ele e ajudei-a a sentar-se no colo do Papai Noel. Ele olhou para mim com olhos cinza cintilantes. Aqueles, pelo menos, eram definitivamente de Carter. Afastei-me e deixei os dois conversarem. Kayla continuou a observá-lo com adoração, mas ninguém, a não ser eu, sabia o que realmente a enfeitiçava. Quando ela começou a contar o que queria de presente, parecia uma criança comum, fascinada pelo Papai Noel, não mencionou a beleza dele, nem as criaturas sobrenaturais que se esgueiravam por sua casa à noite.

Deixando-os, subi as escadas silenciosamente e espiei o quarto de Andrea. Ela estava acordada, lendo um livro. Olheiras embaixo dos olhos; rosto mais abatido do que antes. Mesmo assim, sorriu para mim com alegria.

— Georgina — ela disse —, devia ter desconfiado de que você era a fonte da comoção.

Eu ri.

— Nada disso. Um amigo meu está aqui, fingindo-se de Papai Noel para as meninas. Ele está anotando os pedidos agora.

A expressão dela suavizou-se, assemelhando-se ao quase choro dos outros.

— Que legal da parte dele. E da sua.

— Você quer conhecê-lo antes de ele ir? — perguntei.

Andrea fez uma careta e alisou o cabelo distraidamente.

— Sim, em teoria... mas, Jesus, eu estou horrível.

— Acredite — assegurei —, ele não se importa.

Quando voltei para a sala, Kayla tinha terminado, e Carter tentava obter os pedidos de Brandy, que afirmou de modo ferrenho que não se sentaria no colo dele de jeito nenhum.

— Acho que você já tem bastante serviço com os outros pedidos — ela disse, bem-humorada.

— E você não quer nada? — ele perguntou na sua melhor imitação de Papai Noel.

— Nada que você possa dar — ela respondeu; o sorriso diminuindo. — Mas valeu.

Carter a observou com aquele olhar penetrante que às vezes direciona para mim, aquele que parece olhar dentro da minha alma.

— Não — ele concordou —, você tem razão. Mas posso te dar todas as minhas preces. E torcer pelo melhor.

Brandy o encarou, fixada naquele olhar, e apenas assentiu. Suponho que ela não percebeu quão poderoso era ter todas as preces de um anjo, mas ela definitivamente sentiu a sinceridade e a intenção em suas palavras.

— Valeu — ela repetiu.

Segurei o braço de Carter.

— A mãe delas quer conhecer você, Papai Noel.

Ele se levantou e me seguiu pelas escadas. Passamos por Ian pelo caminho, que nos observava com condescendência.

— Você não vai perguntar o que *eu* quero?

Carter pausou e olhou para ele de cima a baixo.

— Desculpe. Minha oficina não faz nada estilo "*hippie* chique". Carter continuou me seguindo apesar dos protestos de Ian, explicando que seu estilo era "*vintage*" e que "*hippie* chique é pra gente brega".

Se Andrea estava insegura por conhecer um estranho, ela disfarçou bem. Realmente, quando Carter entrou no quarto, um assombro perpassou o rosto dela, semelhante ao de Kayla. Andrea não via o mesmo que a filha, mas acredito que pôde perceber um pouco da graça de Carter. Ele parou ao pé da cama e tirou o chapéu de forma cavalheiresca, revelando fileiras de cachos brancos.

— Este é o meu amigo Carter — eu apresentei, depois de conferir se nenhuma das pequenas tinha nos seguido.

— Senhora Mortensen — ele cumprimentou, sem atuar. — É um prazer conhecê-la.

Ela sorriu, e a alegria tornou-a bonita, apesar de seu estado fragilizado.

— O prazer é meu. Obrigada por vir visitar as meninas.

O encontro foi rápido. Ele comentou algo legal ou engraçado sobre cada menina, fazendo o sorriso de Andrea aumentar cada vez mais. Por sua vez, ela não parava de agradecer. Quando os gracejos terminaram, eu disse adeus e saí do quarto acompanhada por Carter. Fechei a porta e estava prestes a descer quando ele segurou minha mão.

— Você viu o que precisava? — perguntei baixinho.

Ele assentiu seriamente, parecendo com Carter como nunca.

— Você tem razão. A condição dela foi agravada... Por um demônio.

— Você sabe dizer qual? — perguntei. Sabia que Jerome não se importava comigo, mas era difícil imaginar que ele poderia prejudicar alguma das minhas pessoas queridas de propósito.

— Não — respondeu Carter. — Mas provavelmente não foi Jerome. É o tipo de trabalho sujo que um demônio inferior faria. Consigo perceber também que a origem da doença de Andrea foi natural. Ninguém a iniciou nela.

— Eles apenas pioraram a condição quando ela começou a melhorar. — *Para me atacar. Para manter Seth ocupado.*

Carter assentiu.

— Ok. Obrigada por ter vindo. Eu agradeço — virei-me, mas ele me impediu novamente.

— Georgina... — havia um tom estranho, perturbado em sua voz, algo que geralmente não associo ao confiante e lacônico Carter. — Georgina, eu já te disse mil vezes que há regras sobre o que eu posso e não posso fazer, sobre quanto posso me envolver. Como regra geral, eu não posso fazer interferência nas vidas mortais.

— Eu entendo — disse.

— Mas o que aconteceu com ela... — ele franziu um pouco a testa. — Foi também uma quebra das regras, algo que não devia ter acontecido. Nessa situação, dois erros podem fazer um acerto.

Encarei-o assombrada.

— O que você quer dizer?

— Quero dizer que eu posso curá-la. Não posso erradicar completamente o câncer, mas posso retornar ao nível que estava quando ela foi atacada esta semana. Posso desfazer o que *eles* fizeram, zerar o placar.

Meu queixo caiu.

— Isso... Isso seria incrível!

Carter ainda parecia triste, e eu não sabia por quê. Será que ele achava que violaria uma regra, mesmo consertando um erro?

— O que foi?

Ele suspirou.

— O que você e Roman disseram antes, sobre o Inferno querer afastar você de Seth. Sobre como o estado de Andrea prende ele aqui. Bem... É possível que seja exatamente isso mesmo. Ela melhorou, mas eles a pioraram. Depois, se ela melhorar de novo, sozinha ou por minha causa, todo mundo volta a ter esperanças, até que eles retornem e a piorem de novo. Não estou afirmando que vão fazer isso. Mas é bem capaz. Um estado em limbo garante que Seth permaneça por aqui. Se eu a curar agora, e farei isso se você quiser, pode ser que eu esteja perpetuando o ciclo.

Entendi dois conceitos-chave: um, compreensão sutil de que Roman e eu tínhamos razão. Claro, Carter não afirmava com certeza que o Inferno estava atrás de Seth e de mim, mas definitivamente não negava a possibilidade. A outra coisa — e mais impressionante — é que atrapalhar o plano do Inferno poderia significar o fim do limbo para Andrea, onde queriam mantê-la. Seth sempre estaria preso à família se ela nunca melhorasse de vez. Se isso acontecesse, ele estaria livre. E se ela morresse...

— Não — eu disse. — Não importa. Cure. Não me importa que Seth fique aqui para sempre, contanto que ela permaneça viva.

Carter assentiu, e algo brilhou em seu olhos, algo como certo orgulho... E tristeza.

— Sabia que diria isso.

Ele bateu de leve na porta de Andrea antes de entrar novamente.

— Desculpe incomodar — ele disse. — Mas me esqueci de perguntar o que *você* quer de Natal.

Andrea riu, o que levou a uma tosse. Pegando um copo de água ao lado da cama, ela se recuperou.

— Legal da sua parte, mas sou muito velha pra isso.

— Jamais — ele afirmou. — Deve haver algo.

Andrea ainda sorria, mas o sorriso se tornou melancólico.

— Há uma coisa — ela disse. Imaginei se Andrea pediria para ser curada, obviamente tinha sido este o pedido de Brandy. — Eu quero... Eu quero que minhas meninas sejam felizes. Não importa o que aconteça comigo, quero que cuidem delas e as amem.

Carter/Papai Noel estudou-a com seu olhar penetrante, foi como se trocassem algo, alguma coisa da qual eu não fiz parte. Depois de muito, ele prometeu:

— Eu juro, assim será.

Ele foi até o lado dela e estendeu a mão. Um calafrio percorreu minha espinha. *Eu juro*. Não são palavras fúteis para um anjo. Já tinha achado poderosas suas palavras para Brandy, mas nada se comparadas a essas. Hesitante, Andrea pegou a mão de Carter. Não vi nada espalhafatoso, nenhum raio ou luz cegante, ou coisa do tipo. Nem captei nada por meio dos meus sentidos imortais. Mas a face de Andrea se transformou, ficando radiante e sonhadora, como se ela estivesse vendo e ouvindo as coisas mais lindas do mundo. Quando Carter soltou a mão, ela sorriu para ele e fechou os olhos, caindo no sono.

— Você a curou? — perguntei, decidida a não mencionar a promessa.

— Sim — ele respondeu. — Ela não vai se lembrar da minha visita.

— Talvez apenas como um...

Nesse instante, meu celular tocou, e eu corri para fora do quarto antes que Andrea acordasse. Era Roman.

— Ei — eu disse.

— Ei, você ainda tá nos Mortensen?

— Tô, por quê?

— Porque acho que bolei um plano pra provar minha teoria — ele disse, sério e cansado.

— Eu ainda não sei que teoria é essa — eu falei.

— Logo vai saber. Pergunta o que o Seth acha de ser hipnotizado.

Capítulo 13

Roman ficou impossível depois disso. Ele se recusou a passar mais detalhes, apenas que Seth precisaria ser hipnotizado. O resto seria revelado quando isso acontecesse.

— Mas você não acha que eu devo saber? — demandei, pelo que pareceu a centésima vez no dia seguinte.

— Não quero te influenciar também — foi a resposta. — Caso eu esteja errado.

— Achei que você tinha dito que já sabia tudo! Agora você diz que tem uma chance de estar errado?

— Sempre há uma chance — ele respondeu, pragmático. — Mas não acho que eu esteja errado.

E com essa resposta enervante, não havia mais nada que eu pudesse fazer a não ser esperar e especular. Eu não entendia exatamente o que Roman queria fazer com a hipnose, mas pelo menos parecia relativamente seguro. Não descartaria a possibilidade de Roman dizer "Vamos montar uma armadilha para demônios e colocar o Seth como isca!". Há coisas piores do que ser hipnotizado para cacarejar como uma galinha, supus.

A resposta demorou uns dias. O atraso se deu pela dificuldade em combinar as agendas de Seth e Hugh. Apesar de suas muitas habilidades formidáveis, hipnose aparentemente não consta do repertório de Roman. Consta, porém, do de Hugh — algo surpreendente. Quando perguntei, ele explicou que certa vez foi a uma conferência médica, na qual os participantes eram obrigados a assistir a um número X de seminários. Tinha escolhido hipnose, pois achara que seria várzea.

— No final, foi mais difícil do que pensei — ele contou. — Fui atrás de mais informações depois da conferência. Aprendi umas coisas ali, outras acolá.

Não coloquei muito em prática desde então, exceto por um dia desgraçado ano passado.

— Você vai conseguir fazer o que o Roman quer?

Virei a cabeça para a sala, onde Roman ia de um lado para o outro, como um animal enjaulado. Esperávamos Seth chegar, e Roman estava obcecado com os mínimos detalhes para criar o "perfeito ambiente para a hipnose". Ele não parava de ajustar a iluminação e a poltrona. Às vezes, ele a colocava no centro da sala. Em outras, arrastava-a para o lado, onde havia mais sombras. Desistimos de aconselhar. Ele estava muito irritado e agitado.

Hugh fez uma careta enquanto observava Roman.

— Não sei. O que ele me pediu pra fazer... Bom, é bem básico, quanto à técnica. Mas é meio esquisito. Eu li um pouco a respeito essa semana e honestamente, não sei se isso vai dar certo.

Eu ainda não sabia o que "isso" era e me resignei a esperar. Seth chegou pouco depois, alegre e otimista. A melhora de Andrea depois da visita de Carter foi digna de nota e afetou a todos. Eu cruzava os dedos todos os dias, torcendo para o que o Inferno não mandasse alguém para reverter o que Carter tinha feito. Seth me deu um abraço de lado e me beijou nos lábios, outro sinal de seu bom humor, pois geralmente é mais reservado na frente dos outros.

— Você perdeu uma boa — ele me disse, vestido com uma camiseta do filme *A princesa prometida*. — Levei a Kendall e as gêmeas pra fazer compras de Natal. Elas escolheram para o Ian, no sebo, uns exemplares de *A metamorfose* e *Cândido*.

— Ele gosta desses? — perguntei. — Tipo, são livros ótimos, mas não acho que sejam a cara dele.

— Bem, não são *best-sellers mainstream* (como os livros de *certa pessoa* vendida), então ele curte o apelo elitista. Ele gosta de ir a cafés, obscuros, claro, que ninguém conhece, e fingir ler literatura da contracultura. Ele vai ficar feliz por ter material novo.

A diversão de Seth acabou quando entrou na sala, com todas as cortinas fechadas e Roman cuidadosamente rearranjando a poltrona (de novo). Percebendo nossa atenção, Roman parou e olhou para os três.

— Não sabia que som ambiente seria melhor, então salvei umas coisas no iPod. Tenho ondas do mar, mensageiro do vento e ruído branco.

Hugh deu de ombros.

— Não faz diferença pra mim. Não sou eu que vou ser hipnotizado.

— Ainda duvido que eu *possa* ser hipnotizado — disse Seth. — Mas se não importa... Hum, tem gaivotas com as ondas?

— Sim — respondeu Roman.

— Pode ser o ruído branco então.

Roman obedeceu, enchendo a sala com o que mais parecia um rádio defeituoso do que um som relaxante.

— Acho que deve ficar mais baixo — eu sugeri delicadamente. — Sabe, não pode ficar *tão* relaxante que o Seth caia no sono.

Roman parecia indeciso, mas depois de um aceno de Seth abaixou o volume. Eu podia não entender como hipnotizar Seth ajudaria na história dos planos superiores do Inferno, mas já que Roman achava necessário, Seth é quem mandava. Ele apertou minha mão rapidamente e sorriu, para me acalmar. Ele não gostava das confusões imortais, mas aceitara essa loucura por mim. Seguindo as instruções de Roman, Seth se acomodou na poltrona e a inclinou para trás. Hugh puxou uma banqueta para perto; Roman e eu sentamos a distância. Para uma hipnose funcionar, não pode haver a mínima distração, o que nós éramos. Até prendi as gatas no quarto, para garantir que Aubrey e Godiva não pulariam no colo de Seth bem no meio da sessão.

— Ok — disse Hugh, depois de pigarrear. — Você tá pronto?

Ele pegou um pequeno bloco de notas repleto de sua caligrafia ilegível. Era a coisa menos moderna que eu o via usando há tempos.

— Pronto como nunca — afirmou Seth.

Hugh olhou rapidamente para mim e para Roman, talvez em busca de uma mudança de ideia de última hora, depois voltou-se para o bloco.

— Ok, feche os olhos e inspire profundamente.

Conheço o básico da hipnose, e os exercícios iniciais de Hugh foram bem comuns. Apesar de Seth estar brincando, duvidei, sinceramente, que pudesse ser hipnotizado. Parte de sua natureza como escritor se concentra em todos os detalhes do mundo, às vezes tornando difícil a concentração em uma única coisa. Claro, ele também tem a ideia fixa do trabalho, e esse atributo foi o que sobressaiu pouco depois. Depois de alguns minutos de respiração guiada, ficou claro que Seth relaxava cada vez mais. Até pensei que tinha adormecido, porém, quando Hugh começou a questionar, Seth respondia, de olhos fechados e voz firme.

— Quero que você volte — disse Hugh. — Ande para trás nas memórias. Passe seus trinta, vinte anos. De lá, pense em seus anos da faculdade. Depois o colegial — pausa. — Está pensando no colegial?

— Sim — afirmou Seth.

— Ok. Vá ainda mais longe, para o ginásio. Depois o primário. Você consegue se lembrar de algo antes disso? Antes de começar a escola?

Seth demorou um pouco para responder, depois:

— Sim.

— Qual é sua memória mais antiga?

— Em um barco, com meu pai e meu irmão. Num lago.

— O que eles estão fazendo?

— Pescando.

— O que você está fazendo?

— Observando. Às vezes ajudo a segurar uma vara. Mas principalmente só observo.

Senti um nó no estômago. Não entendia completamente a estratégia de Roman, mas havia algo extremamente pessoal e vulnerável no que estávamos fazendo, ouvindo aquelas lembranças. Seth mal falava sobre o pai, que morrera no início de sua adolescência, e parecia errado "obrigá-lo" a fazer isso nesse estado.

— Vá além. Consegue se lembrar de algo antes disso? Memórias mais antigas? — perguntava Hugh. Ele parecia desconfortável, um contraste marcante com a imensa tranquilidade de Seth.

— Não.

— Tente — insistiu Hugh. — Tente ir mais longe.

— Eu... Eu estou numa cozinha. A cozinha da nossa primeira casa, num cadeirão. Minha mãe me dá comida; Terry entra pela porta. Ele corre até ela, a abraça. Ele esteve fora o dia todo, não sei onde.

Escola, suponho. Tentei dar uma idade para essa memória, usando a diferença de idade entre os dois. Até quando crianças sentam em cadeirões? E quão jovem ele teria que ser para não entender o conceito de escola? Três? Dois?

— Ótimo — disse Hugh. — Isso é ótimo mesmo. Agora continue. Volte para algo ainda mais distante.

Fiz uma careta, pois achei um exagero. Não sou *expert* em memória humana, mas li que as memórias começam a se formar aos dois anos. Seth também não parecia estar entendendo, pois franzia a testa, apesar de continuar com aparência calma.

— Ok — ele disse —, tenho uma.

— Onde você está? — perguntou Hugh.

— Não sei.

— O que você vê?

— O rosto da minha mãe.

— Mais alguma coisa?

— Não. É tudo que consigo lembrar.

— Tudo bem — afirmou Hugh. — Agora encontre algo antes disso. Qualquer memória. Qualquer imagem ou sensação.

— Não tem mais nada — garantiu Seth.

— Tente — insistiu Hugh, não parecendo nem de longe tão confiante quanto soava. — Não importa quão vago. Qualquer coisa de que se lembre. Qualquer coisa mesmo.

— Eu... Não tem nada — disse Seth, com o rosto enrugado. — Não me lembro de nada antes disso.

— Tente — repetiu Hugh. — Vá mais longe.

Estava ficando ridículo. Abri minha boca para protestar, mas Roman segurou-me pelo braço, silenciando-me. Fuzilei-o com os olhos, tentando reunir todas as minhas frustrações em um só olhar. Roman apenas balançou a cabeça e mexeu a boca formando a palavra *espere*.

— Eu lembro... Eu me lembro de alguns rostos. Olhando para mim. Todo mundo é tão grande. Mas são só sombras e luzes. Eu não consigo enxergar... nem entender os detalhes — pausa. — É isso. Só isso.

— Você tá indo bem — elogiou Hugh. — Superbem. Ouça o som da minha voz e continue respirando. Precisamos ir mais longe. Você se lembra de antes? Antes dos rostos?

— Nada — respondeu Seth. — Não há nada. Apenas escuridão.

Roman se mexeu na cadeira, tenso. Inclinou-se para a frente, olhos brilhantes e excitados. Hugh olhou, questionando, e Roman balançou a cabeça com avidez. Engolindo em seco, Hugh voltou-se para Seth.

— Eu preciso que você... Atravesse a escuridão. Para o outro lado.

— Não consigo — disse Seth. — É uma parede. Não dá pra atravessar.

— Você consegue — assegurou Hugh. — Ouça. Eu estou te dizendo: você consegue. Vá além em suas memórias, vá além das memórias dessa vida, para o outro lado da escuridão. Você consegue.

— Eu... Eu não consigo... — Seth cortou a fala. Por um momento, não houve outro som além do ruído branco saindo do iPod de Roman, mas era quase possível ouvir o som de meu coração. A ruga que se acentuava na testa de Seth subitamente sumiu. — Estou lá.

Hugh mudou de posição sem jeito, com expressão de descrença.

— Cê tá? O que você tá fazendo? Onde você está?

— Eu... — a ruga voltou, mas era diferente. Era de incômodo pela memória, não pelo esforço de se lembrar. — Estou sangrando, num beco.

— Você é... Você é Seth Mortensen? — a voz de Hugh era apenas um sussurro.

— Não.

— Como você se chama?

— Luc — seu rosto acalmou-se novamente. — E agora estou morto.

— Volte para o beco — disse Hugh, retomando a coragem. — Antes de você... Antes de, ãhn, Luc morrer. O que aconteceu? Por que estava sangrando?

— Fui esfaqueado — respondeu. — Estava tentando defender uma mulher. A mulher que eu amava. Ela disse que não poderíamos ficar juntos, mas eu sabia que não era verdade. Mesmo se fosse, eu ainda assim morreria por ela. Eu precisava protegê-la.

Foi então que parei de respirar.

— Onde você está? — Hugh repensou a questão. — Você sabe que ano é?

— É 1942. Eu moro em Paris.

Roman pegou uma revista perdida sobre uma cadeira. Arranjando uma caneta, rabiscou algo na capa da revista e depois entregou-a a Hugh. Ele leu, depois a colocou delicadamente no chão.

— Conte-me sobre a mulher — ele disse para Seth. — Qual o nome dela?

— O nome dela é Suzette.

Alguém arfou de forma estrangulada. Eu. Levantei-me; Roman me empurrou para baixo. Um milhão de reclamações alcançou meus lábios, e ele teve a audácia de cobrir minha boca com a mão. Com força, balançou a cabeça negativamente e chiou no meu ouvido:

— Escute.

"Escute?" *Escutar?* Ele não tinha ideia do que estava me pedindo. Ele não tinha ideia do que estava ouvindo. Por falar nisso, eu não tinha certeza também. Só sabia que era impossível. Como na noite em que deitei na cama com Ian, tive a sensação surreal de que a única maneira de isso ser verdade era se eu tivesse acidentalmente entrado na vida de outra pessoa.

— Me conta sobre a Suzette — pediu Hugh.

— Ela é loira de olhos azuis — descreveu Seth calmamente. — Ela se move como música, mas nenhuma canção que eu compuser pode se assemelhar a ela. Ela é tão linda, mas tão cruel. Mas não acho que é por querer. Ela acredita que assim está ajudando.

— Vá para trás — disse Hugh. — Para sua infância, Seth... digo, Luc. Volte para suas primeiras lembranças como Luc. Está lá?

— Sim — respondeu Seth.

— O que vê?

— O funeral de minha mãe, mas eu não entendo. Ela estava doente.

— Ok. Preciso que continue, cada vez mais jovem até encontrar mais escuridão. Pode fazer isso? Pode encontrar a escuridão novamente?

Novamente, prendemos a respiração, esperando pela resposta de Seth.

— Sim.

Hugh soltou a respiração.

— Vá para o outro lado. Antes de Luc. Você consegue cruzá-la. Você já fez isso antes.

— Sim, estou lá.

— Qual é seu nome agora?

— Meu nome é Étienne. Moro em Paris... Mas é outra Paris. Mais jovem. Sem alemães.

— Qual é o seu emprego?

— Sou artista. Pintor.

— Tem alguma mulher? Namorada? Esposa?

— Há uma mulher, mas não é nada disso. Eu pago para ficar com ela. Ela é dançarina, chama-se Josephine.

Náusea. O mundo girava. Abaixei minha cabeça. Queria fazer tudo voltar ao normal. Não precisava ouvir Seth descrevendo Josephine. Eu poderia descrevê-la detalhadamente.

— Você a ama? — Hugh perguntou a Seth.

— Sim. Mas ela não corresponde.

— O que aconteceu com ela?

— Não sei. Pedi-a em casamento, mas ela não quer. Não pode. Me manda procurar outra pessoa, mas não *há* outra. Como pode haver?

Hugh não tinha resposta, mas já tinha pegado o jeito. Repetia as mesmas ordens, empurrando Seth além, para memórias impossíveis, sempre cruzando a parede negra, sempre perguntando nome e localização e se havia uma mulher que lhe magoara.

— Meu nome é Robert. Moro na Filadélfia, o primeiro da minha família a nascer no Novo Mundo. Temos um jornal. A mulher que amo trabalha para nós. O nome dela é Abigail, achava que ela me amava também... Mas desapareceu sem deixar vestígio.

"Meu nome é Niccolò. Sou um artista em Florença. É 1497... Há uma mulher... Uma mulher maravilhosa. O nome dela é Bianca, mas... Ela me traiu.

"Meu nome é Andrew. Sou um sacerdote no sul da Inglaterra. Há uma mulher chamada Cecily, mas não me permito amá-la, nem mesmo quando sou vítima da peste..."

E assim continuou, a cada passo que Hugh ajudava Seth a dar, mais um pedaço do meu coração se quebrava. Era impossível. Seth não poderia ter vivido todas essas vidas e épocas que descrevia — e não apenas pelos problemas óbvios da vida e da morte como eu os entendia —, pois Seth não descrevia apenas as suas vidas.

Ele estava descrevendo as *minhas vidas*.

Eu tinha vivido todas essas encarnações que Seth descrevia. Fora Suzette, Josephine, Abigail, Bianca, Cecily... Todas as identidades que eu assumira, pessoas em quem me tornava quando o Inferno me transferia para novos lugares ao longo dos séculos. Eu me reinventava: nome, aparência e emprego novos. Para cada identidade que Seth mencionara, eu vivera ainda uma dúzia a mais. Mas aquelas sobre as quais ele falara... As que ele afirmava conhecer tão bem, foram as que me marcaram. Pois, embora eu tenha tido incontáveis amantes, em incontáveis lugares, alguns poucos eu realmente amei, apesar da impossibilidade das situações.

E Seth comentara sobre cada um deles, ticando, como se fossem itens de uma lista de supermercado. O problema: ele não estava apenas falando sobre os homens que eu amara, ele afirmava *ser* esses homens. Embora eu tivesse criado essas vidas para mim, ele agia como se tivesse nascido nelas, nascido como esses amantes, apenas para morrer e renascer em algum outro lugar comigo...

Impossível.

Assustador.

Por fim, acabou.

— É isso — disse Seth, enfim. — Não consigo ir mais.

— Você sabe que consegue — incentivou Hugh. — Já fez isso antes. Está na escuridão novamente?

— Sim... Mas dessa vez é diferente. Não é como as outras. É mais sólida. Mais difícil de atravessar. Impossível.

— Não é impossível — disse Hugh. — Você já comprovou isso. Cruze para a próxima vida.

— Não consigo.

Eu comecei a concordar com Seth. Não achava que havia mais para onde ir, não se estivesse mesmo em paralelo com as minhas vidas. Eu tinha me adiantado algumas vezes, chutando quem ele diria na próxima, e acertara todas. Sabia quantos grandes amores eu tivera como súcubo, não havia mais nenhum. Antes de Seth, foram oito.

— Atravesse — mandou Hugh.

— Não posso — afirmou Seth. — Eles não deixam. Não posso lembrar.

— Lembrar o quê?

— Dessa vida. Da primeira vida.

— Por que não?

— Faz parte do acordo. Meu acordo. Não, espera. Não é meu. É dela, suponho. Não posso me lembrar dela. Mas como não lembrar?

Era uma pergunta retórica. Hugh olhou para nós pedindo ajuda. O demônio ficara confiante por um tempo, quando as vidas surgiam uma atrás da outra com tanta facilidade, mas nesse momento ocorria algo diferente. O que Seth dizia não fazia muito sentido — não até que então tudo ficasse completamente claro. Roman fez gestos que pareciam tanto de encorajamento quanto de impaciência, basicamente dizendo que Hugh deveria improvisar.

— Com quem é esse acordo? — perguntou Hugh.

— Eu... Eu não sei. Eles estavam lá, esperando por mim, na escuridão. Depois da primeira vida. Eu deveria ir para a luz, mas não podia. Faltava alguma coisa. Estava incompleto. Minha vida tinha sido incompleta, mas não lembro o porquê... — Seth franziu as sobrancelhas, tenso com o esforço. — Só sei que não fui em frente. Então eles fizeram um acordo.

— Qual é o acordo?

— Não consigo me lembrar.

— Sim, consegue — disse Hugh, surpreendentemente gentil. — Você acabou de falar sobre ela.

— Não me lembro dos detalhes.

— Você disse algo sobre estar incompleto. Sobre estar faltando alguma coisa.

— Não... Alguém. Minha alma gêmea — a respiração de Seth, tão estável durante todo o processo, tornava-se vacilante. — Eu deveria ir com ela para a luz. *Sei* disso. Não deveria ter vivido solitário aquela vida. Não deveria ir sozinho para a luz. Mas ela não está lá. Não está em nenhum lugar alcançável. Eles dizem que me darão uma chance para encontrá-la, uma chance para encontrar e lembrar. Eles dizem que eu tenho dez vidas, para ficar com ela novamente, mas aquela já estava perdida. Depois, preciso ir com eles para sempre.

— Aquela vida da qual não se lembra — reagiu Hugh —, você disse que foi sua primeira, certo? A que está do outro lado dessa, ãhn, parede supergrossa? A vida que já está inclusa nessas dez?

— Sim — confirmou Seth. — É a primeira. A que eu deveria esquecer.

— Você pode se lembrar dela — disse Hugh. — Pois já está se lembrando de partes dela, coisas de que não deveria recordar. Vá para o outro lado da escuridão, antes do acordo, antes da sua morte. Do que você se lembra?

— Nada.

— Você se lembra de uma mulher? Pense no acordo. A alma gêmea? Lembra-se dela?

O silêncio de Seth se prolongou por uma eternidade.

— Eu... Sim. Um pouco. Sinto sua ausência, apesar de não entender.

— Já conseguiu voltar? — perguntou Hugh. — Para a primeira vida?

— Sim.

— Como você se chama?

— Kyriakos.

— Sabe onde está? Onde mora?

— Moro ao sul de Pafos.

O nome não significava nada para Hugh, mas tudo para mim. Comecei a balançar a cabeça lentamente; Roman segurou-me pelo braço mais uma vez. Não sei o que ele temia que eu fizesse. Provavelmente tentava evitar que eu interrompesse aquele pesadelo real com palavras ou movimentos. Ele não precisava ter se preocupado. O resto de mim estava congelado.

— Você sabe o ano? — perguntou Hugh?

— Não — respondeu Seth.

— O que você faz? — perguntou Hugh. — Com que trabalha?

— Sou músico. Nas horas vagas. Oficialmente, trabalho para o meu pai. Ele é comerciante.

— Há alguma mulher em sua vida?

— Não.

— Você acabou de dizer que havia. Sua alma gêmea.

Seth considerou.

— Sim... Mas ela não está aqui. Ela estava, agora não está mais.

— Se ela esteve, então deve ser capaz de se lembrar. Qual o nome dela?

Ele negou com a cabeça.

— Não consigo. Não devo me lembrar.

— Sim, consegue. Já está se lembrando. Conte-me sobre ela.

— Não me lembro — insistiu Seth, um leve toque de frustração em sua voz. — Não *posso*.

Hugh tentou uma nova tática.

— Como você se sente? Como se sente quando pensa nela?

— Me sinto... Maravilhoso. Completo. Mais feliz do que jamais achei possível. E, no entanto... Ao mesmo tempo, sinto desespero. Sinto-me mal. Quero morrer.

— Por quê? Por que você sente tanto alegria quanto desespero?

— Não sei — respondeu Seth. — Não me lembro.

— Você sabe. Você lembra.

— Roman — disse, baixinho, finalmente recuperando a voz —, para com isso.

Ele apenas negou com a cabeça, olhos colados em Seth. O corpo inteiro de Roman repleto de tensão e ansiedade, nervosamente aguardando os últimos pedaços de informação para completar a teoria que tinha criado.

— Ela... Eu a amava. Ela era meu mundo. Mas ela me traiu. Ela me traiu e deixou meu coração em pedaços.

— O nome dela — pediu Hugh, contagiando-se com a excitação de Roman. — Qual o nome dela?

— Não consigo me lembrar — disse Seth, se mexendo desconfortavelmente. — É ruim demais. Eles me fizeram esquecer. Eu *quero* esquecer.

— Mas não esqueceu — disse Roman, de repente se levantando. — Você não esqueceu. Como era mesmo? *Como era mesmo o nome da mulher?*

Os olhos de Seth se abriram, talvez devido a seu próprio tormento interno, talvez devido à intrusão de Roman. De qualquer modo, o estado de relaxamento acabara. Emoções cruas brincavam nas expressões faciais de Seth: choque, dor, ódio. E conforme ele olhava em volta e se reorientava, seus olhos — e todos aqueles sentimentos sinistros e horríveis — caíram sobre mim.

— Letha — ele arquejou —, o nome dela é Letha.

Capítulo 14

Seth pulou da cadeira, com o rosto repleto de dor e fúria. Surreal. Por um momento, pareceu um estranho... No entanto, também se assemelhava com todos os outros. Todos que eu amara. Todos que eu prejudicara.

— Você! — ele exclamou, marchando na minha direção. — Como você pôde fazer aquilo comigo? *Como você pôde fazer aquilo comigo?*

Nunca tinha ouvido Seth gritar daquele jeito. Eu me encolhi na cadeira, muito assustada para reagir. Enquanto isso, Hugh parecia voltar à vida. Ele ficara tão chocado com a reação inicial de Seth quanto eu, ainda mais porque não entendia nada sobre o que estava acontecendo. Ele ainda estava confuso, mas quando viu Seth avançar, algum instinto o levou a agir. Não acho que Seth me machucaria, mas estava amedrontador. Hugh segurou o braço de Seth.

— Ei, ei, ei — chamou Hugh. — Calma aí. Todo mundo fica calmo.

Roman também notou que algo estava errado. Ele estivera tão animado com os acontecimentos, rosto iluminado pela exatidão de suas teorias. Agora os eventos tomavam um rumo imprevisto. Ele levantou-se, espelhando a pose lutadora de Hugh. Exceto por estar em posição defensiva, colocando-se diante de mim, caso Seth passasse por Hugh. Mas isso era pouco provável. Aquele demônio era forte.

— Como você pôde fazer aquilo comigo? — repetiu Seth, ainda rugindo de fúria. — Eu confiava em você! Eu confiava em você e te amava!

Eu testemunhara tudo, mas não tive coragem de aceitar verdadeiramente. Não parecia possível. Eu observara Seth reviver a vida de homens que ele não conhecera — que não era *possível* ele ter conhecido —, voltando atrás pelos séculos de minha longa existência. Uma voz dentro de mim dizia: *Não, não, isso não está acontecendo. Não pode ser real. É algum truque do Inferno.* Eu me esforcei para não processar o que ouvia porque isso significaria aceitar. Mas com essas últimas palavras, Seth despertara algo em mim. Ele atravessara, e eu acordara.

— Não fiz nada! Não fiz nada contra você! — gritei. Eu olhei de lado, desviando de Roman, para encontrar o olhar de Seth, mas me arrependi. Seus olhos estavam frios. Tão terrivelmente frios e feridos.

— Você me traiu — disse Seth, lutando com Hugh. — Me traiu com meu melhor amigo...

Enquanto falava, tropeçava nas palavras. Os sentimentos de Kyriakos eram reais, mas ele examinava tudo como Seth Mortensen. As realidades fundidas o confundiam. Era compreensível, afinal, elas me confundiam também.

— Seth — eu disse com desespero —, não fiz isso com *você*. Pense. Eu te amo. Te amo tanto.

Seth parou de se debater, apesar disso, Hugh não o soltou. A expressão dele ainda repleta de dor e confusão.

— Não a mim... A ele. Mas eu *sou* ele. Sou todos eles — Seth fechou os olhos e respirou fundo. O que era claro e sensato sob a hipnose ficava cada vez mais difícil de entender. — Como? Como isso é possível?

— Vidas passadas — explicou Roman. — Você tem razão. Você é todos eles. Você viveu todas aquelas vidas, bem antes de nascer nesta.

— Reencarnação? Isso... Isso é impossível — disse Seth.

— Impossível? — perguntou Roman, recuperando a confiança depois que a situação se acalmou. — Como você sabe? Entende tudo sobre o funcionamento do universo?

— Mas espera... E vocês? — perguntou Seth. — O Céu e o Inferno não são reais?

— Ah — respondeu Hugh amargamente —, pode crer que são reais.

— *Tudo* é real — disse Roman. — E imensamente mais complexo para qualquer sistema humano falho compreender — virou-se para mim, com expressão suavizada. Eu deveria estar um horror. — O que Seth viu... O que ele viveu. Você conheceu todos, não? Todas aquelas identidades?

Concentrei-me em Roman, receosa de que perderia as estribeiras se olhasse para Seth novamente. Assenti.

— Sim, todos foram pessoas... Todos homens que conheci.

Hugh fez uma careta.

— Como isso é possível? Eu aceito essa história de reencarnação. Já vi o suficiente para acreditar na possibilidade. Mas ele sempre renascer perto de você? Você o encontrar — quantas vezes, umas dez? É estatisticamente impossível.

— Não estamos lidando com coisas sujeitas a estatística e possibilidade — disse Roman. — Há outras forças em jogo, forças que guiam o renascimento dele. É parte do contrato, o acordo que você fez como Kyriakos. O que você sabe sobre isso?

— Não sei do que você tá falando... Não me lembro... Eu... — Seth balançou a cabeça; a raiva voltava. — Não quero mais falar disso. Me larga. Preciso sair daqui. Preciso ficar longe *dela*!

— Seth... — comecei.

— Mas você é a chave! — exclamou Roman — A chave para resolver os problemas da Georgina. *Você* é o outro contrato, do qual Erik falou. Você tá ligado a Georgina, ligado a tudo que acontece com ela.

— Não tô nem aí — ele disse, incapaz de conter as emoções. — Não quero saber dos seus múltiplos esquemas! Alguém faz ideia do que eu acabei de ver? Pelo que eu acabei de passar? Não sei nem se eu entendo! Não sei se entendo quem eu sou! Só sei o que ela é... E o que fez comigo.

— Seth — tentei novamente. Será que deveria chamá-lo de Kyriakos? Não sabia. — Por favor... Eu te amo. Sempre te amei. O que aconteceu, foi... Foi um acidente...

O olhar de Seth ficou soturno e cauteloso.

— Com certeza não parecia um acidente quando te flagrei.

— Não foi minha intenção...

— Destruir meu coração? — ele completou, gritando. — Destruir meu mundo? Minha vida?

— Roman — disse Hugh cautelosamente —, talvez seja melhor dar um tempo pra ele processar tudo.

— Não temos tempo — discordou Roman. — O Inferno pode ser rápido, ainda mais se descobrirem o que sabemos. Para salvar a Georgina...

— Não tô nem aí — repetiu Seth, dessa vez com mais veemência. — Não tô nem aí pra nenhum de vocês, e com certeza não tô nem aí para o que vai acontecer com ela. Provavelmente vai ser menos do que merece.

— Ela não fez nada pra você — argumentou Roman. — Pelo que vejo, Georgina tem sido uma namorada bem ponta firme.

— Seth — implorei, percebendo que Roman não estava entendendo. — Eu... Eu sinto muito. Foi há muito tempo.

Palavras extremamente inadequadas, mas Seth mexia com coisas que eu me forçara a bloquear, dolorosas demais.

— Pra você, talvez — retrucou Seth. — Há séculos. Uma vida pra você. Mas pra mim, seja lá o que fizeram com a hipnose, tá tudo aqui agora. Todas essas vidas... Essas memórias. Aqui na minha cabeça ao mesmo tempo. Pra mim, não aconteceu "há muito tempo". É como se fosse ontem! Todas essas sensações, toda a dor...

— Vai sumir — disse Hugh, soando não tão seguro. — A regressão foi recente, e você não foi tirado do transe da maneira correta. Dê tempo ao tempo. Ou... Se quiser, posso te hipnotizar novamente e te fazer esquecer.

— E esquecer *ela*? — questionou Seth. — Para eu esquecer que vadia infiel e manipuladora ela foi comigo?

— Seth... — eu sentia lágrimas se formando em meus olhos. — Sinto muito. Sinto mesmo. Se eu pudesse voltar atrás, eu voltaria.

— Qual parte? — ele perguntou. — Quando mostrou que nosso casamento não significava nada pra você? Ou nas inúmeras outras vezes em que mentiu e me magoou? Você tem ideia de como eu me sinto? Como é sentir *tudo* isso ao mesmo tempo? Talvez você tenha deixado tudo pra trás, nem ligue mais, mas pra mim é real!

— Pra mim também. Eu... Eu amo você.

Foram as únicas palavras que fui capaz de pronunciar, e não eram suficientes. Onde estava o meu charme persuasivo de sempre? Minha habilidade de me livrar das encrencas? Estava engasgada com as emoções, ainda tonta com o fato de que olhar para os olhos de Seth agora significava olhar para os olhos de todos os homens que eu havia amado. Queria convencê-lo do quanto eu sentia e explicar que minha longa vida não tinha diminuído os sentimentos dentro de mim. Pelo contrário, apenas forneceram mais tempo para que aqueles sentimentos penetrassem na minha carne e me punissem. Queria explicar como me sentira durante aquela primeira transgressão e como esta tinha sido uma reação errada a sentimentos que, como uma assustada jovem mulher, não soube processar. Queria explicar que a maior parte das minhas ações desde então, principalmente as ocasiões em que afastara os amantes, tinha sido de tentativas falhas de protegê-los.

Havia tanto a falar, mas eu não tinha palavras, nem coragem, para ir em frente. Então, fiquei em silêncio, lágrimas rolando.

Seth respirou fundo, forçadamente.

— Me larga, Hugh. Não vou machucar Georgina. Não quero mais saber dela. Só quero ir pra casa. Preciso sair daqui.

— Não — disse Roman. — Precisamos dele. Precisamos de mais respostas, para entender os contratos.

— Hugh, largue ele — mal reconheci aquela voz como minha. Roman me olhou com incredulidade.

— Precisamos dele — Roman repetiu.

— Ele já fez o suficiente — afirmei, seca. Na minha cabeça, ecoavam as palavras de Seth: *Não quero mais saber dela.* — Já fizemos o suficiente *com* ele — como ninguém reagiu, encontrei Hugh com o olhar e ordenei: — Vai. Solta ele.

Hugh olhou para mim e Roman, depois se decidiu. Ainda segurando o braço de Seth, guiou-o até a porta. Roman protestou mais e depois deu alguns passos na direção deles, mas eu permaneci imóvel. Não olhei para trás, nem quando ouvi a porta bater. Hugh voltou, e Roman se jogou na cadeira, suspirando em frustração.

— Bom — ele disse —, depois que ele se acalmar, a gente conversa mais.

— Não acho que ele vai se acalmar — eu disse, encarando o nada. *Não quero mais saber dela.*

— Ele só tá em choque — assegurou Roman.

Não respondi. Roman não sabia. Roman não entendia o tamanho de nossa história. Ele não vira o rosto de Kyriakos depois da minha traição, a dor tão profunda que quase o levou ao suicídio. Em parte, tinha sido por isso que me transformara em súcubo, usando minha alma para comprar paz para ele, na forma de esquecimento. Era o único meio de salvá-lo. Mas se ele se lembrava de tudo agora, se ele era mesmo a reencarnação de Kyriakos... Então, não. Não estava "só em choque". Eu tinha feito uma coisa terrível a ele, e sua indignação não era infundada.

Um calafrio me percorreu quando me lembrei da conexão instantânea que tive com Seth, a sensação de que eu o conhecia desde sempre. Era porque o *conhecia* desde sempre. Vida após vida. Sempre senti que estávamos destinados a algo maior do que nós mesmos... E estávamos. Algo maior e terrível.

Hugh puxou uma cadeira e sentou-se à minha frente. Segurou uma de minhas mãos.

— Queridinha, eu juro, não tinha ideia de que isso ia acontecer.

Apertei sua mão com pouca força.

— O que... O que você achou que aconteceria?

Hugh olhou de relance para Roman.

— Ele me pediu para hipnotizar Seth e tentar uma regressão a vidas passadas. Não sabia o motivo. Merda, não sabia nem que ia dar certo, quanto mais passar por *nove* vidas emocionalmente perturbadas. Dez, já que agora a gente fodeu esta também.

Senti um vazio por dentro. Vazio e dor. Virei-me para Roman, espantada por ser capaz de manter uma discussão sensata após a destruição do meu mundo.

— Como você sabia que isso ia acontecer? Como descobriu tudo isso?

— Só descobri uma parte — explicou Roman. — Foi aquela história idiota do Papai Noel que me deu a dica. Sabe, aquele cara preocupado com o fato de o Papai Noel estar em dois lugares ao mesmo tempo? — ele riu com desdém e passou os dedos pelos cabelos. — Comecei a pensar sobre como todo mundo diz que seu contrato tá normal e como o Erik mencionou um segundo contrato. A gente já tinha deduzido que o Inferno queria te manter afastada do Seth. Mas por quê? E eu pensei: e se for como o negócio do Papai Noel? Em si, não tem nada de errado com seu contrato ou a presença ou não de Seth, mas juntos, alguma coisa não dá certo.

— E como você descobriu que o Seth tinha um contrato? — perguntou Hugh.

— Bom, aí está. Eu não sabia disso. E como o Seth nunca tinha mencionado antes, parece que ele também não. Pensei: "Como assim?". Então, imaginei que ele não tivesse feito o contrato nesta vida. Achei que o Inferno tinha algum esquema com ele, ao longo de várias vidas, portanto a hipnose.

— Jesus Cristo — disse Hugh, balançando a cabeça. — Você fez uma caralhada de deduções.

— E estavam certas — retrucou Roman. — Tanto a Georgina quanto o Seth têm contratos com o Inferno. E os contratos não batem.

— Por que não? — perguntei.

O lampejo fanático voltou aos olhos de Roman.

— O que pudemos deduzir do contrato do Seth? O que ele conseguiu?

A única coisa que deduzi é que Seth nunca mais falaria comigo. Quando me recusei a responder, Hugh cooperativamente tomou o papel de estudante para o professor Roman.

— Ele tem dez vidas em vez de uma. O dom da reencarnação.

— Por quê? — perguntou Roman.

— Para reencontrar a Georgina — respondeu Hugh. Ele pausou, acredito que para relembrar a descrição de Seth. — Parece que ele morreu na primeira vida e, quando chegou a hora de sua alma seguir em frente, sentiu falta dela. Suponho que o Inferno não ficaria com a alma dele então, desse modo, fizeram o acordo para ele ter mais nove chances de encontrar a Georgina e se reunir a ela.

— E ele me encontrou — disse secamente. — Vida após vida.

Traição após traição.

— Sim — concordou Roman. — E você era atraída para ele sem nem saber. Ele definitivamente devia se encaixar no seu tipo: artista sonhador. Mas você nunca permitiu que desse certo.

— O que provavelmente era o que o Inferno queria — acrescentou Hugh. O demônio nele surgia, imaginando como um contrato desse tipo foi projetado. — O Inferno tem que ser justo, mas quer sempre levar vantagem. Então, eles aceitaram o acordo pensando que um cara querendo fazer as pazes com sua alma gêmea nunca conseguiria, se ela fosse um súcubo. Seth, ou sei lá quem, com certeza não sabia disso. Ele só sabia que deveria ter se esquecido dela — Hugh pensou por alguns momentos. — No entanto, não tem nada de errado nisso. Apostaram de ambos os lados com dois contratos. Não há violação.

— Você tem razão — disse Roman. — Esse não é o problema — voltou-se para mim. — Qual é o seu acordo? Qual foi seu contrato para se tornar súcubo?

— Você já sabe — respondi, aborrecida.

Estava cansada dos esquemas e das brigas. Queria me arrastar, me enrolar na cama e dormir pelos próximos cinco séculos. Queria renegociar meu contrato e ter minhas lembranças e meu coração drenados de toda a dor.

— Não seja do contra — ele disse. — Conte o básico de novo. O acordo que a Niphon fez com você.

— Roman, deixa ela em paz — disse Hugh.

Apazigui-os com um gesto da mão.

— Tudo bem. Vendi minha alma e me tornei uma súcubo em troca de ser apagada da lembrança de todos que me conheciam como mortal.

Roman ficou extremamente satisfeito e triunfante; queria socá-lo. Ele virou-se para Hugh.

— E me conta como é o de Seth, quer dizer, como você tá chutando que seja.

— Um chute? Então chuto que ele ganha dez vidas, em todas vai estar perto dela, tendo a chance de encontrá-la e fazer as pazes. O Inferno fica com a alma dele no fim da décima vida.

— E por que o Seth fez o acordo? — continuou Roman de imediato, praticamente tremendo de entusiasmo.

— Porque ele lembrou que... — Hugh estancou, olhos arregalados.

— Exatamente — disse Roman. Ele me chacoalhou quando eu não reagi. — Você não entende. Seus contratos se contradizem! Na verdade, o do Seth nunca deveria ter sido produzido! Ele se *lembrou* de você. Ele sabia que você tinha sumido da vida dele.

— Ele sabia que a "alma gêmea" dele tinha sumido — corrigi amargamente. — Não creio que tenha se lembrado dos detalhes. Você viu como ele ficou perturbado.

Roman balançou a cabeça.

— Não importa. Chuto que seu contrato diz para te esquecerem completamente. Ele lembrou. Com esse acontecimento, o Inferno quebrou o seu contrato. Então, redigiram um contrato impossível para ele, com a oportunidade de se reencontrar com você — o que, novamente, implica certo grau de lembrança.

— Não sabemos se é exatamente assim — avisou Hugh. — Não lemos o contrato e não obtivemos todos os dados dele. Não entendi se ele tinha alguma cláusula sobre retomar o relacionamento com ela ou não.

— A gente já sabe o suficiente — disse Roman. — Seth queria reencontrar com ela e fazer as pazes. Para isso acontecer, teria que haver uma contradição com o contrato da Georgina, que especifica que ele deve se esquecer dela.

— Eu gostaria de conferir o conteúdo do contrato — disse Hugh. — Não quero estragar suas esperanças. Mas sei bem como essas coisas funcionam.

— Justo — concordou Roman. — Mas não dá pra negar que quando Seth a chamou de "Letha" mês passado foi definitivamente uma violação de contrato. *Ele lembrou.* Não conscientemente. Mas uma parte dele, lá no fundo, se lembrou dela.

Meus pensamentos ainda estavam lentos, mas algo se encaixou.

— A transferência... A transferência chegou na manhã depois que disse a Jerome sobre como Seth tinha me chamado de Letha.

— Exato — disse Roman. — Por isso as coisas não estavam cheirando bem. Garanto que meu querido pai sempre soube de seus contratos e os aceitara com relutância, principalmente se o contrato de Seth permitir que vocês dois vivam se trombando por aí. Mas, quando você contou pra turma a história do seu nome, Jerome ficou com um problema sério nas mãos. Ele reconheceu a violação e dedurou para seus superiores o mais rápido que pôde, criando pânico, e fazendo com que agissem rápido, rápido demais, pra te tirar daqui.

— Mas... Isso já aconteceu. Seth já se lembrou. A violação aconteceu — eu disse, mal podendo acreditar.

— Mas é como aquela velha história da árvore caindo na floresta — ressaltou Hugh. — Só existe se alguém presenciar. Nem você nem Seth sabiam dos contratos ou de qualquer violação. Eram inocentes. Jerome precisava manter assim, separar vocês e acabar com a chance de descobrirem o que aconteceu.

— Por isso o emprego dos sonhos em Vegas — concluiu Roman. — É o que já conversamos. Proibir vocês dois de ficar juntos chamaria muita atenção. Uma transferência comum, no entanto, pareceria parte do negócio; se não fosse a cagada. O Inferno ficou tão ansioso pra resolver que te mandou o memorando antes de o Jerome ter oportunidade de se reunir com você. Garanto que tudo que viu em Vegas foi preparado na correria.

Retirei minha mão do aperto de Hugh e enfiei a cara nela.

— Ai, meu Deus.

Roman me deu um tapinha no ombro de modo supostamente confortante, mas que só me fez ranger os dentes.

— Não é pra Deus que você tem que se virar agora. Você se deu conta do que tem em mãos, Georgina? Uma oportunidade, uma em um milênio, de acabar com a festa do Inferno! Você pode desafiá-los, mandar revisar seu contrato. *E o do Seth.* Só precisa conversar com ele, descobrir os detalhes...

Pulei da cadeira, finalmente cedendo à dor e à fúria.

— Não! Você não viu a cara dele? Você não ouviu o que ele disse? Seth não vai conversar comigo! Nem agora, nem nunca. E não repete que ele só tá em choque — ameacei ao perceber que Roman estava prestes a falar. — Você não sabe o que eu fiz, o que ele sentiu... Naquela época. Eu não fiz ele me esquecer à toa! Ele não vai me perdoar! Nunca! Não perdoou na época, nem vai perdoar agora. Ai, Senhor. Por que a gente fez isso? Por que a gente obrigou ele a lembrar? A gente devia ter deixado tudo esquecido... Estava tudo bem... — meus passos frenéticos me levaram até a janela da sala. Abri as cortinas. Já era fim do dia, o pôr do sol alaranjava as nuvens.

— Tudo bem?! — perguntou Roman, colocando-se a meu lado. — O Inferno estava criando tramas elaboradas pra manter vocês dois separados e limpar a barra deles! E estavam matando sua cunhada também. *Não* estava tudo bem. Todos esses séculos, você e o Seth foram marionetes do Inferno. Repetidamente se encontrando e se afastando. Vocês têm umas briguinhas e colocam toda a culpa na falta de confiança e comunicação. Vão deixar isso continuar? Ainda mais que não cumpriram o que te prometeram?

Apertei a bochecha contra o vidro, apreciando sua frieza, recusando-me a ouvir a lógica de Roman.

— Mas o Seth não lembrava até que *nós* o obrigamos.

— Não é verdade. Ele lembrou antes disso — afirmou Roman. — Por conta própria, quando te chamou de Letha. Foi assim que tudo começou. Nada mudou depois do que fizemos.

— Ele me odeia — eu disse, completamente ciente de quão reclamona eu soava.

Roman não tentou negar o fato.

— As pessoas perdoam.

Desdenhei:

— É mesmo?

— Sim — confirmou Hugh, parando do outro lado. — O Seth, ou seja lá quem ele era, com certeza perdoou. Seu marido. Por que outro motivo ele teria feito esse acordo pra te encontrar?

— Porque ele não lembrava o que eu tinha feito — disse. Olhei nos olhos de Hugh. — Ele só sabia que eu tinha sumido de sua vida.

— Você respondeu sua própria pergunta, querida. O amor dele era mais forte que o ódio; ele foi capaz de se lembrar de uma coisa, mas não da outra.

Eu quis argumentar, mas não sabia como.

— Eu não posso... Não consigo encará-lo. Vocês não entendem. É um... Meu eterno medo? Meu maior pecado?... Simplesmente não dá.

— Precisamos saber mais sobre o resto do contrato dele — disse Roman. — Se nós vamos levar isso adiante, precisamos de todos os detalhes.

Hugh fungou.

— Você fica aí dizendo "nós", mas sabe que eu não imagino você preenchendo a papelada do pedido de verificação de contrato para o Inferno — sem resposta de Roman, Hugh acrescentou: — Até onde sei, nem precisamos de mais informações para isso. A gente já tem o suficiente para questionar a integridade do contrato de Georgina.

— Questionar a integridade?! — exclamou Roman. — A gente já tem prova suficiente pra detonar tudo — Roman adora ser dramático. — O Inferno falhou em manter sua parte no contrato. Eles disseram que fariam todos esquecerem. Obviamente, não fizeram.

— Pode não ser tão simples assim. O Inferno vai questionar o que a gente chama de prova — disse Hugh.

— Mas dá pra fazer isso, não? — perguntou Roman. — Você sabe como fazer isso? Preencher a papelada necessária?

— Bom, nunca fiz isso antes — respondeu Hugh. — Jesus. Não conheço ninguém que tenha feito.

Arrastei meu olhar da janela.

— Não — disse a Hugh. — Não vale a pena. Você não conhece ninguém que tenha feito, pois nenhum demônio que valorize o emprego ou a vida tentaria algum dia revogar um contrato. Não quero que faça isso por mim.

— Hugh — disse Roman, olhando através de mim, como se eu nem estivesse lá —, você pode libertar a Georgina. Pode devolver a alma a ela. Pode interromper o tipo de vida que ela leva: dormindo com estranhos pela eternidade.

— Para! — gritei. — Para de deixar ele com culpa. *Eu* fiz essa escolha.

Ninguém me enganou pra me tornar uma súcubo. Eles me explicaram as consequências e o que eu receberia em troca.

— Mas você não recebeu — disse Hugh baixinho.

— Não importa — afirmei.

Se eu não fosse ter o Seth, uma forma de Inferno é tão ruim quanto a outra.

— Eu faria isso por você — disse Hugh. — Eu entro com a papelada. Talvez você soubesse que vida teria, mas isso não significa que você não tem o direito de mudar de ideia, ainda mais se foi enganada. Se quiser, eu te ajudo.

— Por quê? — perguntei, lembrando as vezes em que Hugh ficara desconfortável com a ideia de mexer com o *status quo*. — Por que se arriscaria?

— Porque você é minha amiga — respondeu Hugh, dando um meio sorriso amargo. — E isso ainda significa alguma coisa pra mim. Além disso, dê um pouco de crédito ao seu camarada Hugh aqui. Eu posso ser capaz de aprontar essa com o mínimo de punição pra mim.

Um sentimento estranho surgiu em meu peito, apertado no começo, depois afrouxando. O dia trazia uma coisa impossível atrás da outra. De certo modo, ouvir Hugh falando tornava mais real. Eu estava acostumada com as ideias e os sonhos de Roman, de atacar o Inferno, era fácil ignorá-los. Mas ouvir Hugh dizer que isso poderia dar certo...

Engoli em seco, sentindo mais lágrimas a caminho.

— Nem consigo imaginar: um mundo onde eu não pertença ao Inferno. Nem sei como minha vida seria.

— Seria como você quisesse — disse Hugh, me dando um abraço. Atrás de mim, Roman suspirou.

— Bom, eu fico satisfeito com um contrato explodindo na cara do Inferno. Digo, o Seth já está ligado ao Inferno de qualquer jeito, né? Com ou sem isso?

Recuei. Era verdade. A alma de Seth — antes tão pura e brilhante — tinha escurecido quando traiu Maddie comigo. Ele viera para minha cama por amor, mas mesmo assim sentiu culpa. A marca do pecado manchara sua alma o suficiente para que, se morresse naquele instante, fosse para o Inferno.

Hugh limpou a garganta e me soltou, parecendo desconfortável.

— Agora que você mencionou, tem uma coisa curiosa...

— O quê? — perguntei.

— Fazia tempo que eu não via o Seth e quase não reparei... Mas hoje, quando estava aqui, a alma dele... — Hugh balançou a cabeça. — Não sei o que ele fez, mas estava mais iluminada. Não voltou a ser a fonte de luz de antes, mas algo mudou. Acho que a mancha diminuiu o suficiente para que ele não esteja mais marcado para o Inferno.

— Mas está, por causa do contrato — ressaltei. — O preço por todas aquelas vidas. Não importa quão bom ele seja.

Senti minhas pernas amolecerem e tive que fazer força para permanecer de pé. Seth tinha se redimido do pecado. Como? Provavelmente pelos sacrifícios feitos pela família. Ele abrira mão de tudo que amava por eles: escrever, e até mesmo de mim. Era um alcance notável, algo que poucos humanos são capazes de fazer. Geralmente, os desgraçados continuam desgraçados.

Mas não importava. A alma de Seth poderia brilhar como uma supernova que ele ainda iria para o Inferno, pois é a mesma alma de Kyriakos, a que fizera o acordo para vir me procurar.

— Não temos certeza — eu disse. — Ele não deixou claro se tinha doado a alma em troca disso, ou se havia uma condição, tipo, manter a alma se conseguisse se reconciliar comigo.

— O que não parece provável de acontecer agora — disse Roman. — Então, de qualquer jeito, ele tá amaldiçoado.

— A não ser que a gente consiga uma rescisão do contrato dele também — sugeri. — Mas precisamos da ajuda de Seth pra isso.

Hugh me olhou solidário.

— Quer que eu fale com ele?

Eu me odiara pelo que tinha feito com Kyriakos, tantos anos atrás. Eu me odiara tanto que pagara o preço mais caro para me ver apagada da lembrança dele. E depois de ver a expressão de Seth há pouco... Bem, honestamente, se eu tivesse a chance, provavelmente pediria para ser apagada novamente. Não suportava ver aquele ódio, aquela decepção, nos olhos de alguém que eu amava. Eu o magoara. Decepcionara. Queria me esconder e nunca mais vê-lo, pois se o encarasse, teria que encarar os defeitos em mim.

Isso sempre foi um problema para mim. Odiava confrontação — especialmente se *eu* tinha falhado. Passei a vida toda fugindo disso.

Forcei um sorriso fraco para Hugh, que me oferecia uma saída covarde. Não, decidi. Se a gente precisava pedir ajuda a Seth, eu deveria fazer isso. Será que ele falaria comigo? Não sabia dizer, mas tinha que tentar. Por mais nada eu arriscaria ficar diante daquele ódio e daquela dor novamente... Mas pela alma de Seth, sim.

— Eu falo com ele — afirmei.

Capítulo 15

Era mais fácil falar do que fazer, e assim que Hugh e Roman me deram um pouco de privacidade, o impacto do que tinha acontecido me pegou de jeito.

Seth é Kyriakos.

Kyriakos é Seth.

Mesmo depois de testemunhar tudo com meus próprios olhos, não sei se teria acreditado se algo dentro de mim, algum instinto, não tivesse me dito que era tudo verdade. Eu jamais suspeitara. Nem em sonhos. O magnetismo em relação a Seth era forte, sem dúvida, bem como a atração para suas outras encarnações tinha sido. Sempre achei que algo sobre Seth em particular era especial. Imaginei o que teria feito essa vida se destacar mais do que as outras. Alguma parte de mim — alguma parte dele? — reconheceu que esta seria nossa última chance de ficar juntos? A urgência vinha disso? Ou era algo mais relacionado à passagem do tempo e a quem eu me tornara? Os últimos anos me deixaram mais cínica com relação à vida como súcubo. Será que isso tornava Seth e nosso amor mais preciosos para mim?

Nosso amor, que acabara de ser destruído bem na minha frente.

No dia seguinte, pedi um afastamento do trabalho por doença, algo que não foi muito bem recebido. Era véspera de Natal, um dos dias mais ocupados para o Papai e sua equipe, mas eu nem liguei. De jeito nenhum eu encararia aquele caos, não depois do que acontecera com Seth. Fui avisada de que, se não aparecesse, não seria contratada no próximo ano. Quase ri e por pouco não descambei o resto de profissionalismo que tinha ao informar seriamente a meu gerente que eu correria o risco. Natal que vem eu provavelmente estaria em Vegas. Mesmo se não estivesse, com certeza daria conta de me virar sem um salário mínimo e um vestido laminado.

Encontrar Seth foi mais complicado. Ele não respondeu minhas ligações e, quando fui ao apartamento, ninguém atendeu a campainha. Nem o carro dele nem o de Margaret estavam parados na frente, o que me levava a crer que eles estavam ou fazendo compras de última hora, ou visitando Terry e Andrea. Se fosse a primeira opção, seria impossível encontrá-lo. No segundo caso, eu definitivamente não iria invadir a casa de Terry e obrigar Seth a falar comigo. A situação era urgente, mas eu ainda tinha limites.

Seria fácil usar esses obstáculos como uma desculpa para fugir da conversa. Apesar de ter garantido para Hugh e Roman que falaria com Seth, eu, na verdade, não queria vê-lo. Bem, a parte de mim que o amava, queria. Essa parte estava em agonia por cada instante que passávamos separados. Mas o resto não queria ver aquela expressão novamente, aquela terrível dor em sua face. Não queria confrontar a realidade do que eu era.

Apesar de ter concordado em me encontrar com Seth, eu não fora capaz de realmente mostrar para Roman e Hugh quão dolorido era só de pensar em enfrentar meus pecados. À época, já não fora capaz de lidar com o erro que cometi; agora, mal conseguia. Eu vendera minha alma, desfigurara a memória dos meus amados, tudo por não querer aceitar a responsabilidade da coisa terrível que tinha feito. É de se pensar que, quase um milênio e meio depois, o medo e a autopreservação teriam mudado. Acho que não.

Ou talvez sim. Tentar encontrar Seth era prova de que eu tinha mudado um pouco, o suficiente para tentar conversar depois daquela obstinada rejeição.

— Kincaid?

Olhei para trás. Estava em uma fila num café que Seth geralmente frequentava, para escrever. Ir lá tinha sido um chute alto, nem fiquei surpresa por não encontrá-lo. Até onde eu sabia, ele não ia lá havia séculos, ainda mais com tudo o que acontecia com sua família. Aparentemente, o lugar tinha outros frequentadores conhecidos.

— Doug — cumprimentei com surpresa. Rapidamente fiz o pedido de café com chocolate branco e depois acenei enquanto Doug vinha na minha direção. Tinha acabado de entrar; gotículas de chuva cobriam seu cabelo negro.

— O que você vai querer? — chamei o barista com um aceno.

Doug ficou levemente surpreso, mas hesitou apenas rapidamente antes de pedir sua dose insanamente gigante de café coado.

— Obrigado — ele me agradeceu quando eu entreguei seu pedido.

— Quer sentar um pouco? — perguntei. Minha intenção original era pegar meu café e vazar. Não sabia qual era o plano de Doug, mas uma necessidade perversa me obrigou a tentar passar um momento com ele.

— Claro — ele concordou, sem muita certeza. — Só um minutinho, tenho que ir para o trabalho daqui uma hora.

— Não queremos que você se atrase — eu assegurei, sentando-me numa pequena mesa com uma bela vista do granizo lá fora. Seattle não é famosa por ter um Natal nevado. — Todos aqueles compradores de última hora querendo arrumar uns boxes de DVD.

O fantasma de um sorriso cruzou seu rosto.

— Você conhece bem. Tô estranhando que você não tá trabalhando. É verdade? Ouvi falar que você tá, ãhn, trabalhando como elfo num *shopping* no subúrbio.

Fiz uma careta.

— Dolorosamente verdade. Mas eu pedi demissão hoje.

Ele levantou as sobrancelhas.

— Na véspera de Natal? Que maldade, Kincaid. Pense nas criancinhas.

— Eu sei. Mas, bom, surgiu um problema... — virei o rosto, sem conseguir olhá-lo nos olhos quando todos os meus sentimentos perturbados ameaçavam vir à tona.

— É, dá pra perceber — ele disse.

Ousei olhar de volta.

— Como assim?

Doug deu de ombros.

— Não sei. É uma *vibe* que percebo em você quando tá chateada. Você finge estar feliz para o resto do mundo, mas quando algo te machuca, sua energia muda — deu um gole enorme no café. — Agora tô falando essas merdas *new age*.

— Bom, seja lá o que for, seus instintos têm razão — reconsiderei. — Apesar de que "chateada" é um termo fraco. Tô mais pra triste. Ou completamente deprimida.

— Mortensen? — ele chutou

Balancei a cabeça e evitei olhá-lo.

— Nem queira saber — apesar de que, talvez, parte dele ficasse feliz em saber que Seth e eu tínhamos terminado. Seria uma vingança pelo que tínhamos feito com a Maddie.

— Por que não? — disse Doug. Quando não respondi, ele suspirou. — Kincaid, eu não te odeio. Não fiquei feliz com o que aconteceu, mas de um modo complicado, eu ainda gosto de você. Se tem algo errado, você pode me contar. O Mortensen te machucou?

— Não — respondi. Depois: — Bom, sim, mas não sem um motivo. Eu machuquei ele primeiro.

— Ah.

Eu arrastei meu olhar de volta para Doug. Seus olhos estavam sérios e sombrios, nenhum traço de alegria com a minha dor.

— Eu tentei encontrar com ele hoje... Parar pra conversar. Mas acho que ele tá me evitando. Não, eu *sei* que ele tá me evitando.

— Vocês vão fazer as pazes — afirmou Doug.

— Não sei. Não sei se vai rolar dessa vez.

— "Dessa vez" — ele zombou. — Kincaid, na primeira vez que vi você e o Mortensen juntos, tinha alguma coisa. Não sei descrever. Eu sempre achei estranho vocês não ficarem. *Achei* estranho quando ele começou a sair com a Maddie, apesar de parecerem felizes até... Bom, cê sabe. Até ele se tocar que deveria estar saindo com você — ele parou para pensar. — Enfim, nas minhas letras eu falo sobre amor que é uma beleza, mas na vida real não sei porra nenhuma. Mas o que sei é que acho que vai precisar de muito mais que uma discussãozinha pra separar vocês.

— Valeu — agradeci. — É legal da sua parte, mas você não sabe. O que eu fiz foi muito ruim.

— O que vocês fizeram com a Maddie foi bem ruim — ele disse. — Mas eu perdoei.

— Perdoou? — perguntei, levando um susto.

— É — ele soava meio surpreso pela confissão. — Tipo, um neurocirurgião ter chamado ela pra sair semana passada ajudou um pouco. Eu sei perdoar muita coisa se for pra ter um cunhado médico. Mas falando sério? Eu sei que vocês não tinham intenção de magoar a Maddie, do mesmo jeito que você não magoou o Mortensen por querer. O que vocês fizeram foi uma bela cagada no departamento de comunicatividade.

— "Comunicatividade"? — repeti.

Ele sacudiu a mão.

— Essa palavra existe, sim! Esquece. Se vocês tivessem sido honestos com vocês e com ela, teriam evitado muita mágoa. Lembre-se disso a partir de agora.

— Você é um guru de relacionamentos agora? — eu perguntei. Ele riu com desdém. No entanto, por mais sábias que as palavras soassem, ainda não me convenciam de que havia um jeito de consertar uma mágoa milenar. Antes que eu pudesse fazer outro comentário, meu celular tocou. Olhei para o visor com surpresa. — É o Seth.

— É melhor você atender então — disse Doug.

Engolindo em seco, foi o que fiz.

— Alô? Tá. Um-hum... claro. Ok... Eu entendo. Ok. Tchau.

Desliguei; Doug me olhou questionador.

— Não pareceu que estavam fazendo as pazes.

— Seth quer que eu vá à ceia de Natal amanhã — respondi, desacreditada.

— Ué, bom sinal — disse Doug.

Neguei com a cabeça.

— Acho que não. Ele disse que não quer perturbar ainda mais a vida das meninas, só quer que eu vá de fachada, pra elas ficarem felizes. Deixou claro que nada mudou, nem vai mudar.

— Acho que é um sinal bem fraco então — corrigiu Doug. Suspirei e Doug tocou meu queixo de leve. — Se anime, Kincaid. Você queria falar com ele. Tá aí sua chance, não importa o que ele diga. Não desperdice.

Consegui sorrir.

— Desde quando você ficou tão sábio, Doug?

Ele terminou o café num gole.

— Eu que vou saber, porra?

As palavras de Doug eram do tipo que se ouve em filmes e se lê em livros, aquelas que impulsionam o amor contra tudo e todos, que adoramos. Era minha chance. Minha chance de atravessar as paredes de Seth e escalar os problemas montanhosos entre nós dois.

Mas Seth fez questão de não me dar uma oportunidade.

Cheguei sozinha, equilibrando muitos presentes, e fui imediatamente direcionada para brincar com as meninas. Seth fez o pedido, já que ele e os outros adultos (exceto Ian, que mal conta como adulto) estavam enfurnados na cozinha, o que parecia muito razoável. Geralmente, eu não ligaria também, exceto pela certeza de que Seth fazia aquilo para nos deixar separados e nunca a sós.

Então, brinquei com as meninas, mal prestando atenção quando elas me contaram animadamente sobre o que tinham ganhado de Natal. Meus pensamentos só se desligaram de Seth quando Brandy contou sobre como mais presentes inesperados tinham aparecido embaixo da árvore pela manhã.

— Ninguém admite. A mãe e o pai acham que foi o tio Seth. Ele acha que foi a vovó — Brandy disse em voz baixa, para que as menores não ouvissem.

— Que tipo de presente? — perguntei.

Ela deu de ombros.

— Só brinquedos... Mas muitos. Tipo, a mãe e o pai compraram Princess Ponies pra Morgan. Mas hoje cedo? Tinha Power Prism Ponies lá também.

Lembrei vagamente a conversa entre Carter e Morgan sobre os tais pôneis.

— Talvez o Papai Noel tenha dado uma passadinha.

Brandy revirou os olhos, cética.

— Talvez.

Na hora do jantar, não houve como evitar ficar perto de Seth. Todos supunham que sentaríamos próximos, ele não poderia pedir para sentar em outro lugar. Mas, novamente, com tantas pessoas em volta, não importava. Eu não ia puxar nenhum assunto perigoso durante a ceia de Natal, e Seth sabia disso. Ambos em silêncio, apenas ouvindo as conversas animadas sobre o dia e como estavam felizes por Andrea se sentir melhor.

Ao fim da ceia, Seth foi o primeiro a se levantar e fez o maior alvoroço para os homens cuidarem da louça enquanto as damas se retiravam para a sala. Todo mundo gostou da ideia, exceto Ian e eu.

— Qual é a de vocês com o Natal? — perguntou-me Andrea de forma conspiratória.

Eu estava sentada ao lado dela na namoradeira, observando Kendall guiar os pôneis de Morgan em uma épica batalha mortal.

— Ãhn? — perguntei, tirando os olhos do campo de guerra.

— Você e o Seth — explicou Andrea. — Eu me lembro do Natal passado, vocês assim. Essa não é a época mais feliz do ano?

Reprimi uma careta. No Natal anterior, eu descobrira que Seth tinha dormido com Maddie numa tentativa de me "proteger" de uma relação com ele. Pois é. Aquele também não foi um Natal feliz.

— Não temos nada contra o Natal — eu respondi tristemente. — Só... Uns assuntos pra resolver.

Ela franziu a testa.

— É sobre a turnê? Achei que você seria a favor.

— Que turnê?

— A editora quer que ele viaje logo depois do ano-novo. O Seth tinha recusado por causa de, bom, de mim. Mas ando me sentindo tão bem que mandei ele não perder a oportunidade.

Eu não sabia nada disso. Imaginei se tinha sido algo recente ou se ele simplesmente não havia me contado. A turnê começaria um pouco antes da minha transferência. Seria a cara do Seth recusar para não estragar nossos últimos momentos juntos antes da mudança. Bom, pelo menos antes de tudo ter dado errado.

— Não é isso — respondi depois de vários segundos, quando percebi que ela esperava uma resposta. — É... Complicado.

— Sempre é — ela afirmou sabiamente.

Olhei na direção da cozinha, onde mal podia ver os homens Mortensen se virando com a louça.

— Por enquanto, ficaria satisfeita apenas com uns minutos a sós.

Ela não fez mais comentários, mas depois, quando os homens voltaram para a sala, ela disse bem casualmente:

— Seth, você pode ir lá em cima buscar meu cardigã vermelho? Deixei sobre a cama.

Seth, prestes a se sentar — longe de mim, claro —, levantou-se num piscar de olhos. Assim que ele sumiu lá em cima, Andrea me deu um cutucão com o cotovelo. Virei-me para ela, num susto, e ela inclinou a cabeça na direção das escadas.

Vai, ela fez o movimento com a boca, sem emitir som. Observei a sala, percebi que ninguém prestava atenção em mim e corri atrás de Seth.

Encontrei-o no quarto, procurando o suéter que provavelmente nem existia. Quando me viu no beiral da porta, suspirou pesadamente, entendendo que tinha sido enganado.

— Não tenho tempo pra isso — ele avisou, tentando me ultrapassar.

Estendi o braço para bloquear a porta.

— Seth, por favor. Me ouve. Só por alguns minutos.

Ele ficou lá, parado, a poucos centímetros de distância, depois recuou. Achou melhor não ir em frente e correr o risco de me tocar, então decidiu que a distância era melhor, mesmo com a possibilidade de ficar preso no quarto.

— Georgina, não há nada pra falar. Nada pode mudar o que aconteceu entre nós.

— Eu sei disso — concordei. — Não vou tentar.

Observou-me com cautela.

— Não vai?

Engoli em seco, todas as palavras e todos os pensamentos sumindo enquanto eu o encarava nos olhos. Lá estava — aquele olhar. O mesmo, cheio de dor e profunda devastação, que Kyriakos possuíra havia tantos séculos. Kyriakos me olhava pelos olhos de Seth.

Assenti.

— Precisamos saber mais sobre seu contrato. Mais detalhes.

— Para te ajudar? — ele perguntou.

— Para nos ajudar. Pelo que deduzimos, o Inferno violou meu contrato no momento em que redigiu o seu. E isso torna contraditórias as condições do seu. A gente tem chance de invalidar os dois, mas precisamos entender melhor o seu.

Seth encostou na parede, olhando para fora enquanto seus pensamentos voltavam-se para dentro.

— Nem eu entendo os detalhes do meu. Eu mal me lembro dele... Digo, eu lembro e não lembro. O que aconteceu... Na hipnose... É real e não é.

Eu queria dar um passo à frente, gostaria tanto de tocá-lo e confortá-lo; ele estava tão estressado. Por precaução, me segurei.

— Você tem que tentar. Se você não tentar, ao morrer, irá para o Inferno. Não importará nem se virar um santo antes disso. O contrato marca sua alma... A não ser, bem... Não sabemos se com a condição de reatarmos você ficará livre. É isso que precisamos saber.

— E isso importa? — ele indagou. — Todas aquelas vidas serviram para exemplificar que isso não vai acontecer, nunca.

— Bom, digo, é... O que importa é que, quanto mais informações, melhor para o seu caso.

— O Hugh não pode ir atrás disso?

Neguei com a cabeça.

— Não sem levantar suspeitas. Seria melhor conseguir os detalhes com você.

— Bom, então, me desculpe. Eu não me lembro de mais nada além do que já disse. E sinceramente? Não me importo.

— Como assim não se importa? — perguntei, incrédula. — É da sua *alma* que a gente tá falando!

— Eu me viro — ele respondeu.

Um choque de raiva perfurou a tristeza que tinha se agarrado a mim nos dois últimos dias.

— Não tem como "se virar". É um trato. Sua alma pertence ao Inferno. Nada vai mudar isso.

— E isso importa? Você *deu* sua alma para o Inferno.

— Por você! — gritei. — Fiz por você. Pra te salvar. Faria outras mil vezes, se preciso.

Seth suspirou, zombando.

— Por que você simplesmente *não* me traiu?

— Eu era jovem e estúpida — respondi, impressionada em como admitia aquilo com calma. — Estava com medo. Você estava tão distante. Como se eu não fizesse mais parte de suas prioridades. Você só ligava para o seu trabalho, para a sua música.

— E nem passou pela sua cabeça conversar comigo sobre isso? Você sabe que pode falar sobre qualquer coisa comigo.

Suspirei.

— Com *você*, talvez. Não com o Kyriakos. Ele... Você... Tinha boas intenções, mas nem sempre era fácil.

— Mas eu *sou* ele — argumentou Seth, soando um pouco inseguro. — Ãhn, era.

— Sim e não — redargui. — Olha, eu não sou especialista em reencarnação, mas até onde eu saiba, apesar de a alma e alguns traços de personalidade serem constantes, ainda rola, tipo... Evolução. Você amadurece e muda. Esse é o propósito da reencarnação. Você é a mesma pessoa, mas também não é. Talvez você, Seth, consiga conversar sobre isso... Talvez, depois de dez vidas, tenha desenvolvido maturidade para uma relação. Naquela época? Não sei, não. Obviamente eu também não era madura.

— Obviamente — ele repetiu. Ele me encarou por um longo tempo; eu não saberia dizer o que ele sentia. Pelo menos não havia o ódio escancarado nem nada do tipo. Isso, ou ele simplesmente tinha aprendido a disfarçar. Por fim, falou: — É verdade. Não me lembro dos detalhes do contrato... Só que eu teria permissão pra te encontrar.

— Só isso? — insisti. — Mais nada? Se tiver qualquer outra coisa... Tipo, o que está em jogo é importante, Seth. Eu sei que você disse que não se importa, mas se lembre de que estamos falando da sua alma, indo além da abrangência de uma vida humana. Estamos falando de eternidade.

— Lá vai você de novo — ele disse com um leve sorriso arrependido. — Argumentando pela santidade da alma, a alma que você jogou fora.

— E eu te disse antes: faria tudo de novo.

— Só pra não me encarar e ter que me olhar nos olhos depois do que fez.

— Em parte, sim — assumi. — Mas também para salvar sua vida. Te dar uma chance de ser feliz. Por que naquele momento... Isso era mais importante do que a minha eternidade.

Seth levou um tempo para responder. Novamente desejei saber o que se passava por trás daqueles olhos castanhos. Que pensamentos se revolviam ali? Os dele ou os de Kyriakos? Ou de algum outro homem com quem eu tivera um romance turbulento?

— Você não queria me encarar naquela época — ele disse, por fim. — Mas aqui está você. Por quê? Pra salvar sua própria alma?

— Para salvar as nossas almas — respondi.

Seth endireitou-se e caminhou em direção à porta.

— Não posso te ajudar. Tô falando sério: não me lembro de mais nada. Agora, se você puder dar alguma desculpa educada para os outros e ir embora, eu ficaria agradecido.

Por meio segundo, ele ficou na minha frente. O tempo parou enquanto nos estudávamos, a apenas alguns centímetros de distância. Milhares de sentimentos me avassalaram, alimentados pelas vidas vividas durante um milênio. Com um aceno lento, cedi e o deixei seguir em frente.

Ele não olhou para trás.

Capítulo 16

A semana seguinte foi uma das mais longas da minha vida. Cada minuto que passava era um momento sem Seth, uma lembrança de que tinha perdido o meu maior amor.

Mesmo se eu não tivesse pedido demissão do cargo de ajudante do Papai Noel, eu estaria sem emprego de qualquer maneira, então, com esse vazio, meus dias ficavam ainda maiores. Hugh veio muitas vezes em casa. De vez em quando, ele e Roman tentavam me animar ou ao menos me distrair. Na maior parte do tempo, ficavam grudados, trabalhando no meu pedido ao Inferno. Ocasionalmente, me consultavam, mas Hugh tinha a maior parte das informações necessárias, precisavam apenas juntar tudo de maneira apropriada. Os dois discutiam outros assuntos também, a maioria relacionada com o sistema legal do Inferno. Não entendia muito bem o porquê, mas Roman era insistente em aprender todos os detalhes. Parecia que ia prestar exame para a OAB.

Tentei me ocupar com a mudança para Las Vegas. Mesmo com a petição, eu não poderia contar que algo mudaria na minha situação infernal. Então, tinha que seguir em frente, como se Vegas estivesse definitivamente no meu futuro. Mas fazer as malas era tão simplório que não distraía, pelo contrário, me dava mais tempo para ruminar e agonizar pela distância de Seth.

Além disso, havia armadilhas, pois toda hora eu encontrava coisas que me faziam lembrar dele. O pior foi quando desenterrei uma secular caixa de lembranças. Item mais recente: o anel que Seth me presenteara no Natal anterior, logo antes de terminarmos. Era uma versão moderna de um anel de noivado bizantino, decorado com golfinhos e safiras. Mesmo depois de voltarmos, deixei-o na caixa. Eu nem sabia que tinha guardado — na mesma caixa — o meu verdadeiro anel de noivado do século quinto. Estava desgastado, mas não tinha perdido totalmente o brilho. Olhar para os dois provocou um breve momento de desorientação, enquanto eu tentava me entender com a ideia de que tecnicamente tinham sido dados pela mesma pessoa.

Durante essa semana, também recebi uma boa quantidade *e-mails* do pessoal de Las Vegas. Phoebe, Bastien, Luis, e até Matthias, mantiveram contato desde minha visita, e todos pareciam ainda mais animados com minha iminente mudança. Mensagens que eu teria considerado tão inteligentes e comoventes uma semana antes agora me deixavam amargurada, pois eu sabia a verdade sobre minha mudança. Luis apenas ajudava a orquestrar o grande plano infernal para me manter afastada de Seth. Eu não confiava em uma palavra dele. Enfim, ele *é* um demônio, e certa quantidade de falsidade é sempre esperada. Phoebe e Bastien magoavam mais, pois agiam sob a falsa máscara de amizade. Não duvidava que Bastien ainda fosse meu amigo, mas tudo parecia mais forçado, já que provinha das ordens de seus superiores.

Matthias: um mistério. Eu não sabia qual era seu papel, se era apenas um mortal conveniente, que ajudaria a me enganar, ou se estava em conluio com o Inferno. Muitos humanos estão, na esperança de recompensas grandiosas. Mas ele podia ser inocente em tudo isso, apenas um cara comum que se achava sortudo por ter encontrado uma dançarina. Sem a certeza disso, seus *e-mails* também não me alegravam.

Digno de nota era o sumiço de Jamie. Não tinha recebido nenhuma mensagem "Estou te esperando!" dele, algo que suspeitava também ter origem em ordens infernais. Não arriscariam deixar o assunto "Milton" surgir novamente. Quando mencionei o fato para Hugh e Roman, eles disseram que surpreendente seria se Jamie ainda estivesse em Las Vegas. Hugh achava que, se o Inferno enxergasse nele uma possível testemunha que exporia inadvertidamente a confusão do contrato duplo, simplesmente o expulsariam de Vegas, evitando que eu o encontrasse. Se fosse o caso, torceria para que tivesse simplesmente sido transferido e não punido por ter revelado informações importantes quando estava bêbado, sem nem ter conhecimento do perigo do assunto.

Na véspera de ano-novo, Hugh e Roman me contaram que a petição estava pronta: uma pilha gigantesca e vacilante de papéis recheados de juridiquês. Eles me mostraram onde assinar. Estavam com ar sério e orgulhoso, como se tivessem criado uma obra de arte complicada. Considerada a raridade do evento, talvez a comparação não seja de todo ruim.

Depois de assinar umas quinze vezes, entreguei a resma de volta para Hugh.

— E agora? — perguntei.

— Agora levo pra Mei e digo que você me entregou para ser enviado para o Inferno. Aviso que não sei do que se trata, mas o fato de ter passado por mim dá a dica de que o negócio foi testemunhado. Não que ela fosse "perder", mas... Com demônios é bom ser prevenido.

— Vão acreditar que você é apenas o mensageiro azarado? — perguntei.

Hugh sorriu de ladinho e gesticulou para a papelada.

— Bom, eles com certeza não vão acreditar que você fez tudo sozinha, mas não têm como provar meu envolvimento. E, enfim, eu não fiz nada tecnicamente errado. Sou um demônio inferior. Conduzo negócios para o Inferno. E isso aí é apenas isso.

Muitos dias de emoção refreada me arrebataram e eu abracei Hugh.

— Obrigada — agradeci. — Muito obrigada.

Foi meio desajeitado, pois ele tentava equilibrar os papéis, mesmo assim deu conta de me dar um tapinha nas costas.

— Não foi nada, queridinha — ele disse, um pouco ansioso. — Só espero que dê certo.

Dei um passo para trás, tentando me controlar.

— Como vamos saber?

— Quando você for convocada ao Inferno — ele respondeu.

— Ah — meu coração parou de medo. — Eu tenho... Tenho que ir lá?

Roman apoiou-se na parede e cruzou os braços.

— Como você achou que ia resolver isso?

— Achei que eles iam me mandar uma carta — respondi. — Sabe, tipo um aviso prévio.

Hugh riu, zombeteiro.

— Temo que não. Se eles responderem, vão te convocar ao Inferno e vai rolar uma audiência para examinar o contrato, suas reclamações e as evidências que eles possam ter.

Abracei-me, tentando imaginar como seria essa audiência.

— Eu nunca fui ao Inferno. Vocês já?

Eles negaram com a cabeça, o que não foi surpresa. Imortais inferiores são recrutados na Terra, onde também trabalham. Não temos motivo para visitar o reino de nossos empregadores, nem mesmo um demônio inferior, como Hugh. Roman, um nefilim, está na lista negra do Céu e do Inferno. Entrar no Inferno seria como ser entregue na jaula de um leão sobre uma bandeja.

— Sempre imaginei o Inferno como passar o dia no Detran assistindo a uma maratona de *Primo cruzado* enquanto se espera na fila — comentou Hugh.

Roman fuzilou-o.

— Você não gosta de *Primo cruzado*?

Emocionada, abracei Hugh novamente, depois Roman.

— Valeu, caras. Sério. Fico devendo essa... Nunca vou conseguir retribuir.

— Apenas vença — disse Roman, sério. — É toda recompensa de que precisamos.

Hugh guardou os papéis na maleta e vestiu o casaco.

— Vou levar pra Mei agora, depois ir a uma festa e beber até esquecer todo esse juridiquês.

— Você vai no Peter? — perguntei. Como era de se esperar, nosso amigo vampiro organizara uma festinha para comemorar o novo ano.

— Nem — respondeu Hugh. — Lá não tem ninguém pra pegar. Vou à festa de uma de minhas enfermeiras.

Desejamos um feliz ano-novo e nos despedimos. Assim que ele se foi, Roman virou-se para mim.

— E você? — perguntou. — Não vai no Peter?

Sabia que Peter contava com minha presença, mas não estava com ânimo para celebrar.

— Não, não tô a fim. Além disso, não sei se quero correr o risco de encontrar o Jerome. Certeza que a Mei vai contar da petição. Vou continuar fazendo as malas.

— Qual é — disse Roman. — Não dá pra ficar em casa hoje à noite. É um novo ano... Novas oportunidades. Talvez até a chance de se livrar do Inferno.

Fiz que sim com a cabeça, mas ainda era difícil imaginar o que seria "se livrar" do Inferno. Era o assunto do dia, mas ainda não parecia *palpável*. E apesar de eu ter dado um belo sermão no Seth sobre como a integridade da alma e a eternidade são bem mais importantes que preocupações terrenas, tudo parecia sem sentido sem ele em minha vida.

— Eu sei — eu disse a Roman. — Mas qualquer comemoração que eu fizer vai ser forçada. Se é pra ser infeliz, que seja em um lugar onde me sinta confortável.

Olhou para o relógio.

— Vamos pelo menos sair pra jantar. Vestir uma roupa bonita e comer uma boa refeição. Depois a gente volta e assiste aos especiais de fim de ano.

Eu não estava com apetite, mas suspeitei que, se negasse, Roman iria se submeter ao mesmo cárcere privado que eu. Não queria arruinar a noite dele, ainda mais depois de tudo que tinha feito por mim. Mas havia um problema.

— Já são quase cinco — apontei. — Nunca vamos conseguir uma mesa hoje, em cima da hora. A não ser que a gente queira se arrumar pra uma lanchonete. Na verdade, não sou contra essa ideia.

Roman já pegava o celular.

— Conheço uma pessoa que é *chef* num italiano de Green Lake. A gente consegue uma mesa.

Claro. Um telefonema misterioso depois e, às seis horas, já estávamos a caminho. Sem ânimo para arrumações elaboradas, simplesmente me transformei para um *look* chique de ano-novo: um tomara que caia de cetim e o cabelo solto e ondulado. Roman me proibiu de usar preto, então o vestido era roxo escuro, ainda apropriado para o meu humor. Combinei com um colar de ouro branco e ametistas — meu presente de amigo secreto para mim mesma. Eu tenho muito bom gosto.

— Você colocou seu apartamento à venda? — perguntou Roman enquanto dirigia pela cidade. — Contratou um corretor?

Observei as luzes brilhantes dos prédios do centro. Nessa época do ano, a noite começa cedo.

— Não. Preciso ir atrás disso. A não ser... — voltei-me para ele. — Você quer continuar lá? Eu não vendo e alugo para você.

Ele negou com a cabeça; um sorriso cínico nos lábios.

— Não. Não seria a mesma coisa sem você e aquelas bolas de pelo. Eu arranjo outro lugar. Vende ou aluga pra outra pessoa.

— É mais fácil vender — pensei em voz alta. — Bom, na teoria. Mas não me preocupo com lucro. E não preciso escolher nem lidar com... — interrompi quando um pensamento surpreendente me veio à cabeça. — Ei, a gente tem tempo pra, hum, uma parada de quinze minutos? Seu amigo vai passar nossa mesa pra frente?

— Se eu ligar pra avisar, não. Aonde você precisa ir?

— Ao Distrito Universitário. No Seth. Não se preocupe — acrescentei ao ver seu espanto —, não vou fazer nenhuma bobagem. Nem vou ver o Seth. Por favor? Uma paradinha?

Roman concordou, embora sua expressão facial dissesse não achar boa ideia. Quase expliquei que seus medos eram infundados, pois eu só entraria se Margaret estivesse em casa e Seth não. As chances disso eram baixas, ainda mais com a minha sorte.

Aparentemente, o universo me devia um favor, pois quando chegamos ao prédio de Seth, avistei o carro dela, mas não o dele. Uma luz acesa me deu esperanças de que não tivessem simplesmente saído juntos num carro só.

— Você quer que eu vá junto? — perguntou Roman enquanto parava na minha antiga vaga.

— Não, mas valeu. Volto já.

Desci do carro e fui até a porta, torcendo para que uma situação bizarra não me pusesse de cara com Seth. Não que eu não quisesse vê-lo. Por Deus, como eu sentia falta dele. Mas sabia que um encontro não resultaria em coisa boa. Apertei a campainha e esperei ansiosamente. Pouco depois, Margaret abriu a porta.

— Georgina — ela disse, claramente surpresa. — O que você está fazendo aqui? — Olhando minha roupa, continuou: — Vai se encontrar com Seth?

— Não... Posso entrar um minuto? Vou ser rápida, prometo.

Ela estava de casaco, provavelmente prestes a sair. Isso ou ela tentava economizar o dinheiro que Seth gastava com aquecimento.

Ela gesticulou para eu entrar e fechou a porta.

— Estava saindo para ir ao Terry. O Seth tá lá — não me dei ao trabalho de perguntar por Ian. Ele provavelmente celebrava a entrada do ano no dia dois ou três de janeiro, só para contrariar. — Você sumiu.

Pensei sobre o que Seth teria dito à sua família, se é que falou algo. Talvez fosse ficar quieto até que alguém notasse minha ausência.

— Ah, bem — disse —, a gente está se desentendendo.

Ela estalou a língua em desaprovação.

— Então vocês dois precisam se sentar e consertar isso.

Quem dera fosse tão fácil. Forcei um sorriso neutro.

— Vamos ver — continuei. — Mas o negócio é... Eu acho que vou me mudar. Não, eu *vou* me mudar. Tenho um novo emprego e pensei que você poderia ficar no meu apartamento. Eu me lembro de você ter dito que não queria atrapalhar o Seth, mas gostaria de ficar mais tempo, para ajudar. Bem, agora você pode. Na sua própria casa. A minha.

— Eu não consigo manter minha casa em Chicago e pagar aluguel aqui — ela afirmou com tristeza. — Esse é o problema.

— Você não precisa pagar aluguel — eu avisei. — Você pode ficar lá de graça.

Ela me observou com curiosidade.

— Como você vai pagar a hipoteca?

Sim, como, de fato, uma pobre garota, que trabalha em *shopping*, como eu, dá um jeito nisso?

— O apê já tá quitado — expliquei. Deixei-a pensando que foi herança ou coisa do tipo. — E meu novo emprego paga bem. Olha, eu não ligo mesmo de você ficar lá. O que me importa é saber que as meninas terão você por perto para ajudar. Digo, elas precisam de uma mulher forte por perto, certo?

Margaret demorou para responder.

— Certo. Mas eu pensava que essa mulher seria você.

— O destino tem outros planos — disse. E não é que essa era a maldita verdade?

— É por isso que vocês estão brigando? Por causa da mudança? Me surpreende ele simplesmente não ir junto...

— Não, não, não é nada disso — assegurei. — É... Complicado. Se fosse algo simples como a mudança, ele iria quando pudesse, sabe, quando a Andrea melhorasse — hesitei, com medo da resposta à pergunta que iria fazer, mas eu precisava saber. Sem contato com Seth, a situação dos Mortensen era um mistério. — Como *está* a Andrea? Ela continua bem?

— Sim, ótima. Não saberemos os detalhes até a consulta daqui quinze dias, mas, aparentemente, está maravilhosa. Estamos rezando.

Sorri, incapaz de conter minha alegria e meu alívio. Andrea estava com boa aparência no Natal, mas um retorno daquele demônio me preocupava. Claro, o médico daria o diagnóstico verdadeiro, mas considerei a observação de Margaret um bom sinal.

— Obrigada — eu agradeci. — Você não sabe como isso alegra minha noite. Estava precisando de boas notícias.

— Bom, obrigada pela oferta da casa. Posso responder depois?

— Claro — respondi.

Desejei um feliz ano-novo e dei boa-noite. Depois, corri antes que cedesse e pedisse para ela mandar um recado sentimental para Seth. Eu gosto da companhia de Roman, mas não deixava de achar errado sair com ele em vez de Seth. Depois do terrível ano-novo anterior, eu torcia para que este fosse melhor.

— Legal da sua parte — elogiou Roman depois que expliquei o que tinha conversado com Margaret.

— É uma coisa fácil pra mim e que pode ajudar muita gente. Não tem por que não.

Ele balançou a cabeça, incrédulo.

— Você nem devia precisar de uma questão técnica para escapar das garras do Inferno. Eles deviam te mandar embora por princípio.

O restaurante era pequeno, mas elegante — e cheio. Duvidei seriamente das conexões de Roman, mas, num passe de mágica, a *hostess* nos guiou pela multidão e nos deixou em um cantinho aconchegante, à luz de velas. Uma mesa coberta por uma toalha de renda à moda antiga, bem como cristais e porcelana — para três.

Olhei para ela, surpresa.

— Mas só tem a gente...

— E aí? Espero que eu não esteja atrasado — Carter subitamente surgiu na multidão, com o modelito grunge de sempre. A *hostess* nem se abalou. Ao perceber que tínhamos acabado de sentar, ele sorriu. — Acho que não.

— O que você tá fazendo aqui? — perguntei. Olhei para Roman, tão perplexo quanto eu.

— Eu nem dei detalhes. Ele ligou quando você estava na casa do Seth, pra ver se a gente ia ao Peter, e eu disse que a gente ia jantar junto. Só isso.

Carter sacudiu a mão.

— Isso já é o suficiente pra rastrear. Eu *amo* esse lugar. Vocês vão tomar vinho, né?

Não que eu estivesse triste por ver Carter. É que Carter sempre aparece por um motivo.

— Então você já sabe? — perguntei depois dos pedidos, dispensando o papo furado.

Carter girou o vinho na taça. Tínhamos pedido uma boa safra, que provavelmente seria desperdiçada com ele, vide sua velocidade no consumo de bebida.

— Que você vai furar a festa do Peter? Já tô sabendo. Cara, ele vai ficar puto.

Revirei os olhos.

— Não foi isso que quis dizer. Você tá aqui por causa da petição?

— Estou aqui para jantar com meus amigos — respondeu Carter pudicamente. — Mas já que você tocou no assunto...

— A fofoca corre rápido, hein? — perguntei. Passaram-se apenas duas horas desde que Hugh saíra, mais do que o suficiente para ele ter entregado a papelada para Mei e ela contar ao Jerome.

— Ah, ele que me contou — explicou Carter, indicando Roman com a cabeça.

— Ele perguntou quando ligou — esclareceu Roman. — Carter sabia que a gente estava trabalhando nisso.

— Como? — perguntei, estupefata.

— Hugh e eu tivemos que consultar algumas coisas com ele — respondeu Roman. — Nada que quebre as regras, claro. — Carter brindou de brincadeira. — Mas o suficiente para esclarecer algumas questões sobre a bosta de sistema legal do Inferno.

Especulei o que eles pudessem ter consultado com Carter, mas duvidei que revelariam. Também estava impressionada por ter ficado desconectada a ponto de não saber que minha equipe legal tinha entrado em contato com um anjo. Não, pensando bem, eu não estava surpresa. Meu sofrimento tinha sido muito desgastante.

— Então, quais você acha que são nossas chances? — perguntei.

Carter negou com a cabeça.

— Não posso responder.

— Pois quebra uma regra?

— Porque é muito tentador fazer a piada de que é mais fácil nevar no Inferno.

Suspirei.

— Nada reconfortante.

— Você tá muito deprimida — disse Carter. — Achei que uma pessoa tentando resgatar a alma estaria mais animada.

— Não é nada sem o Seth — afirmei.

— Ah, pelo amor de Deus — atalhou Roman, pegando a garrafa de vinho. — Você tá a um passo de recuperar sua alma e sua vida e ele *ainda* é o que determina sua felicidade? Você não precisa de um relacionamento pra ser feliz, Georgina.

— Não — concordei. — Mas o Seth não é só um relacionamento. Ele está ligado à minha alma. Ele me encontrou no mundo dos sonhos. A gente se encontra, vida após vida. Não sou só uma menina que precisa de um cara por perto. Nós somos conectados. Fizemos coisas horríveis um para o outro... Mas também grandes sacrifícios. Não vai ser uma vitória completa se eu recuperar minha alma, mas não ficar com a pessoa que tanto me afeta.

Roman me surpreendeu por concordar:

— Ok. Te entendo.

— E — Carter acrescentou gentilmente — você precisa repensar suas palavras. Vocês se encontram, vida após vida. O que te faz pensar que não vão fazer isso de novo?

— Bom, primeiro, suas atitudes recentes — ressaltei amargamente. — Isso e... Não sei. Apenas o olhar dele.

— O Seth levou uma pancada muito forte. Enfim, de quem foi essa ideia de hipnose?

— Minha — respondeu Roman. — E eu saquei o tom acusatório da sua voz. Era o jeito mais rápido e mais fácil de conseguir as informações necessárias.

— Talvez — concordou Carter. — Mas há um motivo para que esses mortais reencarnados esqueçam as vidas passadas. É muita coisa pra processar, e esse tipo de regressão traz de volta muita informação, rápido demais.

— O Hugh comentou algo do tipo — eu acrescentei.

Carter assentiu com seus gentis olhos acinzentados.

— Não desista do Seth ainda. Ele pode te surpreender quando se acalmar. Ele te amou o suficiente pra sempre voltar pra você. Ele te amou o suficiente pra se lembrar de você, mesmo quando o Inferno tentou te apagar da mente dele. Não é pouca coisa não, filha de Lilith.

Não mesmo. Subitamente questionei se tinha sido justa com a situação. Meus antigos medos me impediram de realmente lutar por Seth. Eu também não tinha tentado verdadeiramente imaginar como seria para ele ficar com dez identidades em uma única mente.

— Pode demorar — eu disse, incapaz de encontrar o olhar de Carter — pra ele se acalmar. E pode demorar para o Inferno responder ao meu pedido, certo? — ambos assentiram. — O que eu faço então? O que eu faço com esse tempo todo?

— Você vive — respondeu Carter. — Você vai em frente com a vida que tem, as oportunidades que recebe. Você quer sua alma. Você quer Seth. Se estiver dentro do seu alcance conquistar essas coisas, vá em frente. Se não, aceite e tente descobrir o que mais você deseja.

— Tem um problema nisso que você disse. Parte do meu futuro próximo já foi decidido por mim. Eu preciso ir pra Las Vegas.

— O que você quer fazer lá? — instigou Carter.

— Ser feliz... Se possível — eu sabia que estava sendo melodramática, mas não conseguia evitar. — Se preciso morar lá, queria ter a oportunidade de ter uma vida feliz que *eu* criasse. Não uma vida falsa que o Inferno tivesse feito sob medida. — Pensei mais um pouco a respeito. — Queria descobrir se o Bastien é meu amigo em primeiro lugar e servidor do Inferno em segundo.

— Pronto — disse Carter. — Comece por aí. Concentre-se no que você pode controlar.

— Gostaria de ajudar a família do Seth também — acrescentei, empolgada. — Já estou tentando fazer algo pela mãe dele, mas antes de ir quero fazer tudo que puder. Mesmo se o Inferno deixar a Andrea em paz, não sabemos o que vai acontecer. Mesmo se o Seth decidir que não quer me ver nunca mais, ainda me preocuparei com eles. E eles precisam de algumas coisas.

— De fato. A coleção de pôneis tá longe de estar completa — considerou Carter. Quando ousei encará-lo, vi que o anjo sorria para mim. — Tá vendo? Você não tá perdida. Não importa o que aconteça, você tem um plano. Ainda há esperança.

— Você me disse isso uma vez... Não importa o que aconteça, sempre há esperança. Você ainda realmente acredita nisso? — perguntei.

Carter encheu as taças.

— Sou um anjo, Georgina. Eu não teria dito se não acreditasse.

— E apesar de você estar aconselhando planos de contingência, acredita que eu consigo sair dessa, não? — pressionei. — O que você sabe que eu não sei?

— A essa altura do campeonato? — ele admitiu. — Não muito mais do que você. A única diferença é que tenho mais fé em você do que você mesma.

— Você é um anjo — sublinhei, jogando com as palavras dele. —Você não tem fé em todo mundo?

— É aí que você se surpreende — ele riu. — Tenho fé mais em uns do que em outros. E você? Sempre fui um dos seus maiores fãs. Se não acredita em mais nada, acredite nisso.

— Tim-tim — disse Roman, levantando a taça. — Pela fé e pelo novo ano.

Batemos os copos. Cruzei o olhar com Carter. Ele piscou. É o suficiente? A fé dele. Eu havia percebido que o que ele fizera na casa dos Mortensen tinha sido algo poderoso. Ter um anjo para dizer que acredita em você é igualmente monumental. Mas eu não estava lutando contra um adversário comum. Eu lutava contra o Inferno, a única força pau a pau com o Céu.

Sempre fui um dos seus maiores fãs.

Logo descobriria se isso era o suficiente. Por enquanto, viraria a taça e tentaria ter esperança.

Capítulo 17

Apesar de meu sofrimento por Seth, eu estava pronta para a tempestade. Na época, não tinha me dado conta, mas, quando acordei no dia primeiro com dor de cabeça por causa do vinho, aceitei a verdade chocante: eu estava desafiando o Inferno.

Quem faria uma coisa dessa? Ninguém, essa era a verdade. Meus amigos insinuaram isso, e eu certamente tinha muitos mitos e toda a cultura popular para me ensinar sobre o fútil sonho humano de passar a perna nas intenções do Inferno. Minha própria experiência era um respaldo também. Eu tinha entregado minha alma *para toda a eternidade*. Isso não me dava muito espaço para manobra. Ainda assim, apesar de tudo que eu já vira e de todas as pessoas que o Inferno detonara, ali estava eu, ousando dizer que o Inferno não tinha posse de minha alma, nem da de Seth.

Eu esperava ter notícias imediatas. Esperava o maior alvoroço, talvez na forma de Jerome surgindo no meu apartamento, em toda a sua glória de enxofre, me ameaçando pela impertinência. No mínimo, esperava uma carta-resposta do Inferno, algo do tipo: *Agradecemos seu contato. Responderemos em torno de quatro a seis semanas.*

Nada. O dia primeiro passou tranquilamente. E o segundo também. Continuei minha rotina de empacotamento e preparação para mudar para Las Vegas, ao mesmo tempo que guardava o fôlego para O Próximo Grande Passo.

Tinha certeza de que algo aconteceria na semana seguinte, quando o aguardado torneio de boliche teria lugar. No cara e coroa, Jerome ganhara; ou seja, a partida seria em Seattle. Escapamos de uma viagem até Portland. Pelo senso de justiça, Nanette escolheria o recinto. Em vez de nosso Burt's, escolheu um lugar mais chique, perto do *shopping* onde eu tinha trabalhado.

Não vira o Jerome desde que dera entrada com a petição e já estava preparada para enfrentar sua fúria. Eu não saberia dizer se os imortais inferiores de Nanette tinham conhecimento do pedido, mas ela, com certeza, sim. Ela e Jerome eram rivais, de certo modo, mas, no fim das contas, ambos tinham compromisso com a vitória do Inferno. Eu queria vencer o Inferno e não seria surpreendente que ela compartilhasse da raiva de Jerome.

— Boa sorte — Roman me disse, enquanto eu me preparava para sair de casa. — Lembre-se de prestar atenção nas suas passadas.

Suspirei.

— Queria que você fosse junto.

Ele deu um sorrisinho.

— Eu também. Todo o esforço... E nem vou poder assistir ao exame final dos meus alunos.

Roman consegue esconder sua assinatura nefilim dos imortais superiores, mas considerando como sua raça é perseguida, achamos melhor ele ficar longe enquanto Nanette estivesse na cidade. O acordo de Jerome que permite a permanência de Roman é duplamente incomum e perigoso. Se outro arquidemônio descobre a verdade, tanto Roman quanto Jerome entram numa enrascada.

— Tô com medo do Jerome — confessei.

— Não fique — Roman se aproximou e pousou a mão sobre meu ombro. — Você não tá fazendo nada de errado. Eles fizeram. Você é forte, Georgina. Mais forte do que eles, mais forte do que o Inferno.

Apoiei a cabeça nele.

— Por que você é tão legal comigo?

— Porque o Carter não é seu único fã — quando olhei para cima, vi os olhos verdes de Roman extremamente sérios. — Você é uma mulher notável, por sua própria natureza. Esperta. Engraçada. Atenciosa. Mas o mais incrível é que é tão fácil de subestimar. Eu fiz isso quando te conheci, sabia? E agora o Inferno é que tá fazendo. Não importa a reação ao pedido, garanto que a maioria duvida que você tenha chance. Mas você vai provar o contrário. Vai fazer o impossível. E eu estarei lá para te ajudar, o máximo que eu puder.

— Você já fez o suficiente — eu disse. — Mais do que o suficiente. Mais do que eu teria tido coragem de pedir. Agora você precisa relaxar e deixar que eu faça... Bom, seja lá o que eu tenho que fazer.

— Georgina, você precisa saber de uma coisa... — a expressão dele ficou perturbada.

— O quê? — perguntei. — Ai, meu Deus. O Jerome te contou alguma coisa, não foi?

— Eu... — ele mordeu o lábio, depois balançou a cabeça. Seu semblante acalmou-se. — Esquece. Só vou te deixar preocupada sem necessidade. Concentre-se no boliche hoje, ok? Mostra praquele pessoal de Portland que... Porra, sei lá. Que você é uma força poderosa do boliche.

Dei risada e o abracei rapidamente.

— Vou ver o que posso fazer. A gente conversa quando eu voltar, ok? Tome uns drinques.

Sabia que ele tinha algo importante a me contar, não adiantou ter tentado esconder.

— Ótima ideia. Boa sorte.

Quando cheguei ao boliche, Peter quase desmaiou de alívio ao me ver. Acho que ele estava com medo de eu aparecer sem a camisa dos Roladores Profanos. De algum jeito, o Inferno deixou todos os demais frequentadores do outro lado das pistas. A outra metade estava vazia, exceto pelas duas pistas ocupadas por meus colegas. Fui a última a chegar e me aproximei com receio, incerta de como seria minha recepção.

Jerome estava confortavelmente esparramado numa cadeira, que apesar de estar em melhor estado que as do Burt's, não merecia a pose de trono. Nanette sentava-se a sua frente, igualmente majestosa. Seu cabelo loiro claro estava preso em um penteado elegante, dando-lhe um ar de Grace Kelly. Seu vestido tubinho azul-claro fazia par com um cardigã cinza macio — a inocência do conjunto contrastava com o desnecessário óculos de sol vampiresco.

— Ah, Georgie — cumprimentou Jerome —, bem na hora e vestindo o uniforme — em sorriso meia-boca para Nanette. — Pronta para um pouco de humildade?

— Da sua parte? — ela perguntou. — Sempre.

Nenhum dos dois me deu mais atenção do que aquela normal para quem chega por último antes do jogo. Nenhuma menção ao contrato, nem à minha petição. Olhando em volta para ver quem mais estava lá, notei que Mei também viera para assistir ao espetáculo. A demônia vestia preto "corporação" dos pés à cabeça, combinando com seu cabelo preto desfiado e delineador pesado. Apenas os lábios vermelhos adicionavam cor à paleta. Ela com certeza sabia sobre minha situação, mas, como seus superiores, nem me deu bola.

Não contava com isso, mas Carter foi também. Nanette e seus associados ficaram obviamente incomodados. Embora todos os imortais superiores, anjos ou demônios, tenham em comum certa apatia à imortalidade e ao Grande Jogo, poucos são capazes de se dar tão bem quanto Carter e Jerome. O relacionamento deles é único; Nanette obviamente não nutria nenhum sentimento de camaradagem pelo anjo. Enquanto eu recebia pouca atenção por ser inferior, Carter era ignorado como se nem existisse.

Ele sorriu rapidamente para mim enquanto eu me sentava; os olhos cinza se divertindo. Ele sentava-se com meus amigos, completamente à vontade, enquanto o time de Nanette o olhava com cautela. Torci para que a presença dele atrapalhasse o jogo dos adversários. Eles eram quatro, como nós, porém tinham arrastado o demônio-tenente de Nanette, Malachi, para o time. O resto era composto por uma súcubo chamada Tiara, e um demônio inferior, o Roger, além do vampiro V.

— É V de quê? — perguntei.

O visual deles era bem impressionante, com camisetas de um vermelho-escuro bordadas em preto brilhante, que dizia O DIABO QUE TE CARREGUE, nas costas.

— Isso não é nome de time — cochichou Peter em desaprovação. — E esses brilhos são bregas.

Como a nossa, a camisa era do modelo básico de botões, com o nome de cada um na frente. Apenas a do Malachi era diferente, pois trazia a palavra *Capitão*. Supus que ele precisasse deixar claro seu *status* sobre os imortais inferiores. Eles eram atléticos e sinistros; nós, na camisa azul-bebê, apenas fofos e engraçadinhos.

Uma garçonete trouxe drinques, e assim que Jerome pegou um copo de uísque, considerou tudo pronto para começar. Eu bem que queria um ou dois drinques de vodca com limão, mas achei que não seria a melhor ideia. Nada a ver com solidariedade ao time ou estragar o jogo. Quando rodeada por imortais desconhecidos e provavelmente não confiáveis, é sempre uma boa ideia ficar com a cabeça no lugar. E quando se está no radar do Inferno por causa de dissenso, é uma ideia *excelente*.

Com a minha sorte de sempre, acabei tendo que começar. Com todas as minhas preocupações com Seth e os contratos, minha mente não estava exatamente concentrada nas boas instruções de Roman, mesmo assim fiz esforço para me lembrar do treinamento. Acabei acertando sete, depois dois. Não foi o melhor, mas com certeza também não o pior. Meus colegas comemoraram ferozmente, em parte porque Peter tinha nos mandado um *e-mail* gigante sobre "palavras de incentivo", mas também porque, pelo nosso histórico, nove não é nada mal.

Tiara foi em seguida, e quando ela pegou a bola, Cody cochichou para mim como ela tinha brigado com a gerência, pois queria usar salto alto na pista. Aparentemente, ela concedera aos sapatos de boliche apropriados, mas, a não ser que a indústria do boliche tenha começado a seguir a moda, ela usou a mudança corporal para eles combinarem com seu gosto. Eram dourados com pedrarias incrustadas.

No entanto, eles não eram a pior parte de sua roupa. Quem ganhou o título foi a própria camisa do Diabo que Te Carregue. Certeza que ela deve ter encolhido umas três vezes desde que cheguei. Os botões que ainda permaneciam fechados estavam prestes a explodir. Recuei quando todo aquele decote passou na minha frente e quis cobrir meus olhos quando ela chegou na pista e se abaixou desnecessariamente demais, de modo que todos tivessem uma visão completa de sua bunda. Os *jeans* tão apertados quanto a camisa.

— Isso não faz parte das regras — declarou Peter. Ele a estudou criticamente por alguns momentos. — Acredito que ela esteja tentando nos distrair.

Eu zombei:

— Cê acha?

— Ei! — Peter deu uma cotovelada em Cody e Hugh que, julgando por suas bocas escancaradas, não tinham sacado o truque da Tiara tão prontamente quanto a gente. — Foco. Lembrem-se de por que estão jogando: a boa vontade do Jerome.

— Olhar não é pecado — comentou Hugh. — Além disso, impossível ela acertar qualquer coisa com...

Suas palavras foram cortadas pela jogada de Tiara. A bola se chocou com os pinos, derrubando todos. Com um sorriso cínico e muito requebrado, ela desfilou orgulhosa até sua cadeira.

— Merda — disse Hugh.

— Pronto pra se concentrar? — perguntou Peter.

O demônio balançou a cabeça, ainda admirado.

— Não acho que vai fazer diferença se todos jogarem assim.

— Não é possível *todos* jogarem assim — retrucou Cody, sem muita segurança.

Notando nossa consternação, Tiara nos lançou um sorriso cheio de *gloss*.

— A gente pode desistir do jogo agora, se quiserem. Vamos pro hotel farrear — ela jogou os cachos com luzes sobre um ombro, depois olhou para mim. — Eu posso te dar umas dicas de estilo, se quiser.

— Ai, meu Deus — murmurei. — Por isso odeio outras súcubos.

Eu quase dei crédito ao Inferno por ter encontrado a única súcubo legal em Vegas, mesmo sendo parte de um esquema.

Tiara logo se tornou a menor de nossas preocupações conforme cada membro do time adversário fazia uma jogada. *Strikes* e *spares* para dar e vender, logo ultrapassando nosso *mix* de *spares* erráticos e... Seja lá o que Peter conseguisse. Conforme o jogo caminhava, olhei para Jerome e vi que seu sorriso sumira, bem como seu bom humor convencido. Pelo menos eu tinha certeza de que não tinha nada a ver com meu contrato.

V provou ser o mais impressionante. Em todas as suas jogadas, ele caminhava sem hesitação, sem nem pausar ou mirar, e conseguia *strikes* todas as vezes. *Todas as vezes*. Ele também não abria a boca para falar nada.

— Como ele faz isso? — exclamou Cody. Ele olhou para Carter, que assistia a tudo se divertindo em silêncio. — Ele tem algum tipo de poder?

— Nenhum ilícito — disse Carter. — Somente um talento divino... Ops, infernal.

Eu não tinha me preocupado com a possibilidade de o outro time roubar ou Nanette ajudar. Sabia que Jerome ficaria de olho nisso, e a presença angélica de Carter era uma garantia contra atividades desonestas. Mas suas palavras mexeram comigo.

— Claro — murmurei. — Ele só está usando o que tem: sentidos e reflexos superiores — por isso parecia que nem mirava. Ele provavelmente mirava; mas era muito, muito rápido. Virei-me para Cody e Peter. — Por que vocês não conseguem fazer isso?

Silêncio.

— O Cody é nosso melhor jogador — notou Hugh.

— Verdade — admiti. Cody tinha aprendido muito rápido, e suponho que a diferença entre as habilidades dele e as de V era apenas questão de experiência. — Mas e o Peter?

Ninguém tinha resposta, muito menos o Peter.

Cody havia se inspirado em V e na percepção de que ser vampiro deve fornecer habilidades naturais. A já sólida performance de Cody melhorou; queria que Roman tivesse visto. Mesmo assim, não foi o suficiente para salvar o primeiro jogo. Perdemos feio. Mas Jerome e Nanette tinham combinado "melhor de três", ou seja, ainda tínhamos duas chances de redenção. Não sabia bem o que achar disso. Jerome tornava-se cada vez mais intempestivo, então fiquei feliz em pensar que poderíamos acalmar sua fúria.

Por outro lado, não me importaria de acabar logo com aquilo. O diabo que me carregasse, mas eu estava cada vez mais irritada com o outro time. Tinha certeza de que a roupa de Tiara ficava cada vez mais apertada e insinuante. Embora nunca falasse, a expressão convencida de V demonstrava níveis de condescendência que palavras não seriam capazes de expressar.

No entanto, nenhum dos dois era tão horrível quanto Roger, o demônio. Toda vez que ele conseguia um *strike* ou *spare*, comemorava a vitória com alguma frase de efeito, tipo "Ripa na chulipa!" ou "Bola na rede é gol!". Às vezes, eram coisas completamente sem sentido, por exemplo "Nada se cria, tudo se copia!". Quando começou a citar trechos de música, no começo do segundo jogo, achei que ia perder as estribeiras.

Cody me cutucou.

— Ele tá ficando cansado. A Tiara também.

Olhei para o placar. Era uma mudança mínima, mas os dois faziam menos *strikes* e *spares* e às vezes nem isso. Malachi continuou bom, e V, implacável. No nosso time, Peter e eu não mudamos, mas Cody continuou — com sucesso — a testar suas habilidades de vampiro. Hugh também melhorava um pouco, um fenômeno que vimos no treino. Era como se o demônio precisasse se aquecer para lembrar como evitar a tendência de jogar a bola em curva.

Troquei olhares com Cody.

— Não sei se é o suficiente.

— Você foi melhor no treino — ele me disse com gentileza. — Sei que tá passando por muita coisa, mas tente imaginar o Roman aqui. O que ele diria. Depois olha pra cara do Jerome e diga se não quer que a gente vença.

Eu realmente não me importava com o orgulho de Jerome, mas com o bem-estar de meus amigos, sim. Sabia que a felicidade deles é inversamente proporcional à infelicidade de Jerome. Suspirando, respondi com um aceno de cabeça resoluto e tentei melhorar meu jogo, procurando em meu cérebro as palavras sábias que Roman tinha pronunciado nos últimos quinze dias. Admito: não prestei tanta atenção quanto deveria.

No entanto, tive um estalo. Longe de algo profissional, mas eu, Cody e Hugh começamos a acompanhar o ritmo do time de Nanette. Foi tão sutil e gradual que quando ganhamos por dois pontos, todos — inclusive nós mesmos — mal podiam acreditar. Encaramos o placar em um estupefato silêncio. Apenas Carter conseguiu pronunciar algo:

— Mais vale um na mão do que dois voando — ele disse para Roger com um floreio.

— Isso não faz sentido nenhum — retrucou Roger.

Carter apontou para o placar.

— Nem aquilo, mas ali está.

A elegante compostura de Nanette foi para o brejo. Eu não sabia dizer se ganhar do Jerome era tão importante ou se o pessoal de Portland leva boliche muito a sério, mas ela imediatamente exigiu uma pausa de cinco minutos. Observamos quando puxou o time para o outro lado da pista e deu um sermão. Julgando pelos movimentos selvagens com a mão e os ocasionais impropérios, não parecia um sermão benevolente. Dei uma olhada em Jerome, que parecia ainda não acreditar.

— Algum sábio conselho, chefe? — perguntei.

Ele considerou.

— Sim: não percam.

Cody já estava pendurado no braço de Peter.

— Você tem que se esforçar pela gente. A gente mal venceu agora, e ela tá tocando o terror neles. Só isso já vai dar uma melhorada no time. Se você puder... Sei lá. Fazer mais *splits*. Fazer qualquer coisa. A gente pode vencer, mas precisa de você.

Peter jogou as mãos para o alto.

— Você não acha que eu faria se conseguisse?

Quando Nanette e seus amigos voltaram, mostraram uma nova estratégia: xingamentos. Todas as vezes que um Rolo Profano ia jogar, recebia uma serenata de insultos, desde sobre a aparência até a habilidade ou o uniforme. Insultar a camisa provocava Peter, e Tiara sacou logo.

— Você comprou isso no brechó? Ah, espera, eles escolhem as roupas antes de botar à venda. Nunca iam aceitar uma merda dessa.

"Qual é a dessa cor? Parece devolução do chá de bebê.

"Se essa porcaria de camisa diz 'Rolos Profanos', vocês não deveriam pelo menos *rolar* a bola? Isso aí foi mais uma jogada de peteca."

Peter ouvia tudo em silêncio, mas ficava cada vez mais agitado. Hugh fez uma careta e se aproximou de mim.

— Ela nem é engraçada. Esperava coisa melhor de uma súcubo.

— Pelo menos o Peter não tá indo pior — eu disse. — Ele apenas tá inventando jeitos novos e curiosos de fazer *splits*.

— Os quais não vão nos salvar... — comentou Cody, tristonho.

Verdade. Estávamos empatando, mas com dificuldade. Com o jogo já pela metade, ficou claro que perdíamos a mão. Jerome com cara de puto de novo; Nanette confiante.

— Vamos lá, gente — disse Carter, quem eu não esperava se transformar em líder de torcida. — Vocês conseguem. São melhores do que eles.

Contudo, não foi o entusiasmo do jogo que mudou o rumo da partida.

V finalmente falou. Peter tinha acabado de lançar a bola e incrivelmente derrubara quatro pinos, deixando um *split* de três num formato impossível. Ficamos chocados.

— Você é o pior vampiro que eu já vi — disse V, com olhos arregalados para os pinos.

Não sei o que aquelas palavras conseguiram que nem nossa torcida nem as tiradas sobre moda de Tiara tinham alcançado. Mas, de repente, Peter se tornou um vampiro. E não qualquer vampiro. Um vampiro que jogava boliche.

Daquele ponto em diante, só *strikes*. Como V, ele nem pausava. Simplesmente jogava, deixando o trabalho para os seus reflexos vampirescos. Ele logo ultrapassou todos do nosso time em habilidade, até Cody. Na verdade, seu único páreo era V.

Mas foi o suficiente, e, de algum modo, contra todas as apostas, vencemos a terceira rodada. Hugh, Cody e eu explodimos em comemoração e fizemos um "toca aqui" com Carter. Peter, estoico, olhou o outro time com frieza.

— De grão em grão a galinha enche o papo — disse para Roger.

Para Tiara, falou:

— Esse tom de vermelho faz você parecer uma prostituta com malária.

Para V, Peter não disse nada.

Imediatamente, Jerome e Nanette começaram uma discussão constituída por argumentos bizarros sobre como era injusto termos dois vampiros num só time e como o certo seria melhor de cinco. Jerome retrucava, alegre. Estava tão convencido com a vitória que parecia que ele tinha feito cada jogada. A consternação de Nanette era a cereja no bolo.

— Bem — ele disse a certa altura —, a gente até poderia ter mais dois jogos, mas seu time parece acabado. Talvez depois que eles tenham um tempo para se recuperar física e mentalmente, possamos...

Jerome parou e virou a cabeça, como se estivesse ouvindo uma música audível apenas para ele. Em seguida, fez uma cara esquisita.

— Merda.

— O quê? — perguntou Nanette, percebendo que outra coisa nada a ver com boliche prendera sua atenção. Ao meu lado, Carter paralisou.

— Preciso ir — avisou Jerome.

E foi. Simples assim, o demônio sumiu. Virei a cabeça para os lados, não vi nenhum humano por perto. Sorte que o lugar estava deserto. Mesmo assim, teletransporte em público não é algo normal para um imortal superior. Mesmo demônios irreverentes sabem ser discretos entre humanos.

— Bom — comentou Nanette —, parece que não se fazem mais bons ganhadores. Espírito esportivo está em extinção.

Achei forçado da parte dela, ainda mais após todo xingamento que a gente sofreu. Na verdade, logo depois todos começaram a discutir entre si, cada um jurando para Nanette que a culpa pela derrota era do outro.

— Georgina — disse Carter, chamando minha atenção, sem o sorriso da vitória —, acho melhor você ir pra casa.

— Por quê? — perguntei. — Vamos comemorar — pela primeira vez, desde a briga com Seth, eu senti vontade de me divertir com os amigos. — A gente precisa ligar para o Roman.

— Vamos para o meu apê — sugeriu Peter. — Eu monto um prato de aperitivos num segundo.

— Tudo bem, tudo bem — concordou Carter, olhando de escanteio para Mei. Ela ainda estava sentada, observando todas as conversas ao mesmo tempo. — Mas vamos embora. Eu teletransporto todo mundo no estacionamento.

Tentei protestar, mas Carter insistia em levar todo mundo. Minutos depois, meus colegas de time e eu nos dirigíamos para o estacionamento, ainda nos gabando da vitória e de como Peter era o herói incontestável da noite.

— Georgina?

Congelei. Ali, perto do meu carro, Seth. Mesmo sob as fortes luzes do estacionamento, tudo nele era suave e convidativo. O cabelo bagunçado. O jeito como estava parado com a mão no bolso. Um pedacinho da camiseta do A Flock of Seagulls surgindo por baixo do casaco de flanela.

— O que você tá fazendo aqui? — perguntei, dando alguns passos a frente. Meus amigos pararam, incertos, atrás de mim. Todos sabiam sobre a situação complicada do meu relacionamento com Seth e observavam com cautela.

Seth olhou para eles e depois para mim.

— Eu... Eu quero conversar com você.

— Não foi isso que disse da última vez — retruquei.

As palavras duras saíram antes que eu pudesse impedir. Sabia que deveria agarrar a chance de conversar, aproveitar a vontade dele, mas meu lado magoado reagiu primeiro.

— Eu sei — ele disse. — Eu provavelmente não mereço. Mas... Andei pensando em muitas coisas, e tem toda uma doideira rolando que eu não tô entendendo. Tipo, minha mãe se mudando pra sua casa? E você sabe por que não para de aparecer pôneis na casa do Seth?

— Por que vocês não vêm pra casa e conversam lá? — sugeriu Peter. — Vai ser mais fácil com homus e vinho.

Encarar Seth fez meu coração doer. Podia estar acontecendo o que Carter comentara no ano-novo, sobre como Seth e eu ainda daríamos um jeito de ficar juntos. Engoli em seco, por medo e ansiedade.

— Acho que me encontro com vocês depois — avisei. — O Seth e eu precisamos conversar antes.

— Georgina — chamou Carter, ansioso —, você precisa...

O carro surgiu do nada, e, considerando como as coisas ocorrem no meu mundo, pode ter sido literalmente isso. Só sei que, num instante, estava todo mundo de pé no estacionamento escuro; no outro, um carro acelerou na nossa direção. Ou melhor, na minha direção. Não pude distinguir marca ou modelo, muito menos o motorista. E eu provavelmente não o reconheceria. Tudo que vi foram faróis se aproximando com rapidez, na direção de onde eu estava parada, num espaço entre meus amigos e Seth.

Quando o carro me pegou, houve um momento de dor intensa, que irradiou por todo o meu corpo. Depois, não senti mais nada. Minha visão se alterou, e eu tive a sensação surreal de estar olhando de cima para meu corpo esparramado no chão, enquanto meus amigos corriam para mim, e o carro ia embora acelerando. Alguns tentavam falar comigo, outros ligavam para o socorro. Alguns conversavam entre si.

A cena começou a se dissolver na minha visão, desaparecendo na escuridão. E não apenas a cena. Eu. Eu estava dissolvendo. Perdendo toda a minha substância. Eu me tornava nada.

Porém, conforme eu desaparecia, conforme o mundo desaparecia, eu ainda ouvia as últimas palavras que meus amigos pronunciaram antes de suas vozes também desaparecerem.

— Georgina! Georgina! — Este era Seth, dizendo meu nome como uma prece.

— Ela não está respirando — disse Cody. — E sem pulsação. Hugh! Faz alguma coisa. Você é médico.

— Não posso — ele respondeu em voz baixa. — Está além da minha capacidade. A alma dela... A alma dela não tá aqui.

— Claro que tá! — exclamou Cody. — As almas ficam com os imortais.

— Não nessa situação — explicou Hugh.

— Do que você tá falando? — perguntou Seth, sua voz falhava. — Carter! Você consegue curar ela. Você consegue curar tudo. Tem que salvar ela.

— Também está além de mim — disse Carter. — Sinto muito.

— Ainda há uma coisa... Que você pode fazer — afirmou Hugh. — Uma coisa que você tem que fazer.

— Sim — concordou Carter, tristemente. — Eu vou buscar o Roman.

E então todos sumiram.

Eu sumi.

Capítulo 18

A escuridão clareou na forma de rodopios coloridos. Cores que por fim se tornaram linhas e formas à minha volta. Observei o mundo se formando e logo senti algo sólido sob meus pés. Meu próprio corpo adquiria substância, a claridade e sensação de vazio desaparecendo. Sensação e movimento voltaram para mim. Por meio segundo, achei que tudo que acontecera no estacionamento tivesse sido fruto da imaginação.

A sensação de algo *errado* me abateu com força.

Primeiro, enquanto piscava recuperando o foco, ficou óbvio que eu não estava mais no boliche. Era um cômodo com teto em redoma e sem janelas. Parecia um tribunal, com júri e mesa para o juiz. A decoração toda feita em preto: mármore negro com veios vermelhos na parede, e no chão molduras de madeira escura, cadeiras de couro preto. Tudo elegante e moderno, limpo e estéril.

A segunda coisa que notei é que meu corpo não era o mesmo de antes. Minha perspectiva do mundo era de uma altura bem maior. O peso dos meus membros e músculos parecia diferente também, e eu usava um vestido simples de linho em vez de minha camisa do Rolos Profanos. Embora eu não me enxergasse por inteiro, tinha uma boa ideia de que corpo carregava: o meu primeiro. O mortal. O corpo no qual nascera.

Mas não era o corpo nem a sala que davam a sensação de algo tão errado. Eram coisas surpreendentes, claro, mas nada a que não pudesse me adaptar. O errado não era tangível. Era mais algo no ar, uma sensação que me permeava por todos os poros. Mesmo com a abóbada, o local parecia abafado e claustrofóbico, como se o ar não circulasse. E embora não houvesse nenhum odor, só pensava em estagnação e podridão. Minha pele coçava. Senti-me sufocada pelo calor, pela umidade — no entanto, com frio até os ossos.

Era o Inferno.

Nunca tinha estado lá, mas não é difícil reconhecer.

Sentada numa mesa do lado esquerdo da sala, estava diante da mesa do juiz. Atrás de mim, separado por uma balaustrada, o auditório. Virei-me para espiar. De repente, pessoas começaram a se materializar. Era um grupo heterogêneo: homens, mulheres, todas as raças e estilos de roupa. Alguns pedantes e limpos como o tribunal. Outros pareciam ter se arrastado para fora da cama. Não havia uniformidade. Nem auras imortais para me dar uma dica, mas apostaria que eram todos demônios.

Um murmúrio começou a preencher a sala, um zumbido mais assustador do que o silêncio que me recebera. Ninguém fala comigo, mas muitos pares de olhos me observam com repúdio. Não tinha reconhecido ninguém ainda e me senti vulnerável e amedrontada. Uma cadeira vazia ao meu lado, especulei se alguém se juntaria a mim. Eu teria direito a um advogado para essa... Seja lá o que isso fosse. A parafernália era de um tribunal comum, mas eu não esperava que o Inferno fosse sensato ou previsível. Honestamente, não tinha ideia do que iria acontecer. Sabia que tinha a ver com meu contrato, mas Hugh não fora muito específico quando disse que meu caso seria "revisado".

Havia uma mesa do lado direito do tribunal, igualzinha à minha. Um homem de cabelo grisalho e bigode comprido sentou-se ali, depositando uma maleta sobre a mesa. Trajava terno inteiro preto — inclusive a camisa — e parecia mais um dono de funerária do que um promotor, o que supus que ele fosse. Como se percebendo meu escrutínio, me olhou com olhos tão escuros que não era possível dizer onde a pupila terminava e a íris começava. Eles enviaram outro calafrio para minha espinha. Mudei meu chute sobre o homem. Dono de funerária? Estava mais para carrasco.

Quando o auditório ficou quase cheio, uma porta lateral se abriu. Doze pessoas se dirigiram ao júri. Prendi o fôlego. Ainda não sentia nenhuma aura imortal na sala. Talvez ela não fosse necessária no Inferno ou talvez, com a presença de muitos imortais, elas causassem incômodo. Apesar disso, assim como eu sabia dizer que todos da audiência eram demônios, tinha certeza de que todos os jurados eram anjos. Estava em seus olhos e sua postura. Eles têm um jeito de se portar completamente diferente, apesar de naquele momento estarem com o mesmo estilo de roupa dos outros. Além disso, os anjos pareciam conscientes da mesma sensação ruim que eu sentia. Eles olhavam para os lados, desgostosos. De primeira, achei meio loucura anjos no Inferno, mas depois me dei conta de que, diferentemente do Céu, não havia portões ou barreiras ali. E diferentemente dos mortais, anjos têm a capacidade de ir embora quando bem entenderem. Facilita reuniões de negócios como essas. Mesmo assim, fiquei aliviada por vê-los. Se iam se envolver no meu caso, com certeza teriam empatia por mim.

Inclinando-se sobre a mesa, o demônio promotor, com seus olhos negros, me disse em voz baixa:

— Não conte com a ajuda deles.

— Como é? — perguntei.

Ele acenou com a cabeça na direção dos jurados.

— Os anjos. Eles têm um senso de justiça afiado, mas também não nutrem simpatia pelos que venderam a alma. Acreditam que você tem que arcar com as consequências: fez a fama, deita na cama. Essa raça de bastardos pretensiosos.

Voltei-me para o júri e senti um nó formando-se no estômago. Alguns dos anjos me analisavam, e apesar de não haver desprezo descarado em suas expressões, como nos demônios, senti a condescendência e o desdém. Não via simpatia em parte alguma.

Com tanta conversa na sala, já cheia, seria difícil distinguir uma voz — mas consegui. Talvez porque ela tivesse se tornado tão familiar nos últimos dez anos, e eu tivesse me habituado a levar um susto toda vez que a ouvia. Tirando os olhos do júri, procurei até encontrar o dono da voz.

Como previsto, Jerome acabava de entrar no tribunal. Mesmo no Inferno, ele continuava com o disfarce de John Cusack. Mei o acompanhava, e foi a conversa dos dois que me chamou a atenção. Eles se direcionavam a algumas cadeiras na frente da sala, do lado oposto ao meu, que presumo estivessem reservadas para eles. Uma sensação de alívio atravessou meu peito. Finalmente, rostos conhecidos. Abri minha boca para falar, para chamar Jerome... E então ele me avistou. Parou de andar, encarando-me com um olhar que perfurou meu coração. Então, sem dizer nada, virou-se e continuou a conversar com Mei. As palavras morreram em meus lábios. Sua frieza não deixava dúvida de que todo o sossego no boliche fora falsidade.

Jerome não estava do meu lado.

E, se a minha mesa vazia fosse indicação de algo, ninguém estaria.

Um cara num terno bem mais alegre que o do promotor entrou pela frente e pediu ordem no tribunal. Ele anunciou a entrada do juiz Hannibal, cujo nome, em outras circunstâncias, teria sido hilário e absurdo. Todos ficaram de pé; eu imitei. A demonstração de respeito me pegou de surpresa. A aderência ao procedimento, não.

O juiz Hannibal entrou por uma porta oposta ao júri. Por um momento, pensei: *Que jovem*. Depois, me dei conta de que pensava como humana. Ninguém naquela sala — exceto eu — usava sua forma real. Todos eram seres de idade incalculável. A aparência de surfista loiro de vinte poucos anos era apenas fachada.

Ele exibiu um sorriso enorme para todos; dentes brancos contrastando com a pele bronzeada. Vasculhou uns papéis à sua frente.

— Beleza — ele disse —, então o que... Temos uma disputa de contrato com um súcubo? Letha? — ele me procurou, como se fosse uma grande dificuldade. Ao me avistar, assentiu para si mesmo. — Quem é o promotor? Você? Marcel?

— Sim, meritíssimo — respondeu o demônio de terno escuro.

O juiz Hannibal riu.

— Agora ficou ainda mais injusto do que já estava — voltou-se para mim. — Você tem um advogado, querida?

Engoli em seco.

— Ãhn, não. Acho que não. Eu deveria? Tenho esse direito?

Ele deu de ombros.

— A gente pode arrumar um demônio inferior se você não quiser fazer autodefesa. Ou podemos invocar algum que você tenha em mente.

Ao mencionar demônio inferior, o nome de Hugh imediatamente surgiu em minha mente. Eu nem pensava na história de defesa, só queria um rosto amigo. Seria fácil assim? Eu poderia simplesmente pedir, e eles trariam Hugh... ao Inferno? Assim que pensei nisso, descartei a ideia. Ele já tinha arriscado tanto por mim. Como eu poderia pedir para ele se posicionar contra seus superiores, me defender de todos aqueles olhares frios? E o que ele ganharia com isso? Provavelmente mais problema se eu, de fato, ganhasse — o que não parecia provável, vide os comentários prévios do juiz Hannibal.

Estava prestes a dizer que faria minha autodefesa quando ocorreu uma explosão de luz no corredor ao meu lado. De medo, pulei — e não fui só eu. Um ciclone de luz prateada e branca se fundiu numa forma familiar e muito bem-vinda: Carter. Como para os outros, ir ao tribunal não mudava seu jeito de vestir — exceto pelo gorro de caxemira, presente meu no Natal do anterior. Encarando o juiz, Carter tirou o gorro e segurou-o à sua frente, numa tentativa de demonstrar respeito. Eu queria me jogar em seus braços e cair no choro.

— O que é isso? — indagou Hannibal. Aqueles que também tinham levado um susto se sentavam novamente.

— Desculpe — disse Carter amigavelmente. — Eu teria entrado da maneira normal, mas não sabia outro jeito de trazer o advogado dela.

Carter seria meu advogado? Esperanças renovadas até que, outra explosão de luz ao lado dele... E Roman surgiu.

Outro tipo de caos se iniciou. Subitamente, virei a estrela secundária do *show*. Indignação nas faces tanto de anjos quanto de demônios. Metade do público ficou de pé. Eu não presenciava nenhuma aura imortal, mas sentia a onda de energia irradiando de quase todos os indivíduos que andavam na direção de Roman.

— Nefilim!

— Destruam-no!

Com um linchamento prestes a ocorrer, Hannibal bateu o martelo. Foi como um trovão. Uma onda palpável de energia irradiou dele, quase derrubando a todos. A crescente magia da sala se dissipou.

— Sentem-se — ele gritou. — Não é hora nem lugar pra ninguém bancar o herói.

— Há um nefilim no tribunal! — protestou alguém nos fundos.

— Sim, sim, obrigado, seu sabichão — disse o juiz Hannibal. — E ouso dizer que vocês, mais ou menos uns cem, conseguem acabar com ele, caso não se comporte. Essa não é a questão. O negócio é: *por que* ele está aqui e *por que* não deveria ser imediatamente destruído? — as perguntas foram direcionadas para Carter.

— Ele é o advogado de defesa — respondeu Carter.

Hannibal levantou as sobrancelhas, verdadeiramente surpreso, nem sinal de seu convencimento de antes.

— Um nefilim?!

— Não há regras contra isso — afirmou Carter calmamente. — Qualquer imortal serve, certo?

Hannibal olhou desconfortavelmente para uma mulher, sentada numa mesa de canto, digitando sem parar em um *laptop*. Supus que ela fosse uma taquígrafa, mas aparentemente também atuava como uma espécie de consultora. Ela fez cara feia.

— Tecnicamente, é permitido — ela esclareceu. — Nossas leis não especificam.

— Mas especificam que qualquer pessoa escolhida pelo réu fica isenta de punição — observou Carter, astucioso como um advogado.

Um sorriso cruel surgiu nos lábios da mulher.

— Quem é convocado para atuar como advogado fica isento de punição durante o julgamento e quando voltam aos seus empregos habituais. Desconfio que essa... Criatura não faz parte do nosso quadro de funcionários.

O Inferno está mesmo cheio de boas intenções. Hugh tinha nos avisado para tomar cuidado com a formulação das frases, a menor confusão e o Inferno leva vantagem. Demorei um segundo para entender por que aquela cara de satisfação. Qualquer imortal pode ser advogado num caso do tipo. E, de acordo com o que ela tinha dito primeiro, ninguém poderia infligir nenhum mal a Roman enquanto ele fosse meu advogado, apesar da habitual reação imortal de querer destruir imediatamente um nefilim. Não haveria linchamento no tribunal. Aqueles convocados como advogados não poderiam ser punidos por suas atuações legais quando voltassem a sua atividade habitual, o que teria sido bom perceber quando pensei em convocar Hugh (apesar de saber que existe um milhão de maneiras sutis para um demônio aborrecido se vingar de alguém na surdina).

Mas Roman não tinha nenhuma ligação de trabalho com o Inferno, exceto um acordo extraoficial com Jerome, do qual certamente o arquidemônio alegaria desconhecimento total. Roman não poderia ser protegido quando "voltasse ao trabalho", pois não trabalhava para o Inferno. Assim que o julgamento terminasse, e ele saísse do papel de advogado, estava sujeito aos caprichos do Inferno.

— Bem — disse Hannibal, olhando para mim —, pelo menos esse caso vai ficar mais interessante. Claro, que seja. Você quer que o nefilim seja seu advogado?

Queria responder que não. Esperava que, se eu refutasse e Roman não se tornasse meu advogado, ele ainda ficaria livre da punição que o aguardava depois. Mas enquanto olhava para ele e Carter, uma terrível certeza me assomou. Não importava se Roman fosse ou não meu advogado. Ele não sairia vivo dali. Isso se refletia nos olhos dele quando me encarou. Quando Carter o trouxe, foi com uma passagem só de ida. Se eu não o aceitasse como meu advogado, simplesmente adiantaria o momento de sua morte.

Assenti e meu coração doeu ao selar seu destino.

— Ãhn, sim. Sim, meritíssimo. Eu gostaria de tê-lo como meu advogado.

Um murmúrio de reprovação ecoou no salão. Carter deu um tapinha encorajador nas costas de Roman e depois foi se sentar. Roman pegou a cadeira vazia ao meu lado. Ele era o oposto de Marcel. Não tinha maleta, nem mesmo um pedaço de papel, e ainda usava as roupas de antes: *jeans* e suéter.

— O que você está fazendo? — chiei, grata pelo barulho das outras vozes que abafavam meu comentário. — Isso é suicídio.

— Você não achou mesmo que eu fosse te abandonar, né? — ele perguntou. — Quem conhece esse caso melhor do que eu?

— Eles vão te matar quando acabar, caso eu ganhe ou perca.

Roman sorriu com o canto da boca.

— "Ninguém pode achar que falhou em sua missão neste mundo se aliviou o fardo..."

— Ah, cala essa boca — mandei, com medo de começar a chorar. — Você é um idiota. Não devia ter vindo.

— Você se lembra de nossa conversa sobre propósito e desígnio? — ele me perguntou, sem sorrir. — Bom, acho que essa deve ser a minha finalidade. Acho que é isso que estou destinado a fazer, Georgina.

— Roman...

Mas não houve tempo para mais conversa. O juiz Hannibal batia o martelo — dessa vez, *sans* trovão — tentando acalmar todos, ainda agitados com a ideia de um nefilim andando livremente em seu domínio.

— Chega, chega — ordenou Hannibal. — Sei que todo mundo tá muito chocado, mas deixa quieto. A gente se entende com ele depois. Senão vai ter mais drama no programa, vamos começar? — encarou os dois advogados.

— Estou pronto quando você estiver, meritíssimo — disse Marcel.

Roman assentiu.

— Vamos nessa.

Capítulo 19

E assim começou meu dia no tribunal.

Apesar de Hannibal continuar pedindo ordem, era óbvio que todo mundo ainda estava obcecado com a presença de Roman. Eu sabia que nefilins eram desprezados entre os imortais superiores, mas só naquele dia me dei conta de quanto. Tive um novo ponto de vista sobre por que Roman e os outros nefilins são tão obstinados em se vingar dos poderosos. Refleti se era bom ter um pouco menos de atenção ou se já estava condenada pelo tipo de companhia.

— Então — disse o juiz Hannibal. — Você tem uma queixa a respeito do seu contrato. Bem-vinda ao clube.

Risadinhas esparsas ecoaram pela sala.

Roman pigarreou, silenciando-as.

— Meritíssimo, temos mais do que uma "queixa". Temos provas de que o Inferno não somente violou o contrato como também redigiu outro sob falsas alegações.

— Isso é um absurdo — disse Marcel. — Não podemos examinar os contratos de todo mundo. Se alguém mais tem algum problema, que peça seu próprio julgamento.

— O outro contrato é com um ser humano que ainda está vivo — esclareceu Roman. — Ele não tem condições de entrar com a petição e está conectado à papelada que trouxe o contrato dela à corte.

Hannibal abanou a mão, desdenhoso.

— Bem, ainda nem provamos que há algo errado com o dela. Vamos ajustar isso antes de começar a fazer favor para os outros.

— Podemos ver o contrato dela? — pediu Roman.

— Doris? — Hannibal virou-se para a mulher com o *laptop*. Ela retirou uma pesada caixa de metal debaixo de sua mesa, aparentemente fechada com um cadeado numérico. Depois de consultar o computador, digitou uma longa série de números. Fumaça escapava pelas beiradas da caixa. Pouco depois, abriu e de lá tirou um pergaminho longo e ornamentado. Dirigiu-se ao juiz:

— Cópias?

— Sim, por favor — ele requisitou.

Doris repetiu o procedimento mais duas vezes. Inclinei-me para Roman:

— Como isso funciona? — sussurrei. — Não tem uma ordem? A acusação não vai primeiro?

— Talvez num tribunal americano — ele cochichou de volta. — Aqui? Todo mundo argumenta do jeito que pode, e cabe ao juiz manter a ordem.

Surpreendente. Considerando a obsessão com detalhes do Inferno, eu esperava um procedimento meticuloso. Por outro lado, defender seu caso usando um método "lei da selva" não fugia muito das ideologias infernais.

Pergaminhos foram obtidos para o juiz e os advogados. Mesmo sendo uma cópia, fiquei ansiosa quando Roman o abriu sobre a mesa. Era aquilo: o contrato que subjugava minha alma imortal. Uma pequena decisão com consequências seculares. Estava escrito em inglês — provavelmente a caixa mágica de Doris tem poderes de tradução, pois o original foi feito em grego.

— Gostaria que atentassem para a seção 3A — disse Roman em voz alta. Mais baixo, acrescentou para mim: — O resto é basicamente juridiquês infernal.

Verdade: o pergaminho era tão grande que nem conseguimos abrir inteiro. Pelo que podia ver, a maior parte era apenas descrição detalhada do cargo de súcubo e da cessão de direitos sobre a alma. Para crédito do Inferno, eles tinham sido bem abrangentes. À época, não li o contrato. Niphon resumiu os pontos principais, mas não era possível dizer que eles não deixavam claro no que você estava se metendo. Felizmente, as tecnicalidades não eram a preocupação do dia.

Roman leu em voz alta:

— "Em troca da posse da supramencionada alma (ver seções 1B, 4A, 5B parte 1, 5B parte 2 e apêndice 574.3) e serviços detalhados abaixo (ver seções 3A, 3B, 6A-F, 12C), como executados pela contratada (doravante denominada "a Amaldiçoada"), o todo-poderoso Reino do Inferno e seus representantes ficam obrigados a:

1. Garantir à Amaldiçoada poderes súcubos descritos nas seções 7.1A e 7.3A.

2. Apagar definitiva e irrecuperavelmente a Amaldiçoada da memória de todos os mortais que a conheceram durante a vida humana, em acordo com o procedimento padrão de perda de memória (ver apêndice 23)."

Roman olhou para o juiz ao terminar de ler.

— Agora — disse Roman —, eu posso ler o apêndice 23 se desejarem, mas o ponto é que o Inferno não honrou sua parte no acordo. Uma pessoa que a conheceu quando humana, um mortal, se lembrou dela.

— Por que ela não questionou isso à época? — perguntou Hannibal.

— Porque se sucedeu há alguns meses — disse Roman. — A pessoa em questão possui um contrato de reencarnação e estava viva àquela época e continua viva agora.

— Se a pessoa foi reencarnada, então a questão é irrelevante — atalhou Marcel. — Não é tecnicamente a mesma pessoa. Desse modo, o contrato ainda está de pé.

— Não de acordo com o adendo 764 do *Tratado sobre a Humanidade* — retrucou Roman. — De acordo com ele, todos os indivíduos, humanos e imortais inferiores, são definidos por suas almas. Não importa qual forma o ser tome, a alma permanece constante, bem como a identidade individual. Estou certo de que a Doris pode nos fornecer uma cópia, se necessário.

Doris fez uma expressão questionadora para Hannibal.

— Não se preocupe — ele disse. — Tenho familiaridade com o *Tratado*. Ok. Operando sob a assunção de que as almas são constantes e os indivíduos, definidos pelas almas, que prova você tem de que esse indivíduo reencarnado se lembrou da peticionária?

Esperei Roman responder, mas depois entendi que ele esperava por mim. Ainda não tinha entendido muito bem essa história de qualquer um começar a falar a qualquer momento.

— Ele me chamou pelo meu nome, meritíssimo — eu afirmei. — Meu primeiro nome humano do século quinto. Como ele me conheceu naquela época.

— Ele o ouvira alguma vez nesta vida? — instigou Roman.

— Não — respondi.

— Alguma pessoa testemunhou isso? — perguntou Marcel.

— Não — respondi.

— Entendo — ele disse, conseguindo me fazer sentir minúscula ante aquela única palavra. Seu tom de voz implicava que tinha sido um milagre termos chegado até ali com uma evidência tão fraca.

— Tudo bem — continuou Roman. — Pois temos mais. Esse mesmo

sujeito reencarnado revelou mais sob hipnose, lembrando-se dela em inúmeras outras vidas.

— Há testemunhas para *isso*? — perguntou Roman.

— Nós dois testemunhamos — respondeu Roman. — Bem como um demônio inferior empregado em Seattle. Hugh Mitchell. Ele, na verdade, foi quem procedeu à hipnose, se quiser convocá-lo.

Fiquei tensa. Hugh, uma testemunha perfeita — nem o suplicante nem uma criatura odiada pelo Céu e pelo Inferno —, mas minha apreensão por ele voltou. Não sabia se ele teria problemas ao fornecer uma prova-chave.

— Não precisamos dele — avisou Marcel. — Vocês dois testemunharam a mesma coisa?

Assenti.

Marcel voltou-se para o júri.

— Vocês conseguem saber se ela está mentindo. É a verdade?

Seis cabeças fizeram que sim. Não sei por que não pensei nisso antes. Anjos são capazes de dizer se mortais ou imortais inferiores falam a verdade. Bem útil num julgamento. Também não entendi por que Marcel me ajudou daquele jeito.

— Pronto — ele disse. — Ela acha que ouviu o sujeito se lembrando dela sob hipnose. Podemos assumir que o demônio também vai achar isso.

— Ei — argumentei — eu não "acho" nada. Ele se *lembrou* de mim.

Marcel deu de ombros.

— É o que você diz. É a sua palavra sobre o que *acha* que ouviu. Não há prova objetiva que mostre que ele lembrou para que se questione nossa parte no acordo.

— Ah, podemos mostrar uma prova — disse Roman. — O sujeito em questão também tem um contrato. E a própria natureza desse contrato contradiz o dela. Você pode buscá-lo, Doris?

Hannibal consentiu com um aceno, e ela virou-se para o *laptop*.

— Nome?

— Kyriakos — respondi, tentando não gaguejar. — Esse era o nome no quinto século. No Chipre. Hoje é Seth Mortensen.

O juiz arqueou a sobrancelha.

— Eu gosto dos livros dele. Nem sabia que era um dos nossos.

— Bom, ele não é, ainda — murmurei.

Enquanto isso Doris digitava, incluindo as informações necessárias. Logo pegou a caixa de metal fumacenta e de lá tirou mais três pergaminhos. As cópias foram distribuídas, e uma sensação estranha percorreu minha pele quando Roman a abriu, ainda mais estranha do que a que senti ao ver o meu contrato. Ali estava. O contrato de Seth. O contrato de Kyriakos. Todos esses anos, sutilmente influenciando minha vida, sem meu conhecimento. Tinha sido feito por minha causa. Roman novamente pulou para a seção 2, que aparentemente mostrava em todos os contratos a mesma coisa: o que "o Amaldiçoado" receberia.

— "O Amaldiçoado vai receber um total de dez vidas humanas, das quais uma já ocorreu. As subsequentes nove reencarnações devem tomar lugar em épocas e lugares próximos à amada que ele acredita ter sido tirada de sua primeira vida, visando à reconciliação. Ao fim da décima vida, a alma do Amaldiçoado se tornará propriedade do Inferno, de acordo com as seções 8D, 9A e 9B."

Roman silenciou-se, uma ruga em sua testa. Também fiquei desanimada, mas não creio que pelas mesmas razões. Sem a confirmação de Seth, não tínhamos certeza se a alma dele estava amaldiçoada ou não, indiferentemente ao fato de me encontrar. Eu torcia para que o Inferno tivesse lhe dado uma espécie de desafio de conto de fadas: se ele me encontrasse e nos reconciliássemos, sua alma lhe seria devolvida. Aparentemente, não era assim. O Inferno apenas tinha oferecido a oportunidade de ficar comigo. Não dera mais nada. Se fizéssemos as pazes ou não, a alma dele pertenceria a eles de todo jeito. O resultado do nosso romance não fazia diferença. Indaguei-me se ele tinha negociado mais ou estivera tão desesperado e agradecido pela oportunidade de simplesmente ficar comigo que nem exigira mais nada.

Marcel sorriu.

— Não vejo o nome "Letha" mencionado em lugar nenhum aqui. Não houve nenhuma violação dos termos do contrato dela.

— Mas obviamente alguém sabia — redarguiu Roman. — Vocês devem ter um arquivo de todas as vidas dele. Ele se encontrou com ela em cada uma. Então, alguém, em algum lugar, se encarregou de que essa parte do contrato fosse cumprida: sua reunião com o amor desaparecido de sua primeira vida. Ela. Quem ele deveria ter esquecido, de acordo com o contrato dela. Ambos se contradizem.

Roman discursava com confiança, expondo seus pontos com sensatez, mas eu sentia seu desconforto. Eu sabia qual era o problema — o problema que Marcel também apontara. Meu nome não era citado. Em algum lugar, haveria esse registro, se o Inferno foi capaz de permitir Seth renascer sempre perto de mim, mas não sabíamos onde. O Inferno com certeza não nos ajudaria a encontrá-lo.

— Pode ser uma coincidência — contrapôs Marcel. — Talvez ele tenha se apaixonado por outra pessoa na primeira vida, alguém que ele perdera jovem e tenha continuado a procurar pelos séculos seguintes.

— Outro ser imortal e que estaria vivo pelos próximos mil e quinhentos anos? — questionou Roman. — Seria uma coincidência bem grande mesmo.

Marcel parecia convencido.

— Seja como for, Letha não é mencionada em nenhum lugar desse contrato. No máximo, é tudo circunstancial, sem prova de que o Inferno entrou nisso com alegações falsas.

De súbito, um pensamento surgiu em minha mente, e comecei a desenrolar o pergaminho, procurando uma informação específica. Havia tantas seções, subseções, artigos e cláusulas — não entendi nada.

— Quem redigiu isso? — perguntei a Roman. — Quem fez essa corretagem não tem que ser mencionado aqui?

— Seção 27E — respondeu Roman automaticamente.

Interrompi o que fazia para encará-lo com incredulidade.

— Como você sabe?

— O que acha que fiquei fazendo na última semana? — foi a pergunta que ele deu como resposta.

Ele me ajudou a encontrar a seção correta. Quando li o nome, soltei o fôlego aliviada. Só para ter certeza, achei a seção equivalente no meu contrato. Roman, espiando o que eu fazia, imediatamente começou a falar:

— Meritíssimo, ambos os contratos foram negociados pelo mesmo demônio inferior: Niphon. Ele com certeza sabia sobre o conflito entre os dois. Ele com certeza sabia que Letha era o amor que Kyriakos procurava.

— Ele não necessariamente "com certeza sabia" — atalhou Marcel. — Pode ser uma coincidência.

— Bom, vamos trazê-lo aqui e descobrir — sugeriu Roman.

Hannibal considerou por vários segundos. Tive a impressão distinta de que ele definitivamente não queria invocar Niphon, mas alguns anjos do júri olhavam com expectativa. Se era um julgamento justo de verdade, com provas apresentadas corretamente, então não havia razão para não trazer uma testemunha-chave como Niphon.

— Muito bem — concordou Hannibal. Ele olhou para o cara de terno bonito, o que tinha inaugurado a sessão. Ele devia ser algum tipo de oficial de justiça chique. — Busque-o. Faremos um recesso de dez minutos.

Hannibal bateu o martelo e as conversas recomeçaram quando o oficial de justiça saiu correndo do tribunal.

Aproximei-me de Roman.

— O Niphon sabe. Com certeza. Eu já te contei a história toda de quando ele veio me visitar ano passado?

Roman ouvira partes da história, mas ficou muito interessado numa recapitulação, então contei o caso novamente. Niphon surgiu aparentemente para entregar Tawny como o novo súcubo. Durante sua estadia, no entanto, ele não deu sossego para Seth e para mim. Ele tentara nos afastar, e, de fato, algumas de suas ações levaram Seth a pensar que terminar seria melhor para a gente. Niphon também tentou negociar um contrato com Seth, para que pudéssemos transar sem os efeitos nocivos de súcubo. O custo seria a alma de Seth, claro.

Parei para repensar tudo.

— Entendo o resto: ele tentando nos separar. Hugh disse que era o sinal de que um demônio estava tentando disfarçar algum erro — e esse é um belo erro. Faz sentido ele querer nos separar e assim evitar que o conflito fosse descoberto. Mas por que se preocupar em fazer outro contrato, se Seth já possuía um?

Os olhos de Roman brilharam.

— Porque ele poderia criar um aditamento para o antigo contrato e retificar a contradição. A alma de Seth ficaria garantida.

Não tivemos tempo para mais análises, pois o recesso logo terminou. Hannibal colocou ordem na corte e o oficial retornou — com Niphon.

Como da última vez, meu estômago revirou quando vi Niphon. Ele lembra um furão, um bichinho traiçoeiro. De terno cinza, parecia pronto para fechar negócios, como todos os demônios inferiores, mas o cabelo cheio de gel acabava com sua credibilidade. Lábios finos, olhos pequenos e pele cor de oliva. Também estava com cara de que, se tivesse a mínima chance, sairia correndo. A cagada que ele tentara disfarçar sendo exposta. O oficial levou-o até o palanque da testemunha. Niphon sentou-se com cuidado; suor escorrendo. Eu tinha me preocupado com as consequências que Hugh enfrentaria se fosse arrastado para isso. Niphon provavelmente temia o mesmo: ser punido por amparar meu caso. A diferença é que Hugh pelo menos teria satisfação em me ajudar. Niphon não ganhava nada com isso.

— Pronuncie seu nome, por favor — disse Hannibal.

O demônio lambeu os lábios.

— Niphon, meritíssimo. À sua disposição.

— Você fez a corretagem destes dois contratos? — perguntou Hannibal, indicando os pergaminhos que Doris acabava de depositar sobre a mesa da testemunha.

Niphon fez questão de mostrar que os examinava.

— Acho que sim, Meritíssimo. Meu nome consta deles, mas faz tanto tempo. É fácil esquecer.

Eu zombei:

— Você lembrava ano passado, quando fez um rolo pra livrar sua cara.

— Vamos manter a civilidade e a justiça — disse Hannibal calmamente.

Sério? Eu seria punida por falta de civilidade e justiça?

— Quando criou o contrato de Kyriakos, você sabia que ele procurava por Letha? — perguntou Roman. Ao notar que Niphon se contorcia, acrescentou: — E cuidado com "não lembro". Os anjos no respeitado júri vão saber se você mentir.

Niphon engoliu em seco e lançou um olhar ansioso para o júri antes de se voltar para Roman.

— Eu... Sim. Eu sabia.

— E já que você tinha redigido o contrato de Letha, sabia que os termos exigiam que todos que a conheceram como humana se esquecessem dela. O simples fato de ele procurá-la já quebra o contrato. Vocês não foram capazes de mantê-lo no esquecimento.

Niphon fez uma careta.

— Ele não se lembrou do nome dela. Só lembrou que ela sumiu.

Roman bateu com força sobre meu contrato.

— O contrato não especifica o grau de esquecimento, apenas que ela deve ser esquecida. Ponto final.

Suor escorria aos baldes de Niphon. Ele puxou um dos contratos para perto de si e o estudou com olhos irrequietos.

— "Apagar definitiva e irrecuperavelmente a Amaldiçoada da memória de todos os mortais que a conheceram durante a vida humana..." — ele retirou os olhos do pergaminho. — Isso é uma tradução. Acredito que o original em grego deixa mais claro que apenas aqueles de sua vida humana devem esquecer. Portanto, se ele lembrou depois, não há violação. Podemos conseguir a cópia em grego?

— Não importa — disse Roman. — Mesmo se no original dissesse exatamente isso, já estabelecemos que a alma define a identidade da pessoa por todas as vidas. Mesmo agora, ele ainda é, tecnicamente, a mesma pessoa da vida humana dela, e lembrou. Você foi incapaz de manter o contrato.

— Isso não é minha culpa! — exclamou Niphon. Não ficou claro se ele se dirigia a Roman e a mim ou aos seus superiores na plateia. — Eu fiz o trato com ela para uma perda de memória padrão. Não sei por que não deu certo. Sim, eu sabia que ele era o marido quando elaborei o contrato dele, mas não pensei em termos de violação do acordo. Estava apenas garantindo mais uma alma.

Marcel dirigiu-se ao júri.

— Ele diz a verdade? Ele fez o segundo contrato por ignorância e não com intenções maliciosas? Quero dizer: com intenções não mais maliciosas do que o necessário em uma situação do tipo.

Alguns dos anjos fizeram que sim, relutantes.

— Não importa se foi ignorância — replicou Roman. — Isso não é desculpa para descumprir a lei. Você errou e, ao fazer isso, invalidou os dois contratos.

— Veja bem — disse Marcel —, não é como se os dois Amaldiçoados tivessem sido completamente enganados. Exceto essa tecnicalidade, ela foi mesmo apagada da memória de todos os seus conhecidos. E ele ganhou mais nove vidas. Mais nove vidas! Todos sabemos como acordos de reencarnação são raros. Ele recebeu exatamente o que pediu. Até se reencontrou com ela. O Inferno lidou o mais nobremente possível com esses contratos. Não dá para responsabilizar todos por uma confusão, da qual ninguém tinha conhecimento, feita por um ser inferior.

— Oh — retrucou Roman com um tom predatório —, acredito que outros tivessem conhecimento da anomalia. Outros em posições bem mais superiores. Meritíssimo, posso chamar outra testemunha?

— Quem? — perguntou Hannibal.

— Meu pai — respondeu Roman. — Jerome, o Arquidemônio de Seattle.

Um engasgo coletivo: impossível saber se devido à confissão sobre a paternidade de Jerome ou simplesmente pela convocação de uma testemunha de alto nível.

Hannibal consentiu.

— Niphon, você pode descer. Jerome, por favor, junte-se a nós.

Niphon saiu o mais rapidamente que pôde. Quase trombou com Jerome ao se encontrarem no corredor. Este, por sua vez, gingava casualmente, como se fosse superior a tudo aquilo e sua presença, uma grande concessão da sua parte. Sentou-se, cruzou as mãos à sua frente e fez uma expressão afetada de tédio.

— Jerome — começou Roman —, não é verdade que você sabe da conexão entre Seth e Georgina? Ãhn, digo, Kyriakos e Letha?

Jerome balançou um ombro só.

— Sabia que ambos eram almas contratadas.

Uma resposta digna de um anjo: parte da verdade, mas não a verdade completa. Torci para que um anjo chamasse atenção para isso, mas me toquei de um fato inoportuno: demônios superiores podem mentir sem ser detectados. Não havia como provar se ele dizia a verdade ou não.

— Você tem conhecimento das cláusulas do contrato dela? — perguntou Roman.

— Claro — respondeu Jerome —, sei tudo sobre os meus funcionários.

— Então sabe que o contrato de Georgina diz que ela seria apagada da mente de todos que a conheceram quando ela era humana.

— Sim.

— E você sabe que Seth foi marido dela, com um contrato que a envolvia.

— Não — respondeu, seco. — Definitivamente não.

Mentira, mentira, pensei. Mas não havia como provar.

— Se isso é verdade — continuou Roman —, então por que usou Seth Mortensen para ajudar a achar Georgina quando ela foi capturada pelos oneroi ano passado?

— Não me lembro dos detalhes desse incidente — respondeu Jerome delicadamente.

— Bem — esclareceu Roman —, se sua memória precisa de uma ajuda, há um anjo aqui que testemunhou tudo e pode nos relatar. Alguém que, estou certo, o júri não irá questionar.

Jerome ficou paralisado quando a armadilha de Roman abriu à sua volta. Jerome podia ser imune ao detector angelical de mentira, mas qualquer coisa que Carter jurasse ter visto Jerome fazer ou saber seria tratado como evangelho. Carter não mente. Se ele dissesse que o demônio tinha usado Seth para me salvar, então todos acreditariam, por mais que Jerome continuasse a negar. Vendo a inutilidade da mentira, assumiu:

— Ah — ele disse —, *aqueles* oneroi.

— Você usou um humano com poderes psíquicos para conseguir encontrá-la — disse Roman. — Este tinha poder e conhecia o ritual, mas não era capaz de localizá-la no vazio onde os oneroi a prendiam. Sugeriu que usassem Seth para achar a alma dela. E deu certo. Por quê? Como você sabia disso?

Jerome deu de ombros.

— Eles não se largavam. Supus que, se havia algum mérito nessa bobagem de amor verdadeiro, poderia usar para nos ajudar.

— Não foi isso que a Mei disse — com a mente girando em torno de uma lembrança esquecida, aproveitei o clima de bate-papo para acrescentar o que tinha acabado de lembrar. — Mei disse que ia contra as probabilidades e que não importava quanto nos amássemos, não era pra ter funcionado.

O olhar soturno de Jerome relampejou para alguém atrás de mim — imaginei Mei tendo o prazer de receber a força total daquele olhar.

— Georgina estava presa na imensidão do mundo dos sonhos — adicionou Roman. — Uma alma perdida em meio aos sonhos. Para alguém encontrá-la e chamá-la de volta, a conexão teria que ser surpreendente, duas almas com uma ligação atemporal.

— Por favor, não fique sentimentaloide — pediu Jerome. — Me dá náuseas.

Roman balançou a cabeça.

— Estou apenas expondo os fatos. Todos aqui sabem que é verdade. As almas teriam que estar ligadas para que ele pudesse encontrá-la, e *você* sabia, por isso sugeriu usar o Seth. Sabia sobre os contratos e a história dos dois. Não foi um errinho confiado a um inferior desastrado. Você sabia. E sabia que havia um problema.

— E foi por isso que você mandou matar o Erik e pediu minha transferência! — exclamei.

Observar Jerome sentado lá, tão tranquilo e despreocupado... Fez a verdade vir à tona. Ele sabia o tempo todo o que havia entre Seth e mim, e o que aquilo significava. Nunca considerei Jerome um amigo, mas foi difícil aceitar quanto ele trabalhava contra mim para alcançar os objetivos do Inferno.

— Ah, Georgie — ele disse —, sempre você e o melodrama.

— Não é melodrama! Podemos arranjar provas...

Roman colocou a mão sobre a minha.

— Não é tão fácil — ele murmurou. — Não vai haver rastros físicos, garanto. E não é relevante para o caso.

Lembrei-me do bom e generoso Erik sangrando até a morte.

— É relevante para mim.

Jerome soltou um suspiro longo e sofrido.

— Mais alguma coisa? Posso voltar para a minha cadeira?

O juiz olhou para Roman e Marcel. Ambos fizeram que sim com a cabeça.

Quando Jerome saiu, Roman começou a defesa.

— Meritíssimo, respeitado júri, nós providenciamos evidências mais do que suficientes para provar que o contrato de Georgina não foi cumprido. Seja lá qual tenha sido a causa, aqueles da vida humana dela *não* deixaram de se lembrar. Pelo artigo 7.51.2 das *Crônicas da Alma*, o contrato de Georgina é inválido. De acordo com a seção de danos e reparações do artigo 8.2.0, ela tem direito a ter sua alma de volta e viver o resto de sua vida liberta do Inferno. Do mesmo modo, o contrato de Seth Mortensen também é inválido, pois foi feito sob falsas alegações. O demônio inferior que tratou com ele sabia que violaria o contrato de Georgina e sabia que as próprias condições do de Seth, encontro e reconciliação, incluíam um grau de lembrança. É impossível que o contrato de Seth exista sem contradizer o de Georgina. Ele também tem direito à restauração da alma.

— Meritíssimo... — começou Marcel.

O juiz Hannibal levantou a mão.

— Silêncio. Vou fazer uma proposta.

Inquietude no tribunal, uma corrente de excitação. Demônios *amam* propostas e negociações.

— Vá em frente — concordou Roman.

— Estou disposto a indeferir o caso sem o voto do júri e dar fé de que o contrato de Letha não foi honrado. Estou disposto a conceder todas as reparações dispostas no artigo 8.2.0.

Expressões de espanto nos rodearam. Meus olhos se arregalaram. Virei-me para Roman, questionadora. Era fácil assim? Não conhecia todos os detalhes do 8.2.0., mas, dentro do meu entendimento, se o contrato fosse invalidado, eu poderia voltar para a Terra e viver o resto dos meus dias como humana. *Com posse sobre minha alma.* Bom demais para ser verdade.

— No entanto — continuou Hannibal —, não vejo provas suficientes para liberar a segunda alma. Seu argumento será dispensado por não ter embasamento.

— Mas tem! — eu gritei.

— E se não aceitarmos? — perguntou Roman.

Hannibal deu de ombros.

— Então o júri pode votar sobre a questão dos dois contratos.

Roman assentiu, pensativo.

— Posso ter um momento para discutir com a minha, ãhn, cliente?

— Claro. — Hannibal bateu o martelo. — Recesso de cinco minutos.

Os espectadores não precisaram de segunda ordem. Aquilo era demais. Uma alma ser libertada não é algo que acontece todo dia, nem um acordo daquele tipo.

— Qual é a pegadinha? — perguntei a Roman, baixinho.

Ele estreitou os olhos.

— Bom, acho que o Hannibal pensa que corre o risco de perder duas almas e tá tentando amenizar o prejuízo. Suas provas são bem concretas. As do Seth também, mas não tão boas, ainda mais sem a presença dele. Mesmo assim, o Hannibal prefere te deixar sair facilmente e garantir que mantém pelo menos uma alma no meio dessa bagunça.

— Mas se as provas existem, talvez seja melhor ir a júri. Você acabou de dizer que as do Seth são concretas também.

— São — concordou Roman —, mas saca só o que o Hugh me contou desses jurados: todas as disputas de contrato são julgadas por anjos e demônios, meio a meio, para ser justo. Os anjos vão votar honestamente, a favor de quem acreditem ter razão. Se a prova fosse fraca, eles votariam contra você. Pra eles, não vale a pena liberar uma alma se as condições não forem honrosas. Os demônios não têm essa ética. Jerome e Niphon poderiam ter confessado abertamente uma conspiração de contratos conflituosos, ainda assim todos os demônios votariam contra você.

— Não é justo — reclamei.

— Georgina — ele disse simplesmente —, estamos no Inferno.

— Então o que acontece se der empate? O julgamento é anulado?

— Há uma votação de desempate. Um décimo terceiro anjo ou demônio é convocado aleatoriamente e tem o voto de Minerva. Se isso acontecer, suas chances ficam meio a meio, dependendo do resultado do sorteio.

— Por isso a negociação — murmurei. — Se eu abandonar a alma de Seth, garanto minha liberdade.

Roman assentiu.

— Senão, pode estar condenando os dois para o Inferno.

Capítulo 20

Pensei no assunto por meio segundo, e já foi muito. Não havia dúvida de qual poderia ser minha decisão. Seth e eu estamos ligados. Mesmo que tenha sido para conveniência de Jerome, Seth tinha encontrado minha alma em meio ao gigantesco mundo dos sonhos. Seth e eu nos encontramos, vida após vida, sempre nos apaixonando. Mesmo se não nos lembrássemos conscientemente um do outro, algo dentro de nós se conectava. Lembrei-me das palavras de Roman:

Repetidamente se encontrando e se afastando. Vocês têm umas briguinhas e colocam toda a culpa na falta de confiança e comunicação. Vão deixar isso continuar?

Não, o ciclo se fecharia. Do jeito que eu queria. Essas vidas que tínhamos vivido, a dor que sofremos, não seria por nada. Não importava se Seth me odiasse e não quisesse mais me ver. Eu não o abandonaria — nunca.

— Nada de acordo — eu disse para Roman. — Seth e eu vamos fazer isso juntos, quer ele queira ou não.

Roman não tentou me convencer do contrário, apenas perguntou:

— Você entende os riscos?

— Entendo — se falhássemos, eu não perderia apenas minha alma. Eu também teria que enfrentar a eternidade a serviço do Inferno, com superiores nada satisfeitos com o que eu tinha feito. Não duvidava de que haveria um artigo ou uma cláusula em algum lugar indicando que eu não poderia ser penalizada por isso, mas, como foi dito, o Inferno tem meios suficientes de punir extraoficialmente. A vaga em Las Vegas provavelmente iria para o brejo, o que me forçaria a me realocar em algum lugar verdadeiramente terrível.

Hannibal retomou a sessão, e Roman relatou minha decisão.

O juiz estalou a língua em desaprovação.

— Arriscando tudo pelo carro novo, é? Bem, senhoras e senhores do júri, está nas mãos de vocês. Ouviram as provas; ou a falta delas. Acreditam que elas "provam" o suficiente o caso da suplicante? Devem ambos os contratos, que esses indivíduos assinaram por livre e espontânea vontade, ser invalidados?

Que justiça cega, hein?

O júri votou anonimamente, o que achei curioso. Era um leve aceno para a imparcialidade, teoricamente providenciando proteção para aqueles que votassem contra o interesse do seu lado. Pelo que Roman e Marcel tinham dito, poderia acontecer entre os anjos. Mas será que algum dia se passou com os demônios? Mesmo se conseguissem diferenciar o certo do errado numa situação, o objetivo final era arranjar almas para o Inferno. Algum deles ficaria tocado o suficiente por um caso a ponto de seguir a consciência? Seria possível que alguma fagulha de bondade sobrevivesse na escuridão desse lugar? A julgar pela rapidez com que todos rabiscaram suas respostas nos papéis fornecidos, não. Não havia hesitação. Os demônios estavam presunçosos, confiantes. Anjos e demônios são frutos do mesmo ventre, mas ouvi dizer que, depois de passar tempo suficiente no Inferno, a natureza angelical é completamente eliminada. Esses demônios não perderiam o sono por causa da minha alma.

Os votos foram recolhidos pelo oficial de justiça. Ele os separou em pilhas estranhamente similares e as entregou ao juiz. Hannibal fez uma contagem rápida e assentiu para si mesmo antes de se dirigir a nós. Uma nova paralisação dominou a sala.

— Vamos lá — murmurou Roman.

— O júri deu seu veredito — disse Hannibal. — Seis a seis. Temos um empate.

Um suspiro coletivo na sala, e depois a tensão culminou de novo enquanto todos esperavam pelo próximo passo. Um empate não devia ter me surpreendido, mas algo em mim esperava que, quem sabe, um demônio ovelha negra votasse a meu favor. A resposta à minha dúvida: não havia uma fagulha de bondade ali. Isso não sobrevive no Inferno.

— De acordo com o artigo... Porra, sei lá... O artigo não sei das quantas, vamos ter um voto de desempate — avisou Hannibal. O oficial voltou com um vaso ornamentado, que entregou para o juiz. Hannibal virou seu conteúdo: uma bola de gude branca e outra preta. — Nesse caso, é tão simples quanto preto no branco. Se a preta for sorteada, um demônio é invocado para o voto decisivo. Se for a branca, um anjo — pausou, confuso. — Que clichê. Não dá pra trocar as cores dessa vez? Só dessa vez? Não? Ok, então vamos em frente

— ele encarou o júri e apontou para um anjo de cabelo ruivo cacheado e olhos azuis com cílios compridos. — Você. Você sorteia.

Ela concordou com a cabeça e se aproximou do juiz com graciosidade. Novamente, outra chance para a justiça. Se Hannibal sorteasse, eu suspeitaria do resultado. A imparcialidade foi solidificada quando ele a fez jurar que seria honesta, sem tirar vantagem de seus poderes.

— Juro — ela prometeu, colocando as bolinhas no vaso. Chacoalhou e colocou a mão dentro, olhando-me rápida e, se não me engano, empaticamente. A mão dela emergiu com o punho fechado. Quando abriu, não foi possível enxergar a bolinha de imediato, mas sua face entregou o resultado.

— Merda — disse Roman.

A palma do anjo revelou a bolinha preta. Ela entregou-a ao juiz, que não disfarçou a alegria. Ele agradeceu enquanto o anjo voltava ao lugar, depois levantou a bolinha para que todos vissem. Um murmúrio de excitação entre os demônios, contentes por terem ganhado.

Por um momento muito curto, me arrependi. Poderia ter saído de lá com vida e alma intactas. Poderia nem ter ido atrás disso, em primeiro lugar, e continuado a viver minha vida como súcubo, sem preocupações, no cenário dos sonhos em Las Vegas. Em vez disso, tinha arriscado tudo pela chance de ver livres a mim *e* Seth. E perdera por ambos.

Valeu a pena?

Sim.

— O "destino" deu as cartas — disse Hannibal, ainda admirando a bolinha. — Pelas regras, a decisão recai sobre um décimo terceiro jurado, que vai ser aleatoriamente selecionado de um conjunto de ilustres servos do Inferno. Doris?

Doris digitou. Pouco depois, acenou para o oficial, que saiu pela porta de trás, provavelmente para buscar o décimo terceiro jurado.

Meu coração ficou pesado, sobrecarregado. Levei um susto quando Roman colocou a mão novamente sobre a minha.

— Desculpe — ele disse, em voz baixa. — Eu devia ter lutado mais. Ou te forçado a aceitar a negociação...

Apertei sua mão.

— Não. Você foi perfeito. A única coisa que não devia ter feito é se metido nesse rolo.

Era impossível acreditar, mas nenhum destino que me esperasse depois que o processo acabasse seria nem de longe tão ruim quanto o dele.

Ele sorriu, brincalhão.

— Quê? E perder a chance de rir na cara do Céu e do Inferno? Além disso, eu não poderia deixá-la…

Depois que o oficial saiu, a sala se encheu de conversinhas. Quando voltou, o silêncio foi retomado. Qualquer sentimento que Roman estivesse prestes a expressar desapareceu quando ele se juntou a mim para olhar para trás e ver qual demônio lançaria o último voto condenatório sobre mim. Eu tive que olhar duas vezes para ter certeza.

Yasmine.

Quase não a reconheci. Um ano tinha se passado, um ano antes assistira à sua queda, quando passou de anjo para demônio. Como anjo, Yasmine tinha cometido muitos pecados graves. Primeiramente: se apaixonara, algo proibido para sua espécie. Mas não só isso, ela se apaixonara por um nefilim chamado Vincent. Vince é um cara legal, mas, como Roman, foi provocado pela reação de anjos e demônios a ele, causando destruição. Um anjo agiu por impulso, e Yasmine defendeu Vince — matando o outro anjo.

E assim, foi condenada ao Inferno.

Eu presenciara tudo. Terrível. A morte de um anjo, a queda de outro. Tudo na noite em que Nyx fora encontrada e capturada. Vince e eu ficamos na linha de fogo. Eu fiz o possível para ajudá-lo, mas nada que eu pudesse fazer impediria a punição do Céu.

Antes de fugir da cidade, Vince me disse que não importava o que eu tinha conhecido da Yasmine. Depois de passar tempo suficiente no Inferno, com outros demônios, ela se tornaria como eles. Era o que tinha acontecido com todos eles, o meio pelo qual alguém como Carter poderia se tornar alguém como Jerome. Na época, não acreditei, mas depois de ficar cercada pelo desespero e pela imoralidade daquele lugar, entendi um pouco melhor. Ao examiná-la, ali, pude ver que isso acontecera com ela.

Lembrava-me de uma jovem mulher sorridente, gargalhando, com olhos escuros faiscantes e cabelo preto brilhante. Aparentemente, os cabelos e os olhos continuavam os mesmos, mas não havia luz ou alegria neles. Olhos insondáveis, escuros e frios, olhando para a frente ao entrar no tribunal. Usava um vestido de gaza preta, como o de uma cortesã gótica; o cabelo longo e esvoaçante se misturava ao tecido acetinado. Mesmo se eu não a conhecesse ou tivesse ouvido falar de sua história, eu a identificaria na hora como um demônio. Como os outros, havia algo no jeito como se comportava e em sua aparência.

Eu estava prestes a ser condenada por alguém que um dia já fora minha amiga.

Yasmine chegou à frente da sala e foi encaminhada para a cadeira das testemunhas. Sentou-se; expressão indecifrável.

— Você acompanhou o julgamento? — perguntou o juiz Hannibal.

— Sim — ela respondeu, uma voz tão sem expressão quanto sua face. Eu não saberia dizer como ela fizera isso. No Inferno, até onde eu sei, pode ser tanto por um circuito de TV interno quanto por um espelho mágico.

— E você sabe qual é sua função? — perguntou Hannibal.

— Sim — ela respondeu.

Hannibal tentava manter um semblante de formalidade e legalidade, mas o sorriso satisfeito negava tudo. Estava feliz demais consigo mesmo e com a reviravolta.

— Dê seu voto então, baseado nas provas e nos argumentos que testemunhou. Se acredita que os dois contratos são corretos e não se contradizem, então dê seu voto contra a peticionária.

Seguido de silêncio, Roman resolveu falar:

— E se ela achar que os dois contratos são inválidos?

— Sim, sim — Hannibal fez um gesto de indiferença com a mão, irritado com aquela óbvia perda de tempo. — Se você acredita que os contratos se contradizem, então dê seu voto a favor da peticionária.

Yasmine recebeu um papel e uma caneta, como os outros jurados. E como eles também, não demorou para escrever seu voto, com escrita rápida e rasteira. Quando terminou, tirou os olhos do papel serenamente, sem mudar a expressão, sem um sinal de que um dia fomos amigas. Por pior que eu me sentisse sobre meu futuro, não era nem metade do que sentia pelo Inferno ter feito aquilo com uma pessoa tão boa e gentil. Não. Não apenas o Inferno. O Céu é igualmente culpado. Que tipo de associação defende a bondade e não permite que seus membros amem?

Hannibal pegou o papel e, com um floreio, segurou-o diante dele.

— De acordo com as regras desta corte, e do infalível Reino do Inferno, o júri vota... — pausa e depois uma afirmação lida de forma interrogativa: — a favor da requerente?

Uma fagulha de bondade na escuridão...

Por um instante, nada aconteceu. O tribunal ficou em silêncio, parado no tempo. Depois, muitas coisas ao mesmo tempo, uma sobre a outra.

Atrás de mim, ouvi Jerome:

— Merda.

Yasmine piscou para mim.

Roman me abraçou.

Hannibal releu o pedaço de papel, olhou para Yasmine, depois engoliu em seco antes de falar.

— Ambos contratos são declarados inválidos, nulos e sem efeito.

A maior parte das pessoas ficou de pé, vozes altas e furiosas. Não tive tempo de entender o que falavam, pois eu me desintegrava.

— Não, ainda não! — exclamei.

Desesperadamente, estendi as mãos para Roman, cujos braços havia pouco me seguravam, mas não pude mais tocá-lo. Eu me tornava nada, um fogo-fátuo, incapaz de tocar algo substancial. No entanto, tentei. Tentei pegá-lo e levá-lo comigo, pois eu não poderia deixá-lo ali, de jeito nenhum, não no meio de um monte de demônios irritados por terem acabado de perder duas almas. Tentei pronunciar seu nome, mas também não funcionou. Não tinha boca, não tinha voz. Eu estava indo embora daquele lugar; ele ficava.

A última coisa que vi foram aqueles olhos verdes da cor do mar me olhando tanto com alegria quanto com dor. Pensei ter ouvido dizer algo do tipo "Ninguém pode achar que falhou" e, então, mais nada. Teria gritado de fúria se conseguisse, mas eu sumira. Eu era nada.

Apenas escuridão.

Capítulo 21

Você imaginaria que os primeiros momentos da minha nova vida, com a minha alma, seriam mágicos e maravilhosos. Na verdade, foram muito doloridos.

— Ai.

— Não é a mesma coisa sem a cicatrização imortal, hein, queridinha?

Apertei os olhos para ver a face sorridente de Hugh. Ele estava de pé diante de uma janela enorme; atrás dele, luz ofuscante. Virando a cabeça, pude avaliar o resto do meu entorno, encontrando as características típicas de um quarto de hospital. Deitada numa cama, com soro na veia, ao lado de uma máquina barulhenta com um leitor indecifrável.

Olhei de volta para Hugh.

— Dá pra fechar a cortina? Ou vir para o outro lado?

Ele fechou parte das cortinas, ainda deixando o quarto iluminado, mas não no nível capaz de provocar cegueira.

— Melhor assim?

— Tá. Valeu — eu me mexi, tentando avaliar meus ferimentos. Havia dor nas costelas, uma sensação de aperto ao respirar causada em parte pelo machucado, em parte pelo curativo apertado ao redor do torso. *Melhor assim, pra eu não piorar tudo*, pensei. — Faz quanto... Quanto tempo que eu tô aqui?

Eventos recentes ainda estavam embaçados na minha mente. De certo modo, parecia que o julgamento tinha acontecido havia poucos segundos. Mas também era como um sonho, como algo ocorrido no século passado. Era difícil entender.

— Bom — começou Hugh —, seu *corpo* está aqui faz quatro dias. "Você", por outro lado... Ah, você chegou faz uns dois dias.

— Você percebeu? — perguntei.

O sorriso ficou irônico.

— Você se esqueceu do meu ganha-pão? Enquanto você esteve no Inferno, ficou sem alma.

— Mas eu não tinha alma antes — ressaltei. — Tipo, tecnicamente ela pertencia ao Inferno, certo?

— Sim, mas mesmo ela não te pertencendo, ainda fica com ela. Não dá pra viver nem existir sem ela. Nossas almas são como... Ah, eu não sei. É como se elas ficassem preservadas no âmbar. Elas estão lá, e eu as vejo dentro da gente. Mas são inacessíveis, de um modo diferente que o dos humanos. Quando você esteve lá, não tinha nada. Nem mesmo uma alma com etiqueta de posse. Enquanto você ficou deitada aí, só ficou tipo um... Um vazio escuro.

Estremeci, não gostando da imagem.

— E agora?

— E agora?! — A expressão de Hugh suavizou-se, ganhando um ar maravilhado que eu nunca vira no geralmente mal-humorado e sarcástico demônio. — Ah, querida, quando você voltou, eu estava aqui, e foi como... Porra, sei lá. Sou péssimo com metáforas. Foi como o sol depois de um eclipse. Você acha isso aqui brilhante? — ele apontou para a janela. — Isso não é nada. Você tem sua alma de volta, livre e sem restrições e é incrível. É linda, tão linda. Nunca vi nada igual.

— Está... Está manchada? Tipo, eu fiz coisas...

— Você recebe de volta novinha em folha. Tá na cláusula 13.2.1. É um indício de quanto o Inferno tem certeza de que nunca vai precisar devolver uma alma. Não se preocupe — ele acrescentou, com um sorriso maroto —, até as melhores pessoas pisam na bola. Você vai estrear a sua rapidinho. É como um carro. Vai perdendo valor conforme a quilometragem aumenta.

— Só espero que não perca tanto valor quanto antes — murmurei.

Um novo pensamento me deixou em pânico. Eu estava confiante, mas precisei perguntar:

— E o meu corpo? Qual é?

— A mesma Georgina que conhecemos e amamos. Isso também é estipulado para súcubos que se livram do contrato. Ficaria complicado te devolver ao corpo original e resolver a questão de tempo e espaço. Então, você foi simplesmente restabelecida com sua alma ao seu último corpo e local — pausa. — Certamente esse foi um caso inédito entre os súcubos.

— Ainda bem que não estava no tipo de corpo da Tawny quando o Jerome foi enfeitiçado — comentei.

Ela estava com um formato realmente horrível, mas como todos perdemos o poder até que Jerome fosse recuperado, ela ficou presa àquele corpo. Apesar de que, honestamente, eu ficaria naquele corpo se fosse com minha própria alma. Eu aceitaria tudo. A prisão física não é nada.

— Carter contou tudo — disse Hugh. Ele balançou a cabeça, sorrindo. — Não acredito que você arriscou os dois contratos. Eu teria saído correndo com a proposta.

— Não dava — disse, relembrando os eventos no tribunal. — Mesmo ele me odiando, eu não posso abandonar o Seth. Não poderia aproveitar o resto da minha vida sabendo que ele estava condenado.

— Ele não odeia você.

— Mas ele...

— Eu sei, eu sei — Hugh não me deixou terminar. — Eu sei o que ele disse, mas ele estava nas garras da dor por causa daquela hipnose maldita. Foi demais pra qualquer um. Carter conversou com ele quando você voltou, explicou o que aconteceu.

Meu coração palpitou. Isso era bom ou ruim? Comecei a ter noção de quanto Carter se dedicava a mim (e ao Seth), mas será que o anjo tinha sido capaz de arrumar tudo com tanta facilidade?

— O Carter... Ele fez Seth mudar de ideia sobre mim ou algo do tipo?

Hugh deu de ombros.

— Acho que nem precisou. Se as coisas não tivessem acontecido daquele jeito, naquela noite, com o carro, acho que vocês teriam uma conversa bem interessante. Acho que ele tinha começado a se entender com as coisas. Por isso estava lá.

— Não — retruquei sem acreditar.

— Eu conversei com ele, querida. Você acha mesmo que todo aquele amor podia ser jogado fora tão facilmente? E ele veio aqui, sabia? Ficou ao seu lado até... Bom, até ontem, na verdade. Aí ele teve que ir fazer a turnê.

— A turnê... — lembrava vagamente Andrea mencionando aquilo, como seria possível graças à sua melhora. Por falar na Andrea, se meu contrato tinha ido para as cucuias, o Inferno não tinha mais motivo para continuar a perturbá-la. Seria deixada em paz, para se recuperar por conta própria. — Começou ontem?

— Em algum lugar da Costa Leste — completou Hugh. — Com certeza as informações estão no *site* dele. Afinal, você sempre incentiva a atualização daquilo.

Sorri, pensando sobre a relutância de Seth à era digital. Apontei vagamente para meu corpo na horizontal.

— Provavelmente foi melhor assim. Preciso me recuperar. Talvez... Talvez a gente converse quando ele voltar.

Hugh me olhou, em silêncio.

— Que foi? — eu quis saber.

— Ele vai ficar fora por duas semanas — avisou Hugh. — Que eu saiba. Tem certeza de que quer esperar tanto tempo?

— Já esperei muito tempo — ressaltei secamente.

— Exatamente. Olha, eu não tenho nenhuma ilusão sobre a minha alma. Fiz minha escolha e estou resignado com o meu destino. Mas se eu fosse você? Se eu tivesse minha alma de volta e a chance de uma vida nova? Porra, Georgina, eu iria atrás do Seth, onde quer que ele estivesse, assim que eu pudesse mancar pra fora dessa cama. Você é mortal agora. É fácil "esperar um pouquinho mais" quando se tem toda a eternidade pela frente. Você não tem mais. Já desperdiçou sua cota jogando os jogos do Inferno, com briguinhas com Seth e com quem ele já foi. Chega. Vai atrás dele, assim que puder, e dá um jeito nisso.

— Você tá parecendo o Roman — assim que pronunciei o nome, um milhão de lembranças caíram sobre mim. — Ai, meu Deus. Roman. Não acredito no que ele fez.

— Eu sei — disse Hugh tristemente. — O Carter nos contou também.

— Por que ele fez aquilo? — perguntei, sabendo que nunca teria uma resposta satisfatória. — Ai, Senhor, Hugh. Eu o deixei lá. Eu o abandonei.

— Você não fez nada disso — Hugh deu bronca —, não tinha escolha. E não é como se ele tivesse sido trapaceado ou enganado. Ele sabia há muito tempo que queria fazer isso. Depois que dei entrada na petição, ele fez o maior interrogatório sobre os detalhes do contrato e as regras legais do Inferno. Ele queria fazer isso, se preparou para isso. Só esperou pela oportunidade.

Fechei os olhos com força, temendo chorar ao me lembrar de Roman me defendendo no Inferno. Uma memória vaga surgiu, a noite antes do jogo... Roman ia me contar algo, mas adiou. E quando eu flutuei sobre meu corpo, antes de desaparecer, Carter dissera que precisaria buscar o Roman. Eles planejaram tudo. Roman sabia o que estava acontecendo e se preparou, ficou à espera. Hugh tinha razão. Ele quis fazer isso.

O que não tornava as coisas mais fáceis.

Abri os olhos.

— O que eu devo fazer?

Hugh me olhou, gentil.

— Não deixe o sacrifício de Roman ter sido em vão. Ele queria que você fosse feliz. Então vá ser feliz, queridinha. Vá atrás do Seth.

Minha resposta foi interrompida pela enfermeira que entrou e viu que eu estava consciente. Ela deu um sermão no Hugh por não ter ido chamá-la e foi buscar o médico. Hugh me olhou envergonhado. Era resquício da ideia de que eu ainda era imortal, quando eu cicatrizava tão rapidamente que poderia dispensar tranquilamente a assistência da medicina moderna. A doutora Addison, uma mulher de quarenta e poucos anos, logo veio e fez alguns testes preliminares, além de passar o resumo da minha situação.

Quando terminou, perguntei:

— Quanto tempo você acha que vou ficar aqui?

— Se tudo progredir como previsto? — ela calculou. — Eu diria que você será liberada em três dias. E vai ter que pegar leve.

— Mais três dias — repeti, pesarosa.

Demoraria para me acostumar a ser humana. Como súcubo, eu me recuperaria daquilo em vinte e quatro horas. E sem nada de pegar leve depois.

A doutora Addison zombou do meu desânimo.

— Honestamente, depois de ser atingida daquele jeito, uma semana não é nada. Você ficou meio mal, mas, sério, poderia ter sido muito pior.

Quando ela e a enfermeira saíram, flagrei Hugh mexendo no celular.

— O que você tá vendo?

— A programação do Seth. Daqui três dias, ele estará em St. Louis.

— Hummm.

— Em quatro: São Francisco.

— É mais ou menos perto.

— E te dá um dia a mais de recuperação.

— Um dia a mais, hein? — brinquei. — O que aconteceu com não desperdiçar mais nem um dia como mortal?

— Meu ponto sobre não perder tempo tá de pé — ele disse, sorrindo. — Mas até eu consigo ser realista. Aproveita o dia a mais. Precisa dele, no mínimo, pra se preparar pra viagem. Mas nem um diazinho a mais.

— Ir viver a vida, né?

— Se você estiver a fim.

Refleti sobre o que ele disse, sobre Seth. Assenti, sem me preocupar se pular num avião logo depois de sair do hospital seria loucura. Eu era humana agora. Loucura faz parte do pacote.

— Eu topo — respondi. — Reserva um voo pra mim.

Hugh voltou-se para o telefone novamente.

— Querida, é o que eu tô fazendo.

Capítulo 22

Voar de Seattle para São Francisco é mais fácil, bem mais fácil, do que para Las Vegas. Menos de duas horas e um monte de horários todos os dias. A viagem deveria ser fácil. Quer dizer, há dias em que se passa mais tempo no trânsito do centro para os subúrbios de Seattle.

Mas eu nunca tinha voado de avião *como mortal*. Determinada a ir atrás do Seth, sem sombra de dúvida faria esse voo — só iria passar muito medo. Sentei, esperando a decolagem e reparando em coisas às quais nunca tinha dado muita atenção. *As turbinas sempre fazem esse barulhão? Isso é cheiro de combustível? A janela tem uma rachadura? Quando a gente estiver no ar, não vai ceder?* Nunca tinha feito mais do que observar educadamente as instruções de segurança das aeromoças, mas, dessa vez, me apeguei a cada detalhe. Eu tinha muita coisa com que me preocupar agora — tipo, minha vida. Um imortal pode sobreviver a um desastre aéreo. Não ia ser uma coisa bonita de se ver, mas é possível. Agora? Agora enfrentava os riscos como o resto do mundo humano.

Meus medos eram infundados, claro. O voo foi tranquilo e sossegado, tão rápido quanto esperado. Voar continuava sendo o jeito mais seguro de viajar. Isso não tinha mudado. Apenas minhas percepções de mundo, sim. Segurei no braço da poltrona o tempo todo e soltei um profundo suspiro aliviado quando o avião pousou.

Depois de alugar um carro e ir para o hotel, ainda sobrava algumas horas antes da noite de autógrafos de Seth. O hotel ficava a apenas dois quarteirões da livraria — por querer, claro — e eu não tinha muito o que fazer a não ser esperar. Esperar e agonizar. A maior parte do tempo agonizando a respeito da minha aparência. Mesmo quando era capaz de fazer a transformação corporal, por muito tempo me orgulhei de minha habilidade em me arrumar sozinha.

Claro, quando Jerome foi enfeitiçado e eu perdera meus poderes sucúbicos por um tempo, descobri que não era tão habilidosa quanto imaginara. Eu vinha trapaceando, fazendo pequenas correções com meus poderes. Sem eles, descobri a diferença que fazem todos esses detalhes, como misturar sombras, alisar o cabelo e uma miríade de outras tarefas de beleza.

Agora não era diferente. Nunca mais teria aquela garantia de perfeição. Minha aparência, de agora em diante, sempre teria defeitos. Eu começaria a *envelhecer*. Quanto tempo demoraria para começar a aparecer? Encarando-me no espelho do banheiro do hotel, procurei todas as coisas que poderiam ser melhoradas e tentei consertá-las. Quando terminei, fiquei tão frustrada, pois não sabia se tinha chegado nem perto da minha antiga perfeição. A única coisa sobre a qual tinha quase certeza era que provavelmente não importaria. A decisão de Seth me perdoar não teria nada a ver com o jeitão da minha franja ou se a maquiagem realçava os pontos dourados no verde dos meus olhos.

Cheguei dez minutos antes de o evento começar, mas obviamente o pessoal já estava chegando fazia tempo. Uma saudade da Emerald City me atingiu enquanto eu observava à minha volta e reparava na eficiente equipe da livraria trabalhando para acomodar a multidão. Um palanque fora montado na frente de uma plateia enorme, mas não havia uma cadeira vazia. A equipe tentava mudar os móveis possíveis para melhorar a vista de quem estava de pé; tive que me segurar para não oferecer ajuda. Acabei ficando de propósito no fundão, com as pessoas que estavam de pé. Ainda era possível ver o palanque e torci para que ficasse meio escondida. À minha volta, leitores animados agarravam-se a seus exemplares dos livros de Seth, alguns traziam verdadeiras pilhas.

A excitação do público era elétrica. Eu me deixei levar quando Seth surgiu sob aplausos trovejantes. Meu coração pulava. Quanto tempo desde que nos falamos? Uma semana? Parecia uma eternidade, talvez pela eternidade que passara no julgamento. Ele vestia uma camiseta da *Família Sol-Lá-Si-Dó*. E o cabelo estava penteado, mas alguns fios já começavam a se rebelar. Acho que ele não se barbeava havia uns dois dias, mas o visual desleixado fica lindo nele e ajuda na sua aparência de escritor sossegado. Senti minha boca formando um sorriso enquanto assistia a ele e lembrei-me de quando nos conhecemos: Seth tinha ido a Emerald City para uma noite de autógrafos e eu não o reconhecera.

— Olá, todo mundo — ele cumprimentou ao microfone, depois que os aplausos diminuíram. — Obrigado por terem vindo.

Pensar naquele primeiro encontro me fez perceber como ele mudou em um ano e meio. Seth nunca estaria totalmente confortável em frente a uma plateia — ainda mais com elas ficando cada vez maiores —, mas com certeza se mostrava mais tranquilo do que quando nos conhecemos. Ele sorria com o entusiasmo dos leitores e olhava nos olhos quando possível, algo com que já tivera dificuldade. Exalava confiança até em sua postura e sua voz. Amei-o ainda mais — algo que eu achava impossível.

Às vezes, ele iniciava esses eventos com a leitura de um trecho do novo livro, mas, dessa vez, foi diretamente para as perguntas. Mãos levantadas por todos os lados; me escondi embaixo de uma prateleira enquanto ele estudava a plateia e chamava as pessoas. Ainda não estava pronta para ser descoberta. Queria apenas observá-lo e me deleitar.

A primeira pergunta me divertiu: "De onde você tira suas ideias?". Essa era uma piada interna, desde aquela primeira vez, pois essa é uma das perguntas que ele mais recebe. Comentei, à época, que devia ser um tédio sempre responder as mesmas coisas, mas ele disse que não. Comentou que cada pergunta era uma novidade para a pessoa que perguntava, então ele a tratava como tal. Não importava quantas vezes uma pergunta surgisse, ele sempre fruía da animação dos leitores pelo livro.

Mais perguntas, tanto genéricas quanto específicas. Seth respondia a todas com a simpatia e o bom humor que seus fãs adoram. Muitas pessoas queriam saber sobre o próximo livro, o último da série Cady e O'Neill. Meu coração se enchia cada vez mais. Comecei a achar que eu estava me aproveitando da situação de observá-lo sem seu conhecimento. Nossos últimos encontros não tinham sido exatamente amigáveis, era um alívio observar toda aquela cordialidade e gentileza que fizeram me apaixonar por ele.

Passou rápido demais. Estava tão absorvida que nem senti o tempo voar. Só quando percebi os movimentos sutis da equipe que me dei conta de que aquela parte do evento estava prestes a ser encerrada. Logo começaria a sessão de autógrafos; a multidão se transformaria em uma fila gigante que demoraria horas. E depois? Fiquei perdida. Por que eu tinha ido? Para ver Seth... E depois? Não sabia. Não planejara muita coisa, exceto chegar até ali. Se quisesse fazer algo, teria que ser naquele instante, antes que tudo se transformasse numa máquina de autógrafos.

Levantei a mão e, inexplicavelmente, os olhos de Seth foram atraídos para mim. Não sei como. Do mesmo modo, outros tinham se tocado que seria a última chance de fazer uma pergunta, então mãos ávidas pululavam, algumas acenando agitadas na esperança de chamar atenção. Como eu — lá no fundo e mais baixa que quase todo mundo — tinha dado conta do feito foi um mistério. Talvez tivesse sido como na vez em que Erik usara Seth para me salvar dos oneroi. Talvez, depois de tudo, ainda estivéssemos ligados.

Seth arregalou os olhos quando percebeu quem era, mas a mão já estava apontada na minha direção, dando-me permissão para falar. Engasgou um pouco:

— S-sim?

Senti como se todos os olhos do mundo estivessem sobre mim. Os olhos do universo. Tanta responsabilidade sobre as próximas palavras que sairiam da minha boca.

— A Cady e o O'Neill vão terminar juntos?

Não sei de onde aquilo surgiu. Quando Seth e eu nos conhecemos, essa foi uma das questões típicas sobre a qual conversamos. Eu tirei o maior sarro dela. Surpreendentemente, ninguém havia perguntado naquela noite, mas julgando pela intensidade com que todos viraram-se para Seth, estava na mente de muita gente.

Aqueles olhos cor de âmbar me analisaram profundamente, em seguida, respondeu minha pergunta com outra:

— Acha que eles deveriam?

— Bem — eu respondi —, eles passaram por muitas coisas juntos. E se falta apenas um livro, o tempo deles está se esgotando.

Um sorriso furtivo apareceu em seus lábios.

— Acho que você tem razão — ele pensou por mais meio segundo. — Não sei dizer a resposta. Acho que você vai ter que ler a continuação.

A resposta foi recebida com resmungos decepcionados, e os funcionários da loja aproveitaram para dar continuidade aos autógrafos e levaram Seth para uma mesa mais confortável. Ele me observou um pouco mais antes de se deslocar, o sorriso tímido ainda no rosto, pensativo.

Enquanto isso, meu coração estava acelerado. Em choque, deixei-me levar com os outros para a fila, sem ligar para quão lá atrás eu estava. Umas dores nas costelas e em outras partes do corpo começaram a me incomodar, mas me forcei a ficar firme e ignorar. Levei uma hora e meia para chegar na frente, mas, bem como na sessão de perguntas, nem me dei conta da passagem do tempo. Só que não foi por estar embevecida. Dessa vez, estava aterrorizada. Queria vê-lo... Mas tinha medo.

Ele acabara de assinar para a pessoa na minha frente e sorriu para mim como tinha feito para todos. Supus que tivera tempo de se preparar para minha chegada e foi capaz de efetivamente esconder o choque causado por minha presença.

— Oi — ele cumprimentou. Entreguei meu livro sem dizer nada. — Você veio de longe.

— Sou uma grande fã — respondi.

Ele sorriu e rabiscou no livro uma de suas frases prontas: *Obrigado por ler!* Quando terminou, devolveu o livro e eu lhe entreguei um envelope.

— Pra você — disse.

Não havia nada de errado. As pessoas sempre dão presentes e cartas a Seth. Na verdade, eu notei uma pilha dessas coisas sobre uma cadeira ao lado dele. Seth aceitara todos com graciosidade, embora não viessem de pessoas com quem compartilhara uma história.

Ele segurou o envelope por um momento, e eu, de repente, me preocupei achando que não o aceitaria. Então, ele agradeceu:

— Obrigado — e o colocou sobre a mesa, bem a seu lado, e não sobre a cadeira.

Incerta sobre o que fazer, murmurei um agradecimento e depois saí correndo para deixar o resto do pessoal ter sua vez. A minha se encerrara. Joguei minhas cartas e não sabia se funcionaria. O envelope carregava um número de telefone e a chave para o meu quarto de hotel. Era bobo, um clichê, mas sabia como funcionava. Se eu tivesse convidado abertamente Seth para se encontrar comigo em algum lugar, provavelmente teria chamado atenção da equipe e dos seguranças da livraria. Sei disso porque já tinha escorraçado de eventos assim um bom número de fanáticos desse tipo.

De volta ao hotel, pelo menos pude me sentar. Não tinha me dado conta, até então, de quanto estava exigindo do meu corpo maltratado. Hugh estava certo: ser mortal muda tudo. Eu não me livrava das consequências de um atropelamento com a mesma facilidade que um súcubo. A doutora me prescrevera morfina, mas eu não queria ficar chapada no meu grande reencontro com Seth. Eu me conformei com ibuprofeno e iniciei o agonizante processo de espera.

Acabei pegando no sono. Acordei com o clique da fechadura. Pulei da cama, mal conseguindo me olhar no espelho antes de ir para a porta. Seth entrou, e ficou paralisado ao me ver. A porta bateu atrás dele, e eu parei também, muito chocada para me mexer. Em parte, pelo mesmo enlevo e fascinação que sentira na livraria. Só que dessa vez, ele estava bem *ali*, estávamos a sós, no meu quarto. Eram coisas demais para lidar. O resto da minha inabilidade em reagir vinha pelo simples fato de ter esquecido o que queria dizer. Ensaiara centenas de discursos e desculpas, e todos fugiram da minha mente. Procurei por algo — qualquer coisa — para dizer e que consertaria toda a mágoa entre nós.

— Seth...

Mas não tive chance de falar nada. No espaço de um segundo, ele cruzou a distância entre nós e me enlaçou, tirando meus pés do chão em um abraço apertado.

— Thetis — ele respirou contra o meu pescoço.

— Ai — gemi.

Na hora, me colocou no chão e abriu os braços, olhando com curiosidade.

— O carro? Mas faz... — curiosidade se transformou em perplexidade. — É verdade, não é? Você é mesmo...

— ... Humana — completei, segurando sua mão. Apesar de o abraço ter colocado minhas costelas à prova, odiava perder contato com Seth. Depois do abismo aberto entre a gente, o leve toque de seus dedos era mágico.

Seth assentiu, abismado, deliciando-se.

— Eles me contaram... Tentaram explicar. Eu entendi, mas de algum modo não conseguia... Não conseguia racionalizar. Acho que ainda não consigo. Você é a mesma.

— Eu pude ficar com o mesmo corpo — expliquei. — Lembrancinha de despedida.

— É, mas é tão perfeito quanto... Tão lindo. Não sei. Achei que quando se tornasse humana ficaria... Comum.

— Para — disse, aturdida. Passei a mão nervosamente pelos cabelos. A conversa não tomava o rumo esperado. — Meu cabelo deve estar bagunçado — e a maquiagem devia ter borrado quando dormi.

Ele pegou minha outra mão e — delicadamente — me puxou para perto.

— Você tá perfeita.

Balancei a cabeça, ainda necessitando invocar um dos meus bem preparados discursos.

— Seth, me desculpa. Me desculpa por tudo que eu...

— Shhiii — ele murmurou. — Thetis. Georgina. Letha. Tá tudo bem. Não precisa se desculpar por nada.

Agora eu estava abismada.

— Tenho que me desculpar por tudo. O que fiz com você...

— ... Foi em outra vida — dessa vez, ele completou.

— Mas fui eu — argumentei. — Ainda é essa vida.

— E? Você não pode ser perdoada? Por algo que fez na adolescência?

Não sabia ao certo como passara de desculpas para autocondenação, mas ali estava, fazendo exatamente isso:

— A gente estava casado. Ou, melhor, digo... Eu era casada com ele. Quebrei meus votos. Foi errado.

— E eu errei, ou ele errou, dane-se, em ter sido tão insensível ao que você passava. Ambos temos culpa, Georgina. Nós dois fizemos cagada, muitas vezes — Seth soltou minha mão e gentilmente segurou meu rosto. — E eu ouso dizer que pagamos cem vezes por elas. Por quanto tempo ainda temos que ser punidos? Não somos dignos de perdão?

Tive que virar o rosto, com medo das lágrimas que se formavam em meus olhos. No ano anterior, pouco depois de conhecer Seth, conversei sobre o mesmo assunto com Carter. Ele me dissera que todo mundo — até mesmo um súcubo — é digno de perdão e redenção.

— Mas o que você disse... Eu te machuquei tanto...

Seth suspirou.

— Eu sei. E eu sinto muito. Foi um choque, a hipnose... Ainda me lembro de tudo, mas meio que virou a memória de um sonho. Como alguma coisa que vi na TV em vez de ter vivenciado. Foi há tanto tempo, e nós dois mudamos. Eu fui te procurar no boliche aquela noite pra conversar. Ainda estava confuso, mas entendi que tinha agido de forma precipitada. Então, quando você se machucou, e eles me disseram que podia morrer...

Ele parou de falar, e eu ousei olhar para cima.

— Ah, não. Por favor, não me diga que é um desses casos que precisou de uma experiência de quase morte pra se tocar de como se sentia.

— Não — ele afirmou, com um daqueles sorrisinhos que amo —, eu já sabia há muito tempo. As dores do passado sempre farão parte de mim, mas eu amadureci por meio delas; como você. Você é a mesma de sempre... No entanto, não é. Você me encarou, mesmo querendo fugir. Você continuou tentando ajudar minha família, enquanto eu dizia para ir embora. Nós dois mudamos... Aproveitamos o melhor da pior situação. Eu só não percebi isso na hora — suspirou novamente. — Como disse, essa era a razão para eu ter te procurado aquela noite. Ver você machucada só deixou claro quanto eu fui idiota. E depois quando Carter me contou o que aconteceu... — os gentis olhos castanhos prestaram atenção em meu rosto. — É verdade? Você teve uma chance de escapar ilesa e se arriscou por minha causa?

Engoli em seco.

— Não ficaria ilesa sem você.

Seth virou meu rosto e me beijou, com seus lábios quentes e macios. A sensação me varreu; amor e desejo ameaçando me sucumbir. Não havia mais a alimentação súcubo, não mais um vislumbre de sua alma. Eu não lia seus pensamentos; mas nem precisava. Eu lia os meus, sabia que o amava. E também soube com certeza, do mesmo modo que os humanos deduzem essas coisas sem precisar de um poder súcubo, que ele me amava também.

— É fácil assim? — sussurrei, quando finalmente nos largamos. — Beijar e fazer as pazes.

— É tão fácil quanto a gente quiser — ele murmurou, pressionando a testa contra a minha. — Pelo menos nesse caso. Nada é verdadeiramente fácil, Georgina. Amor e vida... São maravilhosos, mas difíceis. A gente pode estragar tudo de novo. Temos que ser fortes e decidir se podemos seguir em frente, mesmo quando as coisas não são perfeitas.

— Como alguém tão jovem é tão sábio? — perguntei.

Tirou uma mecha de cabelo do meu rosto.

— Aprendi com uma mulher que entende *muito* sobre o amor.

Desdenhei:

— Sei. Acho que eu ainda aprendo todos os dias.

Os lábios de Seth encontraram os meus novamente, e eu, por um momento, me esqueci de todas as preocupações e me perdi naquele beijo. Tão ardente quanto antes, fiquei surpresa por ele ter interrompido.

— Devagar — ele disse, rindo. — Você ainda tá se recuperando. A gente não pode se empolgar.

— Não? — perguntei. — Tipo, eu te dei a chave do meu quarto e você quis me atacar assim que entrou.

— É, sim — ele concordou —, mas isso foi antes de lembrar que você foi atropelada por um carro há uma semana.

Apertei meus braços em torno dele e o puxei para a cama.

— Ainda tô viva, não tô?

— Sim — ele admitiu, deixando-se levar —, mas tem certeza de que não quer esperar?

Hugh dissera uma coisa depois de reservar meu voo: *Tudo muda quando se é mortal. Você não sabe como vai ser o amanhã.*

— Já esperei o suficiente — eu disse a Seth logo antes de beijá-lo.

E nesse instante entendi o que era ter minha alma de volta.

Sei que é meio brega, mas poder beijar quem se ama estando em completo e total controle de si mesmo e sabendo quem você é... É esplêndido. O modo como amamos os outros é afetado por como nos amamos, e, pela primeira vez em muito tempo, eu estava completa. Sabia quem eu era e, por isso, era capaz de valorizar quanto o amava.

E claro, a experiência foi afetada pelo fato de eu não ter mais que lutar com os poderes de súcubo. Não precisava me preocupar com estar roubando a energia vital de Seth. Não precisava brigar com a culpa. Não precisava dividir os desejos do meu coração com minha natureza predatória sobrenatural. Só precisava tocá-lo e exultar com a experiência conjunta.

Caímos na cama, com cuidado devido ao meu corpo machucado. Estranhamente, eu também estava em recuperação quando Seth e eu fizemos amor pela primeira vez. Naquela vez, igualmente, tivemos que dosar nossa paixão com precaução. Fora difícil, e estava sendo. Arrancamos nossas roupas, jogando-as sem cuidado no chão. Quando Seth viu os curativos, beijou delicadamente em volta deles; lábios suavemente roçando minha cintura e meus seios.

Com um consentimento sem palavras, deitei-o para que eu pudesse descer sobre ele. Posicionei os quadris sobre os dele, pousando minhas mãos sobre seu peito e vagarosamente o coloquei dentro de mim. Ambos gememos, de prazer e pela forte sensação de que aquilo era o *certo*: ficarmos juntos. Ele parecia feito sob medida para mim, e imaginei se devia ter sido tão precipitada em zombar dos planos divinos. Porque, certamente, se há algo que parece guiado por um poder superior é o louco caminho do nosso relacionamento... Que nos reunia vez após outra.

Cavalguei sobre ele sem parar, extasiada tanto pelo jeito como ele me olhava nos olhos quanto pelo calor correndo por meu corpo. Queria parar, congelar aquele momento no tempo, mas minha carne humana e seus desejos venceram. Acelerei a velocidade, recebendo-o com mais força e mais profundamente até que cheguei ao limite e não consegui segurar mais. O êxtase estremeceu meu corpo quando gozei, e uma alegria tão grande, que quase me fez esquecer onde estava, me afogou. Não havia satisfação sucúbica ali, apenas o paraíso de sentir prazer com alguém amado.

Seth gozou logo depois, sua expressão me causando outro tipo de alegria. Uma felicidade tão leve e exposta, misturada a todo seu amor por mim. Ele não escondia nada. Estava tudo lá, à vista: sua afeição e seu prazer.

Depois, ficamos nos braços um do outro, flutuando em nossas emoções enquanto nos deleitávamos na recente experiência. Eu ouvia o coração de Seth batendo enquanto deixava minha cabeça pousada contra seu peito e me dei conta de meus próprios batimentos — do meu coração humano e mortal. Isso é estar verdadeiramente vivo.

— Estou até com medo de me mexer ou falar — ele disse por mim. — Algo em mim tem certeza de que isso é sonho ou feitiço. Tenho medo de estragar tudo.

— Não é nenhum dos dois — afirmei. Depois, voltei atrás. — Bem, talvez seja um sonho.

Nyx me perturbara por muito tempo com sua visão quimérica, recusando-se a me contar quem era o homem nela. Quando Seth foi a revelação, estava certa de que ela mentira. Não entendia como qualquer coisa sobre aquele futuro poderia se tornar realidade, no entanto... Ali estava.

— Um sonho, é? — perguntou Seth. — Isso significa que vou acordar na dura e fria realidade?

— Não — respondi, me aconchegando —, porque nosso sonho se tornou realidade. Você só vai acordar é comigo. Enquanto me quiser.

— Quero para sempre. É muito?

Eu sorri.

— Depois do que passamos? Acho que não é o suficiente.

Epílogo

Casamos ao pôr do sol.

Alguns não acham esse horário muito auspicioso, mas, para mim, foi o acordo perfeito. Eu queria casar à luz do dia, ao ar livre, com luz do sol jorrando por toda parte. No entanto, como Cody e Peter queriam estar presentes, o sol seria um empecilho. E já que Peter tinha atuado como organizador de festa de casamento, seria maldade excluí-lo. Então, fizemos a cerimônia ao anoitecer, e os vampiros puderam vir para a comemoração assim que o sol sumiu no horizonte.

A cerimônia foi realizada num *resort* de frente para o mar em Puget Sound. Um morro cheio de grama, com vista para a água, foi o local escolhido. Era alto verão, e tudo estava banhado por laranja e dourado. As madrinhas (todas as meninas Mortensen) usavam vestidos vermelhos que pareciam ter sido pensados para combinar com o pôr do sol; na mão, traziam pequenos buquês de jasmim. A única decoração foi um arco coberto por hera, na frente do qual o sacerdote se posicionou. Com tanta beleza à nossa volta, não era necessário mais nada.

Repeti meus votos segurando as mãos de Seth. Cada palavra que eu pronunciava era infinitamente poderosa, no entanto, ao terminar, já não me lembrava mais de nenhuma. Durante aqueles minutos, meu mundo se concentrava no rosto dele, no âmbar dourado de seus olhos e no modo como a luz brincava em seu cabelo. Amor ardia entre nós dois, fazendo de todo o resto uma bruma indistinta. Havia apenas Seth e eu. Eu e Seth.

Parecia um sonho. Os momentos suspensos no tempo. Porém, quando olho para trás, parece que a cerimônia passou num piscar de olhos. Uns duzentos amigos vieram nos cumprimentar. Quando nos beijamos, todos se levantaram da cadeira e bateram palmas; ao ver aquele mar de rostos felizes, não consegui parar de sorrir.

A recepção também aconteceu no *resort*. Ali, deu um pouco mais de trabalho para decorar. As mesas foram cobertas por toalhas brancas e enfeitadas com flores e velas que criavam pontos de luz nas sombras do anoitecer. Tochas enormes circundavam o local, as chamas piscaram rapidamente quando o vento que vinha da água ficou mais intenso. Uma banda de *jazz* começou a tocar, oferecendo música ambiente para o jantar. Havia um espaço para dançar também, apesar de achar que não dancei o tanto esperado para meu casamento. Havia muitas pessoas a cumprimentar e agradecer. Então Seth e eu fomos, de mãos dadas, de mesa em mesa, ver nossos queridos amigos.

— Eu sabia que esses lírios asiáticos seriam uma boa — Peter nos disse, conspiratório, admirando os arranjos da mesa. — Os orientais são maiores, mas acho que esses combinam bem mais com as rosas.

— Você é um entusiasta de flores bem meia-boca — disse Hugh, virando um drinque. Ele levantou o copo para nós, fingindo um brinde. — Sério, a melhor parte do seu planejamento de casamento foi a bebida à vontade.

— Com certeza, não foi a banda — comentou Doug, ao se aproximar do grupinho. — Poxa, Kincaid — ele repensou. — Poxa, Mortensen, por que não me contrataram? A Nocturnal Admission ia detonar.

Sorri, feliz por Doug ter vindo. Não sabia se isso aconteceria.

— Eu não queria obrigar vocês a tocar música adequada aos bons costumes por três horas.

— Muito gentil da sua parte — ele disse. Olhou em volta, assentindo relutantemente. — Exceto isso, e o fato de que todas as madrinhas são menores de idade, tenho que admitir: tá uma baita festa.

— Valeu — Peter e eu agradecemos em uníssono.

— Eu meio que concordo com Doug sobre a banda — disse Cody. — Perguntei se eles tocam a "Dança da Galinha" e responderam que não.

— Eu teria feito uma imitação *animal* dela — afirmou Doug solenemente.

— Não é culpa da banda, nós que proibimos de tocar — explicou Seth.

— Triste — comentou Doug, colocando o braço em volta de Cody. — Quer ir ao bar comigo? — quando Cody concordou, ele perguntou: — Alguém quer outra dose?

— Não, valeu — respondi.

Doug balançou a cabeça.

— Não faz nem uma hora que tá casada e já pegou os hábitos saudáveis dele.

Ele e Cody saíram discutindo intensamente, pelas mímicas que faziam, e falavam sobre a "Dança da Galinha".

Apoiei minha cabeça em Seth, contente com tudo e com todos.

— Você fez um belo trabalho, Peter — eu disse. — Sério. Ficou tudo o máximo.

Considerando como Peter sempre é subestimado, achei que fosse delirar com o elogio, mas permaneceu modesto.

— Ah, bom, vocês são a atração principal. Eu só proporcionei...

Ele parou de falar e, juntamente com Hugh, olhou para além das tochas, na escuridão.

— O que foi? — perguntei.

Eles trocaram olhares.

— Carter — respondeu Peter.

Olhei também, incapaz de ver qualquer coisa além do perímetro iluminado. Estava sendo fácil voltar a ser humana, mas algumas coisas faziam falta. A perda dos meus sentidos imortais, por exemplo. Ficar na frente de Peter e Hugh e não *os sentir*. A visão noturna deles não é melhor do que a minha humana — bem, quer dizer, acho que a de Peter é —, mas não tinham sido seus olhos que os alertaram sobre a presença de Carter.

— Acho que ele quer te ver — disse Hugh docemente.

Encarei o local indicado, sem saber o que fazer.

— Vai — disse Seth, com suavidade. — Você precisa conversar com ele.

Olhei para Seth, para aquele olhar cheio de amor, e, por um milésimo de segundo, esqueci o Carter. Às vezes, ainda era difícil acreditar que aquela era minha vida, que Seth era meu marido. Dei-lhe um beijo rápido.

— Volto já — avisei.

Fui caminhando entre os convidados, com dificuldade para não parar e conversar com eles. Longe da segurança da tenda e das mesas, o vento me pegou, balançando meu cabelo e véu, brincando com minhas saias. O vestido tinha um decote em formato de coração e uma saia armada, cheia de camadas. Eu sempre sonhara com um vestido de princesa para o casamento, e conseguira, mas ele dificultava a caminhada. Logo achei Carter, tão parado entre as árvores que quase se misturava a elas.

— Senhora Mortensen — ele cumprimentou quando o alcancei. — Felicidades.

Ele estava de calça social cinza, camisa branca de manga comprida, com alguns botões abertos, e uma gravata frouxa cinza e rosa. Um paletó combinava com a calça, mas dava a impressão de ser dois números maior. Assenti, aprovando.

— Que legal ter se arrumado — eu disse. — Acho que nunca te vi em nada tão formal.

— Devia ter checado com o Peter para combinar as cores — disse Carter, passando a mão pelo cabelo. Não parecia ter se penteado para a ocasião. — Desculpa se não estou combinando.

Sorri.

— Você tá ótimo. Obrigada por vir.

— Bom — ele disse —, da última vez nem deu pra nos despedirmos.

— Não mesmo — murmurei. Era a primeira vez que o via desde o julgamento. — O Jerome não veio?

— Não. Você não vai mais ver ele. Bom — Carter pausou —, digamos que *espero* que você não veja mais ele.

— Planejo ficar fora do radar do Inferno — eu disse honestamente.

Ele assentiu, ficando sério.

— É uma boa. É por isso que estou aqui. Tenho dois presentes pra você: informações.

— Você andou checando minha lista de casamento — brinquei. — Que fofo.

Havia pouca luz, mas, juro, pude ver seus olhos cinza brilharem.

— Você disse que vai ficar fora do radar, mas, acredite, eles vão ficar de olho em você. O Inferno não perde muitas almas do jeito que perdeu a sua. Se eles conseguirem uma chance pra pegar de volta, eles farão isso. Vão tentar. Sei que é próxima deles... — indicou a festa. — De Hugh, Peter e Cody. Mas vai ser melhor pra você, e pra eles, se ficar afastada. Mude de cidade, pra algum lugar longe, onde não conheça nenhum imortal local.

Encarei com assombro.

— Você quer dizer que um deles pode tentar pegar minha alma? Eles são meus amigos.

— Eu sei, eu sei. E não acho que tentariam, mas estão numa posição complicada. Você devia pensar seriamente sobre sair de Seattle. Vai facilitar a vida de todo mundo se acabar com essa tentação.

— Eu amo Seattle — disse, virando-me para olhar a água escura. — Mas amo Seth ainda mais. Vou conversar com ele. A Andrea tá melhor, podemos ir. Não sei pra onde, mas a gente resolve — suspirei e voltei-me para ele. — Seu outro presente é menos deprimente?

O sorriso reapareceu nos lábios do anjo.

— Sim. É um grande segredo — ele se aproximou e cochichou de ladinho: — Vocês vão ter um bebê em dezembro.

Um sorriso combinando apareceu em mim.

— Isso não é segredo. Não pra nós, pelo menos.

Seth e eu já sabíamos havia um tempinho, mas decidimos não contar para ninguém antes do casamento. Não daria para esconder por muito tempo. Já estava grávida de três meses e, sem a mudança corporal, sujeita às regras da natureza. Foi um milagre o vestido ter servido.

— Ok — disse Carter. — Então saca só esta: é uma menina.

Meu sorriso cresceu.

— Isso eu não sabia.

Ou sabia? Um *flashback* do sonho de Nyx rodou na minha mente. Não pensava nele havia muito tempo. Pra quê? Vivia meu próprio sonho. Mas o revi: eu, segurando uma garotinha, enquanto esperávamos pelo pai dela chegar em casa. E nevava...

Você devia pensar seriamente sobre sair de Seattle.

— No que está pensando? — perguntou Carter, me estudando.

— Tô pensando que a lista de opções pra onde mudar não é muito grande.

Estremeci, tanto de frio quanto pelas memórias, e ele cobriu meus ombros com o paletó.

— Eu vou me mudar também.

Pisquei para espantar as lembranças.

— Você vai? Pra onde? Por quê?

Ele escolheu responder a última:

— Porque meu trabalho aqui acabou. Hora de seguir em frente.

Demorei para entender.

— Você não tá querendo dizer... Eu era sua tarefa? Você veio pra Seattle por minha causa?

Ele respondeu com um levantar de ombros.

— Mas... Não — protestei. — Você deve ter outras coisas pra fazer aqui, certo? Outras tarefas angelicais?

— Você não dá trabalho o suficiente? — ele provocou.

Não acreditava. Carter estava em Seattle havia tanto tempo quanto eu. Devia ter algo mais. Na verdade, ninguém no Inferno entende como os anjos trabalham. Eles não têm os mesmos níveis de microgerência como meus antigos empregadores.

— Eu sou apenas uma pessoa. Uma alma. Todo seu trabalho e sua energia... Quer dizer, não pode ter sido tudo pra uma única alma. Um anjo não pode ficar dedicado somente a isso.

— Bom — ele disse, se divertindo com a minha confusão —, na verdade, foram duas almas, já que você e Seth foram salvos. Mas mesmo se não fosse, teria valido a pena. Você sabe o preço de uma alma, Georgina? Está além de rubis e diamantes, além de qualquer entendimento mortal. Se tivesse me tomado séculos, se fosse necessário dúzias de anjos para me ajudar, tudo teria valido a pena.

Abaixei a cabeça, sentindo lágrimas se formarem. Pensei em quantas vezes eu menosprezara Carter, de quanto tinha caçoado de seu personagem bobo e beberrão. No entanto, não importava quanto eu o rejeitasse, Carter sempre estivera por perto, mostrando interesse por Seth e por mim. Ele me protegera e aconselhara, e eu passara a maior parte do tempo zombando dele.

— Não mereço — eu disse. Posso ser humana agora, mas entendo quão poderosa uma criatura celestial como Carter é. — Não mereço tanta consideração.

Ele levantou meu queixo.

— Merece, Georgina. E se não acredita em mim agora, então faça por merecer. Viva sua vida. Seja boa. Ame seus conhecidos. Ame os desconhecidos. Seja merecedora de sua alma.

Uma lágrima escapou, rolando pela bochecha, provavelmente estragando o rímel mortal.

— Obrigada, Carter. Obrigada por tudo.

— Não há o que me agradecer — ele respondeu. Com um suspiro, olhou para a noite estrelada. — Devo ir. E seus convidados devem estar procurando por você. Com certeza estão batendo sem parar nas taças com a colher.

— Espere... Antes de você ir... — hesitei. Carter já tinha me dito tanta coisa, mas eu precisava saber outra. — O que aconteceu com o Roman? Ele morreu?

A expressão feliz de Carter sumiu.

— Ah, eu não sei.

— Carter...

— Verdade — ele insistiu. — É a resposta mais direta que vai receber de um anjo. Não sei. Não acho que ele se saiu bem, mas não tenho certeza.

Engoli o choro novamente.

— Ele não devia ter ido.

— Foi uma escolha dele, Georgina. Ele queria provar um ponto para o Céu e o Inferno... Isso, e, bem, algo mais. Ele fez por amor, e isso não é pouco. Um sacrifício motivado por amor é algo quase tão poderoso quanto uma alma redimida. Foram dois golpes para o Inferno.

— Eu queria... Eu queria ter me despedido. Dizer como sou agradecida.

— Acho que ele sabe — disse Carter. — Acho que ele sabia exatamente onde estava se metendo e considerou que valia a pena. A melhor maneira de agradecer a ele agora é agir como eu disse. Viva sua vida ao máximo. Cuide de seu marido e de sua filha. E deixe sua alma resplandecer.

Fiz que sim com a cabeça.

— Eu vou. Obrigada.

Quase perguntei sobre Yasmine, mas achei que ele diria a mesma coisa: ela fez sua escolha. Eu só poderia ser responsável por meu próprio destino, e não pelo de todos os outros.

— Deus te abençoe, filha do Homem — disse Carter, com olhos luminosos, quase prateados.

Ele se inclinou e beijou minha testa. Fechei os olhos e segurei o fôlego. Seus lábios simultaneamente ardendo em fogo e frios como o gelo. Uma sensação de paz e poder me transbordou. Por um instante, era como se eu estivesse a ponto de compreender toda a beleza do mundo. Abri os olhos.

Ele partira.

Fiquei lá, sozinha, no morro varrido pelo vento, com a lua começando a iluminar a superfície da água. Ao longe, ouvi gargalhadas e conversas daqueles que amo e senti o calor que traziam consigo. Subindo a barra da saia, ainda com o paletó de Carter sobre os ombros, segui na direção do meu marido e do resto da minha vida, indo fazer por merecer minha alma.

Este livro foi composto em Garamond
para a Editora Planeta do Brasil
em julho de 2012